Hans Haid

Die Landgeherin

Ana, die Landgeherin, stammt von weit oben bei den Gletschern, aus einer der höchsten Siedlungen eines Alpentales. Als das ewige Eis ins Tal stürzt und Weiden, Wälder und Dörfer überzieht, muss sie wie viele andere flüchten. Sie wird zur Vagantin, die von Hof zu Hof zieht und sich ihr Wissen über die Heilkraft der Kräuter zunutze macht. Aber Ana ist auch Rusilana, eine Salige, eine jener mächtigen Frauen, die die Jahrhunderte bis in unsere Zeit überdauert haben; die aus dem Mythos geboren wurden und bis heute den Alltag der Berg- und Talbewohner prägen. Hans Haid erzählt in seinem neuen Werk nicht nur Anas Geschichte, sondern gibt gleichzeitig einen Einblick in das Leben der Besitzlosen in der abweisenden Gebirgswelt der Zeit um 1890. Mit mythologischen Elementen durchzogen wird der Roman zum authentischen Abbild ihres rauen Alltags. Einzigartig in Stil und Sprache zitiert Hans Haid archaische Naturgewalten herein in die moderne Zeit und pflanzt den Mythos mitten in unsere Lebenswelt.

HAYMON verlag

Hans Haid

Die Landgeherin

Auflage:
7 6 5 4 3 2 1
2017 2016 2015 2014 2013 2012 2011

HAYMON verlag
Innsbruck-Wien
www.haymonverlag.at

ISBN 978-3-85218-683-2

Umschlag- und Buchgestaltung, Satz:
hœretzeder grafische gestaltung, Scheffau/Tirol
Coverfoto: hœretzeder grafische gestaltung, Scheffau/Tirol

Gedruckt auf umweltfreundlichem,
chlor- und säurefrei gebleichtem Papier.

Prolog

Die Erde erstarrt, verwittert. Johlend rücken die Propheten vor: Unglück, Unglück! Für Reue ist es zu spät. Mit Windstößen fallen die Weissagungen wieder ein: Wildbäche treten aus den Betten, wie Steine fliegen die Früchte durch die Luft, schäumend vor Wut zerren die Hunde an ihren Ketten, tote Hasen stehen auf, den Hennen fallen die Federn vom Leib, die Dächer reißen ein, aus dem Boden sickert Pestgeruch ... Und die Scheunen brennen.

Rusilena oder Rusileena oder Rusilana hat weit droben bei den Gletschern, die sie dort Ferner nennen, gewohnt. Es sind die höchsten Siedlungen des Bergtales gewesen. Dann sind die Gletscher gekommen, haben sich wie weiße Kälber, so heißt es in den Sagen, ins Tal gestürzt, haben Weiden und Wälder und dann Almen, Häuser und Dörfer mit Eis überzogen.

Die Leute im kleinen Berghof „Am Häuslan" sind geflohen. Dort droben haben sie solche Namen gehabt wie Rusilena oder Rusileena oder Rusilana, abgekürzt auch Ana wie Anna. Männer haben solche Namen gehabt wie Ruzzo und Rutsch. Vom „Häuslan" sind keinerlei Spuren geblieben. Im Nachbartal hinter den großen Fernern haben sich die „Häuslar" angesiedelt. Sie haben es versucht und sind immer wieder gescheitert. Dann haben sie auf die „verheißne goldene Zeit" gewartet. Sie sind aber verarmt.

Eine ANA ist übrig geblieben. Vielleicht eine Heilige oder sonst eine. Wir wissen es nicht.

I

Sie haben uns aus dem Nest genommen.
Vertrieben aus der Kindheit, aus der Natur ganz
einfach, aus dem Unsichtbaren, das in uns ist.
Haufen- und scharenweise sind Tiere, sind Vögel
krank geworden, schweigen. Winziger Gaumen-
freuden erinnern wir uns wieder, als wären sie
die Kommunion unter Kumpanen der Poesie …

Die eine und die andere. Wenn die Erste stirbt, kommen viele andere nach. Maria Scherer, nennen wir sie die Ahnin oder die Alte, wird im Jahre 1817 zu Niedervintl im Pustertal geboren. Sie ist zufällig dort geboren worden. Auf der Durchreise aus Nordtirol, über den Brenner kommend, ist sie einem Geschirrhändlerehepaar außerhalb des Dorfes in einem Schuppen neben der Straße geboren worden. Ihr Vater Martin Scherer ist der Sohn eines abgehausten Bauern zu Sankt Martin im Passeiertal gewesen und hat sich einer im Mötzer Klammwald hausenden und immer wieder weit herumziehenden Geschirrhändlerin aus der Monz-Sippe angeschlossen. Zusammen sind sie jahrelang durch die halbe Monarchie gezogen, ausgestattet mit einem Ausweis für Geschirrhandel und den Handel mit allerlei Kurzwaren. Landauf und landab. Immer sind die unterwegs gewesen. Ausgestoßene Tiroler. Echte Tiroler nach alter Herkunft. In Niedervintl ist es dann passiert. Maria, wie sie später heißen soll, wird in den kalten Dreck der Hütte hineingeworfen. Direkt aus der Mutter heraus. Ohne Beihilfe und Geschrei, ohne saubere Tücher und später dann ohne Taufe oder kirchlichen Beistand oder gar Segen. Wie es bei den Landgehern üblich gewesen ist. Aber der Pfarrer des Herkunftsortes hat nachträglich eine genaue Aufzeichnung machen müssen über die Sippe, ihre Größe, ihre Namen, ihre Geburts- und Sterbedaten, manchmal auch Angaben über Verehelichungen und Einweisungen ins Zuchthaus. In letzterem Fall haben sie der Gemeinde in den kalten Wintermonaten nicht mehr zur Last fallen können. In den Sippen der Landgeher, dieser ausgestoßenen Tiroler alter Art, gehört es zum wichtigen Teil ihrer Tradition, dass sie über ihre Geschichte und ihre Sippen genau Bescheid wissen.

Maria Scherer, die Alte oder die Ahnin, übernimmt von ihren Eltern den Handel mit Geschirr und mit Kurzwaren aller Art. Die kranken und bald elendiglich verreckenden Eltern sind der Gemeinde Sankt Martin eine große Last gewesen. Maria Scherer verbindet sich mit einem herumziehenden Mann aus der bekannten Landgehersippe Glatz aus dem Tiroler Oberland. Allesamt wieder ausgestoßene Tiroler nach alter Herkunft.

Im Jahre 1838 wird ihnen eine Tochter geboren, der sie den Namen Katharina, abgekürzt Kathl, geben. Diese wiederum zieht mit einem Landgeher aus dem oberen Vinschgau, nach alter Art Geschirr und allerlei Kurzwaren verhausierend, durch große Teile der alten k.u.k. Monarchie bis nach Ungarn.

Im Jahre 1865 wird ihnen eine Tochter geboren, der sie den Namen Maria geben. Es ist unsere Landgehermama. Es folgt noch ein Dutzend weiterer Kinder, die später zumeist als die ersten Fabriks- und Ziegelarbeiter tätig sind. Mehrere Mädchen dieser und anderer Sippen sind in den Aufzeichnungen der jeweils zuständigen Pfarrer auch als Prostituierte erwähnt.

Maria verbindet sich mit einem Sohn eines weiteren abgehausten Bauern aus dem Passeiertal, wiederum einem Mann namens Martin, der immer nur der „Landgehertatte“, also der Landgehervater, genannt sein soll. Zur Schonung der Sippe am Herkunftsort und soferne er der Herkunftsgemeinde später zur Last fallen sollte. Hier endet die Aufzeichnung der Pfarre. Alle Frauen haben in sehr jungen

Jahren ihre Kinder zur Welt gebracht; zumeist ein ganzes „Rudel“ oder eine „Kutta“, so heißt es; mit zehn und noch mehr Kindern, die aber fast alle sehr früh sterben.

Alle von den Sippen haben so dahingelebt, haben gehandelt, gestohlen, musiziert, geheilt, haben Durst, Hunger und Kälte erlitten. Wir folgen ihrem Weg durch Teile der alten Monarchie. Eine davon ist eine Heilerin und Zaubererin.

Dann gibt es die andere. Es ist die um 1885 geborene, in den Schmutz einer aufgelassenen Heuhütte hineingeborene, hineingeworfene Tochter Anna, die Erstgeborene dieser neuen Landgehersippe, die später nur mehr ANA heißen soll.

Weit droben bei den Gletschern, die sie dort Ferner nennen, leben und herrschen mächtige Frauen aus der Vergangenheit, aus längst zurückliegenden Jahrhunderten und Jahrtausenden, und sie leben immer noch dort. Das sind wieder die anderen. Aber sie gehören zusammen. Sie bleiben dort, bis sie von Raupenfahrzeugen, Pistengeräten, vom schrecklichen Weiß aus neuen Kanonen und Sprengladungen verjagt werden; bis sie allesamt getötet sind. Dann ist das Ende der „verheißnen Zeit“ gekommen. Oder sie sind allesamt unter einer mächtigen, einer riesigen Lawine verschwunden. Einzelne von ihnen haben Namen bekommen. Eine ist die Rusilana. Dann hat sie zwei „E“ und nennt sich wie die Lawine im Dialekt der dortigen Bergler Rusileena. Die Lawine ist die „Leena“. Eine andere ist die wilde Wally. Die schrecklichste und wildeste und schönste von allen ist die Langtüttin. Alle stammen aus den Geschlechtern der SALIGEN oder kehren dorthin zurück.

Abgehauste und also verarmte Bauern, vor allem aus den hinteren Bergtälern, haben sich immer wieder den nomadisch lebenden Landgehern angeschlossen. Auch wenn sie es gewollt hätten, wäre ihnen das Eingehen einer kirchlich legitimierten Ehe versagt geblieben. Mehr aus Gründen eines nicht nachweisbaren Vermögens, der nicht lebensfähigen Erträge etwa eines kleinen bergbäuerlichen Anwesens, eines „Hoamatle“. Junge Paare haben, wenn sie offiziell kirchlich heiraten wollten, den mehrere Wochen dauernden Weg nach Rom nicht scheuen dürfen, um dort die sogenannte „Rom-Ehe“ auch ohne Besitznachweis eingehen zu können. Dafür hat es einen extra ausgewählten Geistlichen gegeben. Das neue Paar kehrt nach dem langen Weg von Rom zurück in den zuständigen Herkunftsort, den des Vaters, legt dort die Rom-Papiere vor und erwirkt sich damit das Recht, im Falle von Krankheit und auch in den Wintermonaten von der „Herkunftsgemeinde“ versorgt zu werden. So schnell wie möglich muss das Paar, muss die Sippe, inzwischen erheblich angewachsen, diese Gemeinde verlassen. Verjagt, vertrieben, zum Teufel geschickt. Die Sippe zieht wieder durch alle Täler des Landes und der umliegenden Länder, handelt mit Früchten und Geschirr, zeitlebens mit Früchten und Geschirr. Später dann auch der Handel mit jungen Mädchen und mit trockenen Zitronen. Irgendwann stirbt der Vater, der Tatte, im Spitale zu Bozen.

Die eine und die andere kommen zusammen. Bei Gericht und im Himmel treffen sie sich.

Wenn sie nicht versehentlich heiliggesprochen werden, kommen sie in das sogenannte Fegefeuer. In das sogenannte Fegefeuer, weil es dort weder heiß noch fußfrei ist, weil dort die erfrornen Füße aufgewärmt werden. Dort treffen sich Büßende im kalten Eis der Ferner. Und treffen sich dort mit Kräuterweibern, Heuträgern, Quacksalbern und Hirtinnen.

In der KALTEN PEIN, verschone uns, o Herr, büßen wir unsere Sünden, eigentlich keine Sünden, eigentlich nur Versäumnisse, ein paar Schlägereien um der Gerechtigkeit willen, eigentlich solche Geschehnisse wie das Abschneiden der Zöpfe bei heranwachsenden Mädchen, der erste Rauch aus der Pfeife, der erste lüsterne Blick auf die andere

Kirchenbankseite am Sonntag oder wann auch immer die Kirchenbänke voll sind von Sündern, von Rosenkranzbetweibern, von stinkenden Misthosen und dreckigen Patzen unter den Fingernägeln. Es kommen die seligen Zeiten der Feste und der Buße, der Wallfahrten und der anderen geheimen Gelüste.

In der kalten Pein treffen sie ihresgleichen: die anderen Sippen vom Dörcherpack, die streitbare und unwiderstehliche Wally und auch die dunkle Helene mit dem Schüppel Kinder hinter sich.

Jetzt kann das Leben, jetzt kann das Spiel beginnen.

Schaust du verträumt vom Turme nieder,
Du hochlandwilde scheue Maid
Im knappgeschnürten Purpurmieder,
In keuscher Herzensherrlichkeit,
So denk' ich einer Alpenrose,
Die einsam auf der Klippe steht,
Unsorgsam, ob bei Stein und Moose
Ein Menschenauge sie erspäht.

Du hochlandwilde scheue Maid, du lebst in keuscher Herrlichkeit? Droben auf der Klippe stehst du und wartest? Auf wen wartest du?

Drunten im Tal lebt die Maria vom Dörcherpack. Man nennt und kennt sie als die Maria vom Dörcherpack. Sie gehört zu den Dörchern. Sie können auch Karner oder Laniger heißen oder auch Landgeher oder alpenländische Vaganten. Sie haben zu den Dörfern und den Dorfbildern gehört, zu den Rändern, zu den spannendsten Außenseitern himmlisch-katholischer Gebetsdörfer in sogenannten Heiligen Landen.

Jetzt ist sie unterwegs in den Bergen. Sie ist eine Heilerin. Sie lebt vom Steineklauben und vom Suchen heilkräftiger Blumen und Kräuter. Sie kommt mit den Buschen und

Büscheln zu den Bauern in den Dörfern, zu den leidenden Menschen, und sie geht am liebsten in die Ställe zum kranken Vieh. Dort heilt sie und dort betet und schwindelt sie. Wenn der Arzt vom Nachbardorf nicht mehr heilen und helfen kann, dann wird nach der Maria gerufen. Sie kommt und lässt sich bezahlen. Sie will alte Kalender dafür haben. Zauberbüchlein sind ihr am liebsten. Auch alte Bibeln. Die mit den Sprüchen und Prophezeiungen. Vom Jüngsten Gericht. Von den Todesstrafen. Von der Kreuzigung des Herrn. Und am liebsten hat sie die Geschichten vom rechten und vom linken Schächer. Hat der Arzt aus dem Nachbardorf auch Salben und Wunderpflaster in geheimnisvollen Verpackungen und mit rätselhaften Aufschriften, gibt er der Bäuerin beim Stillen nichts anderes als der Kuh vor dem Kalben, deshalb vertrauen die Bauersleute mehr der Maria.

Marias berühmtes Wasser wollen sie trinken, wollen es sich mit Daumen oder Zeigefinger auf die Brust tropfen lassen, sich damit von der Maria einreiben lassen, bis es eingetrocknet ist, wollen auch ihr „Spezialpulver" schlucken, wollen es dem Kalb vor dem Verrecken in das Futter mischen. „Hegadex-Schmier" sagen die Leute dazu. Hexenschmiere soll es sein. Geheimnisvoll zusammengemischt aus Kräutern und Meisterwurzöl, mit einem solchen „Theriak" zieht die Maria durch das Land. Still und leise schleicht sie um die Höfe. Immer schon riecht sie es, wenn drinnen jemand wund und krank und siech liegt, wenn das Rindvieh nicht werfen will, wenn die Hex wieder das Buttermachen verdorben hat. Sie schmeckt es, wenn sie sich den Häusern nähert. „Sie kommt", flüstern sich die Leute zu. Noch hat sie niemand gesehen oder gehört. Sie steht an der Haustüre und öffnet. Ist die Tür verschlossen, weiß sie mit einem geheimen Griff die Türe zu öffnen, weiß sie die passenden Sprüche und Beschwörungen. Weit und breit ist sie bekannt. Jetzt habe sie sogar, erzählen sich die Leute, Mittel gefunden gegen die „Mucken" im Hirn, wie die Leute das Vergessen und das Auslöschen des Denkens nennen. Dagegen habe sie ein Mittel gefunden und kein Arzt, sagen die Leute, habe ein ähnliches Mittel gefunden. Am nächsten Tag steht sie an der Stalltüre und schaut dem nahezu blinden Alten vom Hof in die Augen. Stechend und tief soll der Blick gewesen sein und es habe farbige Punkte gegeben rund um den Alten, und dass er „zu viel Feuchtigkeit im Hirn" habe und davon komme das allmähliche Verlöschen der Augen, habe sie gemeint, und das alles sei ja nur Kindermärchen und Ammengeschwätz und Einflüsterung des Bösen. Leidet einer der jungen Mannsleute im Haus und im Hof gar am edelsten Leibesgliede, wisse sie auch da ein Wundermittel. Dann würde der junge Mann wieder frisch und neun Monate danach gäbe es Zwillinge. Eine wilde Brut würde daraus entstehen. So sagen und so mutmaßen die Leute im Tal, die auf den Bergen, die in den hintersten Höfen des Tales, die draußen in den Städten, die in den Siechenhäusern, bei denen die Maria heimlich und unerkannt und in der Nacht einschleichen kann.

Sie ist eine von denen, die am meisten Kraft und Gewalt haben.

Sie wolle das Ungemach vollständig von Menschen und Tieren nehmen. Die müssten aber daran glauben. Wenn sie eine wirkliche Hexe wäre, würde sie immerzu nur Böses anrichten, würde verhexen und verzaubern und es würde den Menschen immerzu nur Schaden angerichtet, Tag für Tag und Woche für Woche und landauf, landab. So aber sei sie an unbekannten Orten und morgen schon weit weg an einem anderen Ort.

Sie habe das Handwerk des Zauberns und Heilens dort gelernt, woher auch die Maria Scherer kommt und andere wilde Frauen.

Gestern ist sie zu einem Hof gekommen. Schon von weither hat sie es aus dem Stall heraus gerochen. Das Vieh, die junge Kuh, ist dort gelegen, auf der Seite und alle vier von sich gestreckt, hat erbärmlich gejammert, jaja, gejammert wie ein krankes Kind, hat dazwischen aufgeheult, hat dann geschrien, dass es alle im Hof gehört haben, das alles hat die Maria schon lange vorher gerochen. Sie kommt, geht in den Stall, schüttet ihr ein Fläschchen Skorpionöl ins Maul. Die junge Kuh hat das Gift heraußen. Dann schleunigst guten schwarzen Tee, Kräutertee und immer wieder eine „Magen"-Suppe, und alles hineingeschüttet. Dann noch einen schwarzen Klostergeist und alles wieder gsund. Sagen die Leute und sie geht wieder.

Hat sogar den Rotlauf ausräuchern können.

Hat sogar „wildes" Fleisch aus den Verrenkungen ziehen können. Binnen kurzer, ja kürzester Zeit mit dem Dörrband, mit dem Band zwischen Himmel und Erde, aufgespannt und über den siechen Magen gelegt, und dazu ihre Pflanzensäfte. Beim unrichtigen Stand der Sterne hat sie keine heilenden Verrichtungen machen können. Da ist die Maria im Nu weg gewesen. Wie verschwunden. Haben die Leute gemeint, könnte ihr die Hexe den Stand der Sterne und der Gestirne sozusagen abgesagt und angeblasen haben.

Dann ist sie weggegangen.

Manche Kranke musste sie nicht aufsuchen, um sie heilen zu können. Andere Kranke mussten gar nicht zu ihr kommen, um Heilung zu erfahren. Nur das Wasser des Erkrankten sollte man ihr weisen und musste erzählen können, was der Leidende in den letzten Tagen gegessen und getrunken habe und an welchem Körperteil es ihn besonders zwicke.

Wenn sie kein natürliches Heilmittel mehr gewusst hat, keine Salbe, kein Kräutlein, kein Hineinstechen und Hineinbohren, dann ist sie im Moment ratlos gewesen. Dann kurz darauf: „Dem Ungesund werde ich das Sekkieren austreiben. Wenn ihr ein Bröckl Religion im Leib habt, leg ich das kleine Bröckl gern auf den Tisch." Damit ist sie schnell zur Hand.

Jetzt hat sie aber – wieder einmal – fliehen müssen.

II

Seis drum! Unsere Seelen sind ausgewaschen wie Gerippe. Der Heuwind mit seinem Durst und den Schmetterlingen, die dir am Gaumen klebten …

Da hat für die Landgehersippe mit der Landgehermama, dem Landgehertatte und der immer zahlreicher werdenden Kinderschar um das Jahr 1885 ein langes, beschwerdenreiches Wanderleben angefangen. Immer wieder treffen sich die Frauen der Sippe mit anderen herumziehenden Frauen, droben in den Bergen oder in den Ebenen des flachen Landes bis hinüber nach Ungarn, bis nach Warasdin. Sie treffen sich in den Bergen, ganz droben auf den Jöchern, bei den Gletschern, von wo sie wieder in südliche Gefilde kommen, zu reichen Weinbauern und Händlern, zu missgünstigen Neidern, und immer wieder treffen sie an den Rändern der Orte etliche von ihresgleichen, Herumzieher und Vaganten mit Körben, Karren und mitunter zahlreicher Kinderschar.

Es sind Geflüchtete. Es sind Verarmte. Es sind Ausgestoßene. Aber es sind Wunderheilerinnen und Heilige dabei. Mitten unter ihnen eine Hure. Mitten drunter der berüchtigte Zuhälter. Das freie Land hat viel Platz.

Liebschaften gehen dort und da andere Wege.

Im freien Land treffen sie die neunköpfige Familie bei ihrem Karren. Zwei der Jüngeren sind verlaust. Die Älteste ist nur mehr und überall in allen Dörfern, in die sie kommen, in der Kirche anzutreffen. Wo sie in der ersten Bank kniet, ehrfürchtig die Hände aneinandergefaltet und betend. Nein. Fluchend. Droben ein geschnitzter Herrgott. Daneben Engel und noch einmal Engel, pausbäckige Engelein. Das Mädchen kniet dort und betet und flucht und wischt sich den Schweiß von den Händen. Es ist zum ersten Mal mit einem fremden Mann beisammengelegen. Das haben sie in ihrer Lebensweise früh erprobt und so ist es. Das Mädchen strebt ins Kloster. Es will eine Madonnenerscheinung erleben. Es hat viel von den Hirtenmädchen in Lourdes und Fatima und La Salette gelesen, die solche Erscheinungen gehabt haben. Es betet darum, dorthin reisen zu dürfen. Es ist die verkehrt andere Richtung, in die Vater und Mutter mit den anderen sechs Kindern ziehen wollen. Eines Tages wird sie sich davonschleichen. Dann wird sie in einer dunklen Höhle auf die wundersame Erscheinung warten. Alles streitet in ihr herum. Der Teufel bringt ihr das Fluchen bei. Aber das Stärkere wird siegen. Sie will eine HEILIGE NONNE werden.

Wenn sie wenigstens den Weg nahe über Tarvis nach Ungarn wählen könnte. Dann hätte sie eine Chance. Droben auf dem Berg liegt der heilige Platz. Dort hat die Hirtin auf wundersame Weise ihre verschwundene Herde gefunden. In der Früh sind sie plötzlich neben einem Stein gewesen. Nein, sie sind dort gekniet. Die Schafherde kniet neben dem Stein, kniet rund um den Stein herum. Und auf dem nackten Stein geschieht das Wunder der Erscheinung. So haben es sich die Leute ausgemalt und sich ihre Geschichten ersonnen. Die Älteste der Herumzieherfamilie hat den Himmel entdecken wollen und will auf den Luschariberg, wenigstens auf den Luschariberg. Sie will dabei sein können.

Sie hat auch heimlich von der wundersamen Frau gelesen, die sie drüben im Achental verehren, eine Heilige, wie sie sagen, eine solche, die auch schon Wunder zustande gebracht haben soll. Sie will mehr davon kennen lernen. In den Kirchen des Landes sucht sie nach Tafeln, auf denen die Heilige abgebildet ist. Aber sie kann keine finden. Da müsste sie auf einem der Wanderzüge zum Achensee hinaufgelangen.

Es ist alles sehr, sehr lange her. Deren Vater soll ein Hutmacher gewesen sein. Als junges Mädchen ist sie in den Dienst eines Landeshofmeisters getreten. Sie ist Magd gewesen. Was kann sie sich darunter vorstellen? Sie wird Mama und den Tatte fragen. Aber die werden ihr nichts sagen. Sie erzählen nichts von solchen Dingen. Sie nennen es die FRÖMMELEI. Das Kind solle andere Wege gehen.

Sie will sich heimlich auf den Weg machen. Das Betteln hat sie gelernt. Den frommen Augenaufschlag hat sie erprobt. Das Händchenhinhalten zum Empfangen gütiger Gaben hat sie immer wieder erfolgreich anwenden können. Sie wird zur heiligen Burgl gehen. Zur Heiligen mit den wundersamen Geschichten.

Im hintersten Pseir, also im Passeiertal, brechen sie auf. Vorne Kleinkinder, die das Gehen schon gelernt haben. Dunkle Wollfetzen übergehängt. Lachend und raufend. Bis der Alte eingreift, der Tatte. Er packt zwei der schlimmsten Raufer, schüttelt und beutelt sie mit seinen starken Händen, haut mit seinen Pratzen auf die Buben, versetzt ihnen einen zünftigen Schlag. Sie lachen und zeigen dem Vater die Zunge. Sie haben den Gehorsam nicht gelernt und werden ihn nie lernen. Eine wilde Bande zieht durch das Tal.

„Wo ist schon wieder die Ana?"

„In der Sankt Martiner Kirche verschloffen."

„Wart nur, ich hol sie bei den Haaren. Kann schreiend beten. Amen. Amen!"

Der Vater reißt die Kirchtür auf, rennt auf die ganz nahe beim Altar Kauernde zu, reißt sie mit sich, reißt sie bei den Haaren, zerrt sie. Schreit und schlägt.

„Werde dir das schon austreiben."

Ana weint still in sich hinein. Ein paar dreckige Tränen rinnen. Trauer kann sie nicht zeigen. Aber Trotz und immer den Trotz. Wie die Buben den Widerstand zeigen, offen zeigen, dem Vater die Zunge herausstreckend, schluckt

Ana alles Leid und alle Pein und alle Schläge in sich hinein. Die Mutter greift nicht ein. Alle Heilkünste und Salben und Kräuter und Beschwörungen sind machtlos und unwirksam gegen den Herrn der Sippe. Selten sagen sie „Papa" zu ihm, meistens aber „Tatte", und dieser Tatte kann beliebig schlagen und züchtigen und herrschen.

Wie die Maria zu ihm gekommen ist? Oder wie er zu ihr gekommen ist?

Achtzehn Jahre ist sie alt gewesen, wie er, der Bub eines abgehausten Bauern, zum ersten Mal auf Wanderschaft hat gehen müssen. Da hat er die junge Landgeherin gesehen, hat sie gleich angepackt, hat ihr den ersten deftigen Schlag auf den Hintern versetzt. Dann erst hat er den ersten Kuss erzwungen. Wie es halt zugeht und immer wieder zugeht, und dann hat er sie genommen, hat sie gefragt, ob sie mit ihm gehen wolle. Zwangsweise, das hat sie gleich gespürt, wird sie ihm folgen, wie es heißt, durch dick und dünn. Meistens ist es ja sehr dünn mit der Esserei und der Sauberkeit und oft abscheulich und abstoßend dreckig.

„Wirst mit mir gehn." Dann sind sie durch die weite Welt gezogen, durch viele Täler und Dörfer des Landes. Alten Rechten folgend, sind sie immer wieder an den Ausgangsort zurückgekehrt. Es sind Kinder gekommen. Es sind viele Kinder gekommen. Der Reihe nach in den Dreck geworfen, abgeputzt, gefüttert, schlafen gelegt. Haben ihnen das Betteln beigebracht, das scheinheilige Händchenaufhalten bei den Bauern um eine Henne, ein Stück Butter und Brot, und niemals eine Wohltat, ein anerkennendes Wort. „Madele, wem gehörst du?" „Hast du Hunger?" „Lass dir über die Haare streichen. Hast so wunderschöne dunkle Haare. Pechschwarz." Dann sind sie weitergezogen. Irgendeinmal werden es sieben sein, und dann vierzehn, aber sieben werden frühzeitig zugrunde gehen. Wenn der kalte Herbst kommt, müssen sie sich in einem Heustadel verschliefen. Wenn der Schnee und die große Kälte ins Tal hereinbrechen, werden sie zum Ortsvorsteher gehen. Sie nennen ihn dort den „Gewalthaber“, weil er allumfassend Gewalt über das Volk seines Dorfes hat, weil er in kleinen Sachen auch Gericht sprechen kann. Das tut er. Das nutzt er aus. Und er herrscht auch über das Dörcherpack. Sie nennen die herumziehenden Landgeher das „Dörcherpack“. Über die kann er Macht und Herrschaft nach eigenem Gutdünken ausüben. Kann sie in den Dorfkotter werfen. Kann ihnen ein leeres Häusl zuweisen, in dem seit zwei Generationen niemand aus dem Dorf mehr hausen will. Es ist das Lanthaler-Lahnhäusl. Eine Holzhütte knapp außerhalb des Ortes. Wenn die schreckliche Lahn, also die Lawine, in Zwanzig- oder Dreißigjahrabständen über dem Dorf herabzudonnern droht, dann ziehen die Dorfleute aus zwei, drei, vier Wohnhäusern aus, verlassen Kachelofen und Bettstatt und ziehen für eine Nacht oder mehr in das LAHNHÄUSL. Dort lagern sie auf alten, rauen Decken, wärmen sich am Feuer, warten auf die Lawine, beginnen zu beten, sprechen ihre altvertrauten Flüche und sparen nicht mit ihren lasterhaften Reden. Und wenn die Weiber schon schlafen oder vorgeben eingeschlafen zu sein, dann ziehen sie ihre dreckig-zotigen Witze heraus. Abreagieren und loslegen wie seit eh und je. Im Lahnhäusl ist dann kein Platz für die Landgeher. Sie werden hinausgeworfen.

Ana ist die Älteste, ist die Erstgeborene, ist die Fromme, die somit Aus-der-Art-Geschlagene, die Außenseiterin, und sie gehört dazu. Geschlagen und aus der Kirche gezerrt. An den Haaren herausgezogen. Am schlimmsten erlebt sie das Zerreißen ihres Rosenkranzes. „Betschwester.“ Der Vater reißt ihn ihr aus der Hand. Sie umklammert den Rosenkranz. Der Rosenkranz reißt. Alle Perlen fallen zu Boden, verteilen sich über den Kirchenboden. Einzelne verschliefen sich in den Ritzen. Andere verstummen nach und nach, über den harten Stein gerollt. Wie die Tränen zu Boden gerollt. Wie der Tatte heute wieder zornig ist. Die Ana bettelt nicht um Geduld und Verschonung. Sie bettelt nicht ums Schlagen und das Bestraftwerden. Sie duldet still.

Ana wird bald einmal auszubrechen probieren, wird die Landgehergruppe verlassen, wird in Kaltenbrunn oder auf dem Locherboden oder bei der Madonna von „Unserer Lieben Frau“ die Gruppe verlassen.

Jetzt sind sie unterwegs, hoch über Rabenstein, und erreichen die Waldgrenze. Es wird kalt. Der Nebel bricht herein. Über dem Hangenden Ferner hängt der dunkle Nebel ganz dick. „Nix Gutes.“ Die Kinder sind still. Die beiden älteren Buben, in bestem Alter an Wuchs und Frechheit, tollen herum, werfen mit Steinen, verletzen sich, kommen zur Mama, lassen sich widerspruchslos verbinden, lassen sich von der Mama streicheln, gehen wieder, rasten dazwischen, tollen wieder herum, bis sie zurück ins kalte Lager kriechen. Die beiden jüngeren Buben verschliefen sich hinter der Mutter, ducken sich in den weiten Kittelfalten. Ana geht als Letzte. Das Kleinste hat die Maria in ein Tuch gesteckt, das sie auf den Rücken gebunden hat. Jetzt sind es noch sechs. In drei Jahren sind es vielleicht neun und in weiteren drei Jahren, eine Zwillingsbrut miteingerechnet, könnten es dann vierzehn sein. Aber dazwischen sind immer wieder welche gestorben, an einer Seuche zugrunde gegangen oder durch einen Steinschlag oder ganz einfach zu schwach und nicht überlebensfähig. Keines, darauf legt der Tatte Wert, ist jemals verhungert. „Nein, nein, verreckt wegen Hunger ist bei mir keins.“ Auf dem langen, steilen Weg übers Joch sind es acht Personen: die Mutter Maria, der Vater, der Tatte, die Älteste, die Ana, die beiden älteren Buben Romed und Anton, die beiden jüngeren Buben, der Hansl und der Seppl, Mamas „große“ Spitzbuben. Auf dem Rücken im Tuch schläft die Kleine. Kathl heißt sie, wie ihre Großmutter. Sie können allesamt auch anders heißen und wenn sie keinen Namen haben, werden sie auch dabei sein und werden nicht verhungern. Den Karren haben sie unten im Tal gelassen, weit hinter Rabenstein in der SCHÖNAU, wie sie diesen schrecklichen Ort in der Schlucht dort heißen. Der Vater klärt auf: „Merkt euch, es kommt von Schenna draußen bei Meran, weil die Herren und die reichen Bauern von Schenna den Rabensteinern ihre große Alm genommen haben, alles regulär, sage ich euch, alles bei Gericht niedergelegt und alles sauber, sagen die Leute und melden die alten Schriften. Weggenommen, gestohlen haben sie uns die Alm. Unsere beste Alm. Da hat mein Urgroßvater noch Vieh gehabt. Dann haben alles die reichen Bauern und die Herren genommen. Schönau ist Schenna."

Jetzt aber weiter. Der schmale Weg steigt an, kommt zu den großen Geißweiden, zu den größten Geißweiden, den allergrößten Ziegenweiden des Landes, und da kommen die Landgeher wieder zu einem Kitz. Nicht, dass sie warten hätten müssen, bis eines von einem Stein erschlagen wird oder eine Ziegenmutter das junge Kitz nicht hätte saugen lassen und es an Hunger verreckt. Es wird ein gutes Kitz aus der Herde genommen, nicht ein solches gutes Kitz, das zum „Ziegeln" für die Zucht besonders tauglich sein könnte, nicht ein junges Böcklein mit gutem Gehänge, wie der Vater mit kundigem Blick gleich erkennen muss. Nein, ein solches mit einem ungleichen Horn, mit „verdrehten" Augen, wie er sagt, das eh nichts taugen würde, und er erkenne ja am Ohr, welchem Bauern es gehöre und wie es also um dieses Kitz nicht schade sei. Kurzerhand wird es geschlachtet. Das Blut ist heruntergeronnen. Die Kinder haben das Blut aufgefangen und gleich angefangen zu trinken und dann haben sie das Feuer entzündet, das Kitz gebraten, den ersten Teil fertiggebraten, sich die Finger ein ums andere Mal abgeschleckt, haben geschmatzt und haben es fein gehabt. Weil auch das Wetter gepasst hat, weil die Kinder allesamt gesund sind, weil die Maria noch keinen dicken Bauch hat, wie jedes Jahr einmal, wenn sie so dick geworden ist um den Bauch herum und immer schwerer hat schnaufen müssen beim Bergaufgehen.

Zwei Gehstunden oberhalb von Schönau ist es gewesen. Drüben hinter dem Joch wollen sie hinter dem großen Stein ihr Nachtlager aufschlagen. Bis dorthin müssen sie heute noch kommen. Es ist knapp Mittag. Der Hangende Ferner steckt im Nebel. Der Nebel zieht langsam ab, schleicht über die Gipfel weg, schickt einen kalten Windstoß herab, duckt sich hinter dem Gipfel, verschwindet. Der Ferner leuchtet. Der Schnee ist fast ganz weggeschmolzen. Nur mehr das blanke Eis dort droben. „Der Hangende Ferner kann euch Geschichten erzählen, Kinder, wie ihr noch nie gehört habt."

Die Kinder wollen eine Geschichte hören. Der Tatte kennt viele Geschichten. Er erzählt sie, wenn ihn die Kinder darum bitten. Dann hängen sie an seinen Lippen, dann klammern sich die Kleinen an seine lodene Hose und es packt sie die Angst oder das Grauen oder die Unheimlichkeit dieser Geschichten. Dann erleben sie die schönsten und kostbarsten Stunden ihres Landgeherdaseins.

Dann sind sie im Himmel
Dann ist der Himmel ganz nah und rundherum
und alles ist der Himmel
trotz der grausam-schrecklichen und wilden Natur
dass kein Mensch vor das Haus geht
dass sie drüben über dem Timmel
nicht mehr bis zum geheimnisvollen Stein kommen
und dort wieder einmal ein Mensch erfriert

Für die Kinder gibt es keine schöneren, grausigeren und abschreckenderen Geschichten als diese. Ana, die Älteste, stützt schon ihren Kopf zwischen die Hände, hockt auf dem Steinblock und wartet und horcht. Jetzt wird der Tatte ausnahmsweise, wie es ganz selten vorkommt, auch zärtlich.

Dann wendet er sich zuerst an die Maria. Jetzt aber spricht er sie an: „Mama“, sagt er zu ihr, „Mama, das ist die Geschichte, die mir der Tatte erzählt hat und der Nene und das Naale. Stellt euch vor, wie alt diese Geschichte ist.“ Und dann legt er seine rechte Hand auf den Kopf seiner Maria. Und er beginnt.

Und er hört nicht mehr auf und setzt nicht mehr ab. Hört nicht mehr auf, wird immer schneller, hört nicht auf, erzählt in leuchtenden Farben, steigert sich in die Hitze hinein, bricht ab, wischt mit dem Handrücken den Schweiß weg, flucht, hört nicht auf, wird immer schneller, erzählt und kommt in schreckliche Wut hinein, in eine solche Hitze, und kann nicht absetzen, kann nicht aufhören, kann nur den Schweiß wegwischen und schreit es hinaus. Die Kinder erschrecken, die Sonne ist untergegangen, die Farben verstecken sich, die Geschichte nimmt ein böses Ende und das mit der wilden Frau ist seine große Geschichte.

Die Kinder hocken dort auf einem Stein, auf einem Baumstamm, sie erleben den großen Traum, wie die wilde Frau gekommen ist. Die mit den beiden hängenden Brüsten, alle kennen sie die Geschichte, von der linken Brust mit dem Eiter und der rechten Brust mit der Milch. Dann ist alles wieder aufgebrochen. Dann bricht die Not über sie herein. Dann reden sie von den alten Geschichten. Dann erinnern sie sich an diese alten Geschichten. Von der Langtüttin, hat es geheißen, kommt die Geschichte, von der, die weit droben über dem Tal und über der Alm gehaust hat. Vor vielen, vielen Jahren. Und in der lebendigen Erinnerung wieder so, als ob es gestern gewesen wäre.

Eine halbe Nacht lang hat es gedauert. Die Sippe kauert unter den schmutzigen Decken und Fellen. Die Landgehermama streicht der Jüngsten immer wieder über die Haare, wischt die dreckigen Haarbüschel aus dem Gesicht. Die Mama kennt alle diese Geschichten, die jetzt an der Sippe vorbeiziehen, wie Träume, wie Schatten. Genau an dieser Stelle, wo zuhinterst im Tal der große weiße Stein liegt.

Wie es der Landgehertatte erzählt hat, wie er in immer schnellerem Tempo geredet und geschrien und geflucht hat und den Schweiß weggeputzt hat, da haben sie zugleich alles so erlebt wie in einem Traum, weit droben über den Gletschern, wie es oben im Himmel gewesen sein könnte.

Das hat der Landgehertatte erzählt. Mit offenen Mäulern sind sie dagesessen, sind dort auf den Steinen und Bäumen gehockt, haben die letzten Ziegenbratenreste verzehrt. Haben den Tatte über alle Maßen gelobt und gefürchtet und nach vielen Wochen wieder einmal bewundert. Seine Maria ist dortgehockt und hat sich gewundert. Wohl hat sie sich betroffen gefühlt. Jetzt ist sie selbst eine solche Frau, und deswegen machen sie die Leute im Tal zur Hexe. Eiter und Blut, Verderbnis und Leben.

Da ist droben in den Bergen, im hintersten Bergtal, bei den Almen und knapp unter den Gletschern, die sie dort Ferner nennen, ein Gletscher in Gestalt der Langtüttin dazugekommen, der dort steil herunterhängt, ganz steil über den Felswänden, und immer mehr droht abzurutschen und herabzustürzen. Und da haben ihn die Leute „Hangender Ferner" genannt. Zur Langtüttin, erzählen sie, ist einmal ein Büblein gekommen. Sie hat das Büblein unten am Anfang der Alm eingefangen, zuerst gelockt und gut zugeredet und dann mit dem Strick das Büblein, acht Jahre alt, mit hinaufgezogen wie einen Hund. Wie ein junges Kalb. Ein solches Büblein ist es gewesen wie einer der Buben aus der Landgehersippe. Das hässliche Weib ist immer wieder den Kindern nachgelaufen und hat sie in ihre Behausung gebracht. Dort hat sie ihnen ihre Brüste gezeigt, hat die Kinder daran saugen lassen, hat sie gezwungen dazu. Die Kinder haben die Milch getrunken. Dann haben sie die andere Brust bekommen und haben weiter trinken müssen daran.

Ja, hat der Landgehertatte gesagt, das sind wahre Geschichten.

Und sie hat das Büblein, das sie innig heiß geliebt hat, das sie auch geküsst und immer wieder mit der weißen Milch genährt hat, auf ein Lager gelegt, ein altes, stinkendes Ziegenfell, und hat das Büblein dort schlafen gelegt und hat Lieder gesungen. Solche in einer fremden Sprache, die das Büblein nicht verstanden hat. Dann hat sie das Büblein wieder geweckt, hat es an der Milchbrust saugen lassen. Dann hat sie gefragt, ob es Nockelen essen wolle. „Michele", hat sie gefragt, „willst Nockelen essn?" Und weil das Büblein nicht immer, heute schon den dritten Tag, nicht immer nur Milch aus der Brust der Frau hat trinken wollen, hat es gleich ja gesagt. Dann hat die Langtüttin unter dem großen Stein den schönsten und feinsten Teig herausgeklaubt und hat ihm auf dem offenen Feuer die schönsten und feinsten Nockelen gemacht. Da hat das Büblein gestaunt. Kaum ist es mit dem Essen fertiggewesen, ist es eingeschlafen und hat gesehen, wie die fremde Frau mit den beiden herabhängenden Brüsten der Reihe nach die jungen Zicklein genährt hat und ein junges, hinkendes Reh, und wie sie in einem wunderschönen Haus mit goldenen Geräten gewohnt hat. Vielleicht ist sie eine verwunschene Prinzessin gewesen.

Das Büblein hat ein paar Tage bei ihr bleiben müssen. Aber das Büblein hat sich ausgedacht, wie es heimlich verschwinden könnte.

Nachher haben die Leute des Tales erzählt, das Büblein habe sich nur dadurch retten können, dass es zum Zaun geschlichen ist, gerade zu der Stelle des Zaunes, wo zwei Holzlatten ein Kreuz machen. Da hat die Frau nichts mehr machen können. Sie sei eine Hexe gewesen, sagen die einen. Für andere ist sie eine verwunschene Prinzessin gewesen.

Sie ist dem Büblein nachgelaufen, hat aber an der Stelle, wo zwei Holzlatten ein Kreuz bilden, nicht mehr weiterlaufen können. Sie hat das Büblein am Rockzipfel erwischt, hat es zurückziehen wollen. Aber sie hat nur ein Stück des

Rockes in der Hand gehalten und hat fürchterlich geflucht und geschrien, dann geheult und gesungen und gebetet. Das sagen die Leute.

Die Landgehersippe ist weitergezogen. Es hat ein langer und beschwerlicher Weg auf sie gewartet. Drüben, wenn sie über dem Joch sind, wird ihnen der Tatte eine Geschichte erzählen. Sie kennen die Geschichte von der Langtüttin und auch die vom Wilden Mann, der nach einer anderen Erzählung bei der Langtüttin gehaust haben soll. Und das ist wahr, weil hinten auf dem weißen Stein die Fußabdrücke zu sehen sind, von wo aus die Langtüttin auf den „Hangenden Ferner" verbannt worden ist. Es geht weiter mit dieser Geschichte, morgen oder eher übermorgen, wenn sie drüben über dem Joch sind. Wenn sie sicher sind. Und wenn beim berüchtigten Totenstein niemand erfroren ist, niemand im eiskalten Schneesturm umgekommen ist.

Vorher müssen sie in einer aufgelassenen Hütte nächtigen. In früheren Jahren und Jahrzehnten, sogar Jahrhunderte früher schon, haben die Bauern mit den kleinen Handsensen, die sie „Hacker" genannt haben, mühsam gemäht, haben einen halben Sommer lang dort gehaust, haben das dürre Heu in die Hütte getragen, haben fest darauf gestampft, um Platz zu machen für mehr Heu, das für eine weitere Kuh reichen hat müssen. Das Heu haben sie auf Holzgabeln gelegt, haben es festgebunden, haben die Last mit einem Ruck aufgehoben und haben sie auf dem Kopf zur Hütte getragen.

Wenn sie ganz voll gewesen ist, haben sie das Dach aufgemacht und von oben das restliche Heu hineingestopft. Das ist lange her. Die steilen Bergwiesen werden nicht mehr gemäht. Die Hütte ist nahe dem Verfall. Das Dach ist an mehreren Stellen gebrochen. Die faulen Sparren hängen drohend über der Schlafstelle, über der heutigen Schlafstelle der Landgeher.

Die Geschichte mit der Langtüttin hört nicht auf, hat kein Ende, hat manchmal keinen Anfang, ist sehr, sehr alt oder ist von einem guten Geschichtenerzähler erfunden worden. Es kann auch sein, dass es unter den Landgehern solche Leute gegeben hat, die besonders ergreifende und erschütternde Geschichten haben erzählen können. Die Geschichten haben keinen Anfang und kein Ende. Sie kommen, werden weitererzählt und verschwinden wieder. Sie werden aber nicht vergessen. Wenn sie verdrängt sind, werden sie wiederkommen.

Die Landgehersippe nächtigt unter dem halbwegs trockenen Rest des Daches. Eng aneinandergepresst gehen gleichzeitig die Geschichten durch alle Körper der dort liegenden Menschen aus der Sippe. Sie denken dasselbe und sind manchmal wie ein Körper und ein Hirn und eine Seele. Auch wie ein gemeinsamer Bauch, wenn sie Hunger haben, wenn sie schier vor Hunger sterben müssen. Das hieße dann, dass sie verrecken. Aber die Geschichten sind in dieser Nacht gekommen. ANA hat es am stärksten gespürt, hat es schlimmer erlitten als die anderen. Aber sie haben es gemeinsam und gleichzeitig erlebt.

In dieser Nacht.

Die Langtüttin und der Wilde Mann sind oft im Pillerberg zusammengekommen. Laner heißt es dort, wo jetzt noch immer der weiße Stein liegt. Die Langtüttin und der Wilde Mann haben dorthin nur drei Schritte machen müssen. So groß sind sie gewesen. Bis auf den heutigen Tag sieht man dort am Pillerberg, Laner genannt, im Felsen eine Fußspur von eineinhalb Ellen Länge. Mit seinem Stock hat er eine Vertiefung in den Stein geschlagen, die man heute noch sehen kann. Und man kann heute noch genau sehen, wo er gesessen ist, wo er seinen Hintern in den Stein gedrückt hat und wohin er einen Zwirnknäuel und das Brett gelegt hat.

Dort sind sie oft beisammen gewesen, die Langtüttin und der Riese, also der Wilde Mann, und haben miteinander gespielt. Es ist eine Art Kartenspiel gewesen, aber eines mit Steinen in verschiedenen Farben und Größen. Dort sind sie stundenlang beisammen gewesen beim Spielen. Und dann hat sie neunundneunzig Mal gewonnen und der Wilde Mann ist zornig geworden. Aber das hundertste Mal hat er gewonnen. Das ist das entscheidende Spiel gewesen.

Der Wilde Mann hat sich furchtbar gerächt. Er hat die Langtüttin zum Gletscher hinauf verbannt, zum HANGENDEN FERNER. *Dort muss sie bis zum heutigen Tag bleiben. Dort wird sie immer noch im Eis des herabhängenden Ferners hängen. Es tropft das Eis. Es rinnt die Milch. Es rinnt der Eiter.*

Wenn es wieder hell geworden ist, kriechen und schlüpfen sie heraus. Wischen sich die Augen. Im Tageslicht haben sie gemeinsam gegähnt. Der Tatte so laut, dass alle erschrocken sind.

Sie räumen die Reste des Geißbratens zusammen und ziehen los Richtung Timmel. Weit hinauf, dreihundert und noch einmal dreihundert Meter, bis ganz nahe zu den Gletschern. Dort aber ist es immer kälter, und immer mehr steigt der schwarze Nebel herunter. Sie sind eingehüllt. Sie kommen nur mühsam weiter. Es fällt Schnee. Zuerst leicht, ganz leicht, und von sanften Jochwinden begleitet. Dann wird es immer schärfer. Es wird dunkel. Sie erreichen das Joch. Schnee weit hinunter auf die andere Seite, in günstigeres Gelände, wie sie meinen. Sie steigen ab. Der Schnee fällt dichter. Der Sturm nimmt zu. Dort aber beginnt der berüchtigte Timmelwind sein Spiel, jagt alles talauswärts, treibt Nebelfetzen hinaus und hinab.

Der Landgehertatte kennt diese Lage. Alle Leute im drüberen Tal kennen den gefürchteten Timmelwurm, wie er sich hinausschlängelt, wie er alles umfasst und umschließt, das sich ihm in den Weg stellt. Der Wind peitscht kalte Schneekristalle auf ihre Gesichter. So einen schrecklich grausamen Wind haben sie noch nie erlebt. Die Landgeherkinder drücken sich an Tatte und Mama. Am mutigsten ist ihre Ana. Trotzig widerstehen die Buben dem Sturm. Mühsam stapfen und treten sie, es wird immer dunkler, durch das lange Tal hinaus. Sie suchen, was sie nicht finden können, was sie nicht finden wollen, was sie in ihrem Landgeherdasein nie herbeiwünschen: den grausamen Bergtod im Schneesturm, das Erfrieren im Sturm, das Dahinkeuchen und Nach-Luft-Schnappen, das vergebliche Sich-Wehren gegen den Eis- und Schneetod.

Die Nacht bricht herein. Das letzte Leuchten der Ferner auf der anderen Talseite, weit drüben neben der Hohen und Wilden Geige, ist verschwunden. Die Landgeherbande plagt sich durch das lange Tal auswärts. Endlich der große Stein neben dem Bach und das heutige Ziel. Immer stärker der Sturm, vermischt mit Schneefahnen und Schneefetzen. Der härteste Sommer in diesen Regionen, und immer wieder die Toten. Auch mitten im Sommer. Am TOTENSTEIN erfroren. Wanderer, kundige Pseirer, abgehärtete Berggeher aus dem Tal drüben, und dann der stille, kalte Totenstein-Tod. Die Sippe der Landgeher, der Laniger, der Dörcher, der Karner. Allein in der schrecklichen Steinwüste. Die Schafe sind weit hinunter gezogen. Das Rindvieh hat um diese Jahreszeit kein Futter und wandert ab, wird abgetrieben in tiefere Regionen. Die Buben sind erschöpft. Das immerwährende Raufen und Buffen hat sie noch müder gemacht. Das Jüngste auf dem Rücken der Maria weint vor Hunger. Es kann nicht gestillt werden. Die Mutter sucht Kräuter und frische Bauernbutter. Die Mutter ist hilflos dem Schneesturm ausgeliefert. Das Kleinkind weint. Es schreit. Der Vater schreit zurück. „Halts Maul." Da schreit es umso mehr. Keine dicken Wolldecken. Ana betet. Ana lehnt sich an den kalten Felsen und betet: „Vor allem Unheil verschone uns, o Herr.“ Langsam hebt sie an, die ganze Allerheiligenlitanei herunterzubeten. Leise, immer wieder unterbrochen von den Schreien des Vaters. Was er am wenigsten leiden kann, ist das Geflenne und das Beten. Scheu, voller Angst und heimlich antwortet die Mutter.

Solche Litaneien vom „süßen Namen Jesu“. Den Vater ekelt. Die Mutter will nachbeten. In Bruchstücken werden die Anrufungen herausgestoßen, geflüstert, geschrien, gegen den Wind, gegen den Sturm, gegen den Hunger, gegen das Erfrieren: „O Jesu, du Tröster der Betrübten ... Wir bitten dich, erhöre uns ... O Jesu, du kostbares Kleinod ... O Jesu, du guter Hirt ... O Jesu, du Geliebter unserer Seelen ... Wir bitten dich, erlöse uns von allem Übel.“ Und rundherum der kalte Fels, der berüchtigte Totenstein, der fluchende Vater, die betende Tochter Ana, die Buben, knapp vorm Einschlafen hinter dem Felsen in einer kleinen Mulde und wenigstens einen Schnaps im Magen. Der Vater lässt das Getränk reihum gehen. Die Buben trinken. Es wärmt. Sie saufen sich voll. Die Kälte weicht. Die Mutter wimmert. Keine Kräuter zur Hand. Keine Salben. Das Kleine braucht Milch, Muttermilch, warme Muttermilch. An den Felsen gelehnt, die letzte Decke um das Kleine geschlungen, die armseligen, ausgelaugten Brüste mit dem Letzten, das sie hergeben, die Mutter hat noch ein wenig Milch. Das Kind saugt. Es kommt fast nichts mehr. Wie eingefroren, und dann hilft auch bei ihr nur mehr der Schnaps, der Pseirer Schnaps, das schrecklichste Wunder- und Betäubungsmittel. Alles vergessen. Im Schnee dort liegen. Die Sonne auf den Bauch scheinen lassen. Ana betet fortwährend. Wird immer leiser: „... von dem Zorne deines Gerichtes ... von der Pest, dem Hunger und dem Kriege ... von der Verachtung deiner Eingebungen ... durch sein schweres Verlassensein ...“ Und wieder leise die Erwiderungen der Mutter. Zuletzt, wie durch ein Wunder, die Erwiderungen auch des Vaters.

Der Tatte, der Herr, ist wieder mitten unter ihnen. „Erlöse uns, o Herr, erlöse uns, o Herr."

„Dass du unsere Feinde vernichten wollest." – „Wir bitten dich, erhöre uns." Jaja, das ist es.

„Am Tage des Gerichtes." – „Recht geschieht uns." – „Durch dein Kreuz und Leiden." – „Recht hat er, der Herr." Und der Landgehertatte spöttisch, zynisch, immer schneller: „Dass du deine Feinde in deiner heiligen Kirche demütigen wollest ... Dass du unseren Kaiser und König beschützen wollest. Blutsauger allesamt." – „Wir bitten dich, erhöre uns." – „Jaja, dass du unsere Herzen zu himmlischen Begierden erheben wollest ... Dass du alle WOHLTÄTER ... ha, wo sind sie? Dass du sie ausspeien mögest, wir bitten dich, erhöre uns." Immer weiter im Schnaps drinnen, immer näher an den kalten Felsen gedrückt, die Maria unter sich mit dem Kleinkind an den Felsen gedrückt, dass es warm habe, dass er wieder seine Gier am Weibe spüre, dass er als Herr und Gebieter wisse, wer jetzt verrecken soll, wer die Decken bekommt, wer überlebt. Das Kleinkind wimmert nur mehr. Die beiden Buben balgen sich nahe dem Bach, werfen Steine aufeinander. Dann erbrechen sie. Die stinkenden Auswürfe nahe dem Totenstein. Darüber aus dem Dunkel heraus ein Lichtstrahl, wie ein Leuchten von den Fernern der Wilden Geige in dieser schrecklichen und grausamen Natur. Und wieder das leise Beten der frommen Ana: „Dass du alle unsere Wohltäter mit den ewigen Gütern belohnen wollest."

„Madl, hör auf damit!" Er schlägt ihr auf den Kopf. Sie weint. Sie wimmert. Der Kampf geht weiter. Der Tod kommt näher. Die Sippe rückt aneinander. Jetzt kommt er vom Joch herunter mit einer langen Sense und schwingt weit und stark seine Sense und kommt näher. Die Lanigerbrut schreckt auf, schreit, hält ihm den Rosenkranz der Ana entgegen. Der Vater reißt der Ana den Rosenkranz aus den Händen, schleudert ihn dem Mäher entgegen. Es kommt wieder der Schnee und immer stärker der Wind, der gefürchtete und grausame Timmelwind, und noch dicker der Nebel, der gefürchtete Nebel, vom Timmel herunter durch das Tal hinaus, zwei Gehstunden bei halbwegs guter Sicht und ohne Schnee, ohne Tiefschnee, einen halben Meter, bis zum Bauch waten müssen, sich vorwärtskämpfen. Es geht nicht. Die Sippe kann nicht weiterziehen. Sie muss an den Stein gekauert ausharren, noch einen Tag, eine Nacht, einen weiteren Tag ohne Sicht, mit Schnee und Kälte, nichts zu essen, den Schnaps ausgesoffen, kurzfristig mit Schnaps und dem Rest Körperwärme überlebt.

Was hat es genützt? Unter dem Totenstein, knapp am Stein, nahe dem Bach, liegen zwei steinhart gefrorene Leichen. Die beiden Buben sind tot. Die Reste der Speiberei im Mund erstarrt. Die Hosentüre offen. Der letzte Gruß an Mama und Tatte.

Sie liegen dort. Sagt der Tatte: „Amen und Herr, gib ihnen die ewige Ruhe. Verflucht und in Ewigkeit Amen." Dann hat er sie in den Bach geworfen. Es werden die Aasgeier kommen oder die Füchse, allgegenwärtig in diesen Höhenlagen. Und sie werden nichts mehr übrig lassen. Alles würde zu Asche und Staub, wenn es unten am Boden in „geweihter Erde" geschehen wäre. Hier gelten andere Regeln.

Knapp vor dem Erfrieren brechen sie auf und ziehen talauswärts hinunter ins Ötztal. Dort werden sie nicht erwartet, werden nicht willkommen geheißen, werden nicht verpflegt und versorgt, dort werden keine Wunden verbunden, keine trostvollen Worte gesprochen. Einzig beim alten Pfarrer hat die Maria warmes Wasser bekommen und hat sich im Schuppen aufwärmen können. Da ist das Kleinkind halbtot aus der Umhüllung vom Rücken heruntergefallen. Aber es hat noch gelebt. Hat noch nicht den letzten Schnaufer getan. Die Maria hat nachgefragt, wer im Dorf krank sei. Heimlich hat der alte Pfarrer ein paar Namen geflüstert und die Maria hat dort mit heilsamen Kräutern und mit Aufgüssen geholfen. Wie sie nachher im Dorf erzählt haben, lange nachdem das Dörcherpack wieder abgezogen ist, da sei eine Wunderheilerin im Dorf gewesen, die habe mehr gekonnt als der dortige Wund- und Allgemeinarzt, habe Krankheiten des Leibes und auch der Seele geheilt, was den Leuten wie ein Wunder geschienen habe. Haben sie erzählt, wie diese Fremde einer jeden Kranken bis in den Magen hinab hat schauen können, bis ins Mark, haben die Leute gesagt, und wie sie nach dem Stand der Sterne und des Mondes das „Anblasen" des ausgehenden Lichtes vollbracht habe, und wie sie den „Ungesund" kuriert habe, und wie sie alle Heilmittel aus dem Wald anwenden könne. Über alles und über jedes Kräutlein wisse sie am besten Bescheid, hat den Schwindel wegzaubern können, hat mit dem Aufzählen der Höllenqualen auch die verstocktesten Dickschädel heilen und kurieren können, dass sie anderntags reumütig in die Kirche geschloffen sind, und wie sie allen weissagen habe können. Die Dorf- und Talleute haben sie wohl anfangs für eine Hexe gehalten, so eine verkappte Hexe von „entn" her, von dort drüben gekommen, von wo sie auch den Schnaps bezogen haben und manches Eheweib. Fleißig und arbeitsam haben sie sein müssen. Da hat es nicht gefehlt.

Knapp vor dem Erfrieren und Verhungern ist das restliche Dörcherpack noch einmal gerettet worden.

Dann ziehen sie weiter. Wieder hinein in ein schrecklich wüstes Bergtal, vorbei an einem Bach, wie er ungestümer und wilder nicht sein kann. Dort wollen sie zwei oder drei Tage eine Rast einlegen. Für die Ana bietet sich die erste, allerbeste Gelegenheit, ihren frommen Gelüsten voll und intensiv und durch zwei Tage hindurch und auch noch eine volle Nacht nachkommen zu können. Sie wartet auf eine Erscheinung. Seit sie davon zu träumen angefangen hat, hat sie nichts sehnlicher im Sinn als eine geheimnisvolle Begegnung. Am besten gleich direkt mit der Madonna. Das hat sie in frommen Büchern und Schriften gelesen.

Bei der Madonna zur MARIA HILF wartet sie darauf. Morgen kommen der Tod und das Wunder.

Amen.

III

Es braucht ein echtes Land, und
Geografie macht es mehr denn Geschichte.
In der Einfriedung der weißen Gipfel das
schmale Tal in dem großen zurückgebogenen
Gebirgsast, eingeklemmt, ennet dem Wildbach,
von Felsenkuppen, Gletschern, Lawinen …
Das Christliche umschließt Heidentum.
Heidnisch sind die ersten Totenriten,
diese Zeremonien, welche die Erde eingab
dem Hirn oder Anthropoiden …

Ana besucht MARIA HILF und erwartet sich ein Wunder. Heimlich hat sie sich in die Wallfahrtskirche hineingeschlichen, hat sich in der Nacht dort einsperren lassen. Der Kirchwart, der Hans-Sepp Josef, hat sie gesehen, hat sie wollen hinausjagen. Ana hat gebettelt. Ana kniet unter dem Bild der Wundertätigen und wartet auf ein Wunder.

In dieser Nacht ist sie fast erfroren. Das Wunder ist in dieser Nacht ausgeblieben. Sie wird dableiben und eine weitere Nacht frierend und betend in der Kirche verbringen. Sie legt sich rücklings auf den Boden direkt unter der Empore. Dort hat sie das wundersame Bild gesehen mit dem fremden Pilger, der ins Dorf kommt und danach zu fragen beginnt, was denn die Leute da mit dem großen Steinhaufen anfangen wollen. Eine Kapelle bauen, sagen die Leute. Sie kommen aus ihren alten Holzhäusern und begaffen den Fremden, der mit großem, schwarzem Umhang, mit einigen Muscheln darauf, ins Dorf gekommen ist. Keiner von hier, haben sie gleich erkannt. Einer von weit her, den sie weder nach Kleidung noch nach Sprache noch nach noblem Aussehen einordnen können. „Ein Engel“, sagt einer, „von Gott gesandt uns zu erlösen“, ein anderer. Wieder ein anderer wittert Geschäft, hier einen Hausbau übernehmen zu können. Sie diskutieren. Der Fremde wartet. Dann gibt er zur Antwort: „Nicht eine Kapelle sollt ihr hier bauen, sondern eine Kirche. Darin soll Maria Hilf rasten." So wird es geschehen sein. Es war um das Jahr 1630, als drunten im Tale die Pest ausgebrochen war, nachdem mehr als die Hälfte der Bevölkerung jenseits des wilden Baches wohnend dahingestorben war. Da haben sie den Bau der Kapelle verlobt. Eine zur Mutter des Herrn. Sie hatten ja schon längst allen alten Kulten abgeschworen. Erst mussten mehr als dreihundert Jahre über das Bergdorf hinwegziehen, bis ihnen jemand, der von außen her gekommen war, gesagt hat: „Schaut, Leute, da hinten drin habt ihr einen riesigen, einen mächtigen Berg, den eure Vorfahren verehrt haben. Einen der großen und in diesen Teilen der Alpen häufigen Mut-Berge habt ihr hinten im Tale aufragen. Das ist euer Heiligtum." – „Und sollen wir die Madonna nicht mehr verehren?", fragten sie zurück. Es hat keine Antwort gegeben. Erst auf drängendes Nachfragen ist eine Antwort gekommen. Aber so zweideutig und hintersinnig. Die Leute haben lange darüber nachdenken müssen. Aber sie haben eine Kirche gebaut, aus festen Steinen und in festem Glauben an die Macht der Religion und der Kulte und immer wieder wegen der Madonna, wegen dieser wundersamen Frau, die sie verehren, die sie fürchten, die sie lieben. Rundum und weit droben in den Bergen, in den Gletschern drinnen, in den „Fräulaslöchern", den Höhlen und den tiefen Gängen im Eis der Ferner, hausen sie ja, die dem Volk vertraut sind, von denen sie sich viele wundersame Geschichten erzählen. Ja, sagen sie, die SALIGEN sind zuerst dagewesen, und dann ist die wundersame Mutter Gottes ins Tal gebracht worden. Aber das alles ist nur Ketzerei und Teufelswerk, sagen die einen. Und die anderen verehren beiderlei Gestalten in gleicher Weise und doch anders; hier in der kostbaren Kirche, draußen irgendwo unter einem Felsen.

Ana ist zur MARIA HILF hineingeschloffen, hat sich versenkt. Liegt rücklings am Steinboden und kann sich nicht sattsehen an dem merkwürdigen Bild mit dem fremden Pilger und dem großen Steinhaufen. Der müsse doch für eine Kapelle immer viel zu groß gewesen sein. Sie bohrt in ihrer Erinnerung und findet keine Antwort. Sie werden wohl diesen Steinhaufen selbst verehrt haben. Kann ja sein, denkt sie für sich, findet keine Antwort, findet keine Erklärung.

Sie richtet sich auf. Alle Glieder des jungen Körpers sind durchkältet und steif. Sie geht nach vorn, hockt sich in die erste Kirchenbank, hält die beiden Hände vors Gesicht. Sie traut sich nicht, der Madonna hinter dem goldenen Rahmen ins Auge zu schauen. So durchdringend spürt sie deren Blick ganz tief in sich hinein. Sie kann nicht hinaufschauen. In sich versunken fällt sie in einen kurzen, traumreichen Schlaf. Und sie sieht die große, mächtige Welt vor sich und was sie alles gehört und gelesen hat. Ja, sie hat gelesen. Es ist ungewöhnlich für eine Landgeherstochter. Von einem entfernten Onkel hat sie einige Büchlein bekommen, solche Wallfahrtsbüchlein, wie sie überall an den größeren Wallfahrtsorten zum Verkauf aufliegen. Solche hat er ihr mitgebracht: von Maria Trens, von Kaltenbrunn, auch von Unserer Frau im Schnalstal und von Maria Weißenstein. Sogar von ganz weit her hat sie die Büchlein bekommen, von Fatima und von Lourdes, von La Salette und von Maria Luschari. Dort will sie hin. Überall will sie suchen. Jetzt schläft und träumt sie von der Madonna, die sich herabsenkt zu ihr, die ihr ins Ohr flüstert, sie müsse inständig und inbrünstig beten und müsse hoffen, immer müsse sie hoffen, und dann komme die Befreiung. „Befreiung“ hat sie versprochen.

In der Früh klaubt der Kirchenverwalter Josef die Halberfrorene aus der ersten Kirchenbank heraus und trägt sie in die Wärme, zuerst in die Küche, legt sie auf die Bank, deckt sie zu, hat warme Decken gefunden, lässt sie schlafen. Ana schläft und ihr kommt vor, sie sei im Himmel. So wohlig warm, und die Madonna schaut auf sie nieder, so freundlich und wundersam, wie sie es nicht einmal von der Mama kennt. Die Leute im kleinen Dorf wissen schon längst, wer da in der Kirche drinnen fast bis zum Absterben gelegen ist. Nein, nein, verteidigt der Kirchenverwalter das fremde junge Wesen, das ist nicht eine von denen, die landauf, landab ziehen und betteln und stehlen. Schaut sie euch an. Wenn sie zum ersten Mal nach langem Schlaf wieder zu sich kommt und redet, dann erkennen die Leute, sie könne von gar nicht so weit her kommen, sie wäre von „entn“ her, wie sie über die Pseirer sagen, und es gibt ja auch solche Pseirer im Ort und sie würden hin und her heiraten. So schlimm kann das nicht sein. Lasst sie ein paar Tage bei uns da. Wir werden schon sehen, ob ihre Sippe sie sucht und nachforscht. Dann werden wir ja sehen, ob sie heimlich in unsere Ställe schleichen und mit dem Federvieh davongehen. Dann werden wir ja mitbekommen, ob sie alles, was nicht niet- und nagelfest ist, mitgehen lassen. Lasst sie, wenn sie hungrig ist, gebe ich ihr zu essen, wenn sie durstig ist, habe ich immer noch Milch aus unserem Stall. Sie soll auch ein paar Eier bekommen. Soll nicht stehlen müssen. Ein junges Kitzlein wird sie ja nicht aus der Kirche herausstehlen können.

Ana lässt dem Kirchenverwalter Josef ausrichten, wenn jemand im Dorfe krank sei, so würde sie helfen können. Ich habe es von der Mama gelernt, und die Mama weiß es von ihrer Mama. Und ich kenne mich aus bei den heilsamen Kräutern, beim Aufgießen von Tee und dem Verbinden von Wunden. Ich danke euch. Vergelts Gott, hat sie dann gesagt.

Nach drei Tagen ist Ana ins Tal hinunter. Vorher ist sie oft in die Kirche gegangen und hat sich nicht sattsehen können an der reich geschmückten Madonna MARIA HILF und an den vielen Votivtafeln und an dem Geschehen, das in der Kirche unter der Empore aufgemalt ist. Da legt sie sich auf den Rücken und schaut. Tief versunken. Fast wie in einer Trance.

Die Landgehersippe ist unterwegs. Ana ist so lange wie möglich am Wallfahrtsort geblieben. Bald würde sie, so melden die Leute im Dorf, „überschnappen". Die ersten Anzeichen des Wahnsinns kommen daher. „Übergeschnappt" wäre das junge Ding da, das in der ersten Nacht halbtot und halberfroren, aber „leuchtenden Gesichts" aus der Kapelle getragen worden ist.

Inzwischen zieht die kleiner gewordene Sippe mit Mama, Tatte, mit zwei halbwüchsigen Buben und dem Kleinkind weiter. Die Sippe zieht weiter von Ort zu Ort. Da kommt eine Alte aus einem Bauernhaus gehumpelt, tief gebeugt, weil sie den abgearbeiteten Rücken nicht mehr ohne allergrößte Schmerzen aufrichten hat können. Solche Leute, ältere Männer und Frauen, humpeln durch viele Dörfer, leiden unsägliche Qualen und niemand kann sie erlösen. Außer es kommt der huldvolle Tod über sie. Das Weiblein ist so verkrümmt, dass es kaum mehr aufschauen kann. Sein Blick nur mehr auf den Boden gerichtet. Es humpelt daher, tastet vorsichtig zur Maria, greift nach einer Dose, hält sie an die Nase, riecht. „Nix Gscheits!" Das will die Alte nicht haben. Ihr Misstrauen ist stärker. „Schau, Mutter", dann die Maria beschwichtigend, „kannst das einreiben, dreimal am Tag." – „Ich komm nicht auf meinen Buggel." – „Solls halt die Tochter machen." – „Hab keine. Bin ledig. Eh nit schade zum Sterben."

„Probiers doch!" Das Weiblein humpelt mühsam und unter Schmerzen davon. Die Maria hat es gesehen, wie es knapp beim Haus verschwunden ist und sich schnell, aber mit größter Anstrengung, den Rock hinaufgeschoben hat und die Salbe draufgeschmiert auf den alten, gebeugten Rücken. „Also doch."

Außer einem kleinen Buben, der sich mit einem spitzen Holzspan aufgekratzt hat und schrecklich geblutet hat, ist niemand mehr gekommen. Aber hinter den Fenstern haben sie geschaut, was da draußen geschieht, und sie haben allesamt nichts anderes als Scheu und Misstrauen und Angst.

Im Ort in den Bergen, wohin die frommen Leute kommen, wohin sie voller Vertrauen kommen, zur MARIA HILF, wohin sie mit ihren Anliegen und Problemen wallfahren, betend und auch fastend, mühsam den steilen Weg bergauf, ist Ana ein paar Tage geblieben. Kurz bevor sie weiterziehen hat wollen, geht sie auf ein junges Mädchen zu, kleiner und etwas jünger als sie selbst, und hat ihm freundschaftlich die Hand zu reichen versucht. Das einheimische Mädchen ist erschrocken zurückgewichen. Ganz vorsichtig hat es Ana dann am Oberarm versucht. Es hat nichts genützt.

Inwendig, drinnen in den Bergdörfern, ist es vielfach abschreckend hässlich und abstoßend. Es sind die abseitigen Dörfer. Nach außen hin ist es so: Keine freundlichen Worte empfangen den Gast. Niemand grüßt. Niemand umarmt und küsst sich. Die Toten leben auch nicht anders. Die bedrohlich hohen Berge bringen Unheil, bringen Muren und Lawinen. Was soll dann der Bau einer prächtigen Kirche zu Ehren der Mutter Gottes in diesem heimgesuchten Katastrophental?

Und immer noch ragt hinten der große Berg auf, rundum in Schnee und Eis, mächtig und fast allmächtig. Es ist der Muttersberg. Anderswo sind es hochverehrte Mutter-Berge, solche für die Große Mutter der Berge und der ganzen Erde. Dann haben sie mancherorts eine MUTTER ANA daraufgesetzt. Hier aber nicht. Nicht einmal als Skiberg taugt er. Nicht einmal der Bau einer Seilbahn lohnt sich. Das hätte in fünfzig oder hundert Jahren so geschehen können.

„Allwo UNSER FRAU rasten kann." Unsere kleine Ana denkt darüber nach. Schon längst weiß sie, dass die einheimischen Hof-, Dorf- und Talbewohner große Scheu haben vor den Landgehern. Dass sie sich fürchten. Die Ana will mitgehen. Wohin?

Die Landgehersippe ist am kommenden Tag ebenfalls aufgebrochen. Die Lanigermama hat Wunden verbunden, hat Wunden geheilt, hat getröstet, hat das Kleinkind vom

Rücken genommen, hat es gesäugt, hat es wieder hinaufgebunden.

Ana ist jetzt vierzehn Jahre alt. Sie schaut wie eine Sechzehnjährige aus. „Reif", sagen die Leute. Und schön und rassig, meinen andere. Eine dunkle, rassige Schönheit. Sie muss nicht herausgeputzt sein. Die Landgehertöchter sollten sich schlampig anziehen, sollten die Fetzen herunterhängen lassen, sollten die Haare wirr und zottelig herunterhängen lassen, zumeist mit einem Kopftuch zusammengebunden. Von den jungen Landgehermädchen wird erwartet, dass sie – zumindest zum Schein – den Blick scheu senken. Wenn sie angeredet werden, sollen sie scheu und zurückhaltend grüßen. Sie sollten keinem Mannsbild frech in die Augen schauen. Wenn sie bettelnd und Gaben heischend in ein Haus kommen, sollten sie dankbar sein, sollten grüßen und danken, beim Hinausgehen einen kleinen Knicks. Alles das ist Schein und Anpassung. Das eine Gesicht und Gehabe ist nicht ident mit dem anderen Gesicht und dem anderen Gehabe. Dann sind die jungen Landgeherdinger, die Madln, mit vierzehn wie die Dorfmädchen mit siebzehn, treten frech auf, schauen den Männern direkt in die Augen, senken niemals den Blick, gehen aufrecht und knien vor niemandem nieder. Wenn sie noch die altüberlieferte Frömmigkeit in sich haben, dann fallen sie nur in der Kirche oder vor einem Bildstock auf die Knie, mäßigen den ansonsten frechen Blick. Sie verehren die Madonna. Sie beten, wenn sie die Madonna besuchen. Sie beten, wenn sie wieder gesunden wollen. Ana ist eine von ihnen, die nach altem Gebrauch leben. Aber auch sie gilt als junge, als gefährliche Hex. Wie Feuer. Das soll alles verbrennen, verwünschen, verhexen. So oder so. Die Landgehersippen haben von allem etwas an sich. Und die Ana? Eine schwarze Nonne oder eine Teufelin?

Als die Sippe wieder aufbricht, erinnern sie sich an die Ana. Wird eh wiederkommen. Ist alt genug. Kennt ihren Weg. Hat ihren eigenen Willen. Wird schon in einem anderen Dorf wieder zu ihnen stoßen. Werden wir sie am ehesten in einer Kirche finden. Ja, und wenn sie dort nicht ist, wird sie auf einem Bauernhof anzutreffen sein, wird einige Tage aushelfen, sie kann ja mit dem Vieh im Stall und auf der Weide gut umgehen, kann melken und Butter machen, kann mit den Hausleuten beim Mittagessen und auch zum Abendessen die in der Gegend gebräuchlichen Gebete mitbeten. Da geht alles gut und sie ist eine von ihnen und doch eine andere, weil sie heilen und zaubern kann, weil sie über die Maßen fromm ist. Das kann nichts Natürliches sein. Sollen sie nach der Ana suchen. Freilich, in einigen Orten, durch die sie in den nächsten Tagen und Wochen kommen, fragen sie bei passender Gelegenheit nach dem Madl, sechzehn Jahr', dunkel. Keine wie die anderen der GEÄCHTETEN. Jemand wird in die Kirche geschickt. Dort ist sie nicht. Schon ist die Sonne über den Berg herübergerückt. Es ist allerhöchste Zeit zum Aufbruch. Heute steht ihnen der schlimmste Tag bevor. Tausend Meter Höhenunterschied müssen überwunden werden. Durch tiefen Schnee müssen sie stapfen, bis sie nach überaus mühsamer Wanderung drüben im Sellrain ankommen. Von dort sind sie, einen oder zwei Rasttage eingerechnet, in zwei Tagen drunten im Inntal. Dort meiden sie die Stadt, wollen außenherum gehen, wollen so wenig wie möglich auffallen.

Sie ziehen ohne ihre Ana los. Sie finden sich damit ab. Auch mit dem Tod der beiden kleineren Buben weit droben am Totenstein haben sie sich abgefunden. Hats der Herr gegeben, kann ers auch nehmen. Jetzt ziehen sie weiter. Das Teufelsmadl kann sich selbst helfen. Verstohlen zeichnet Maria, die Mutter, ein Kreuzzeichen. Langsam steigen sie steil bergauf. Beim ersten See rasten sie.

Ana unternimmt die erste freie Entfernung von ihrer Sippe. Und zum ersten Mal beginnt sie die eigenständige und selbständige Suche nach Himmelserscheinungen, nach Traumbildern, nach Madonnen in einer Höhle, nach einem Wunder. Ana ist eine junge, in dieser Gesellschaft der Laniger, der Karner, der Dörcher, der Landgeher frühzeitig gereifte, junge Frau. Sie ist mit dem Tag der ersten eigenständigen Entfernung von der Sippe eine FRAU.

Also kommt sie aus ihrem Versteck heraus, das sie nahe dem Dorf im Wald gefunden hat, und geht langsam, nachdenklich, aufgeladen mit einer Überfülle an Gedanken, Vorstellungen, Bildern, auf dem Waldweg in das Tal hinunter, vorbei an kleinen Wasserfällen, vorbei an Schluchten, oft mühsam alte Lawinen überschreitend, hinunter ins erste Dorf im Tal. Sie geht zuerst vorsichtig, wie schleichend, meidet nach Möglichkeit die Begegnung mit Menschen, geht möglichst außenherum, im Wald oder ganz nahe am Bach. Es ist ihr noch gelungen, das einzig schönere Kleidungsstück, das sie mitgetragen hat, für sich beiseitezuschaffen. So etwas, das die Dorfleute am Sonntag und am Festtag zum Gang in die Kirche anziehen. Ana hat ein solches Kleid.

Zunehmend ist sie mutiger. Ihr Gang wird aufrecht. Es hat sich nicht vermeiden lassen, dass sie knapp an einem Bauernhof vorbeigehen hat müssen. Da wird sie als „Fremde" aufmerksam gemustert. Und doch ist es eine solche wie auch bei ihnen. Und wenn sie redet, erkennen die Leute ihre Herkunft. Alle wissen: eine aus dem Pseir. Ob sie wohl Schnaps bei sich habe und damit handeln würde. Ob sie den berühmten „Pseirer" bei sich habe. Lange folgen die Blicke. „Wer das wohl sein mag?" Aber es sind in den vergangenen Jahren immer wieder fremde Pilger auf dem Weg zur MARIA HILF oder übers große Joch zu „Unserer Lieben Frau" durchgekommen. Und erste „Fremde", die auch gezahlt haben, mit gutem Geld, sind ins Bergtal gekommen. Männer, zumeist mit Bergstöcken und einer für dieses Land ungewohnten und unbekannten Kleidung. Ganz noble Herren. Aber auch Damen sind dabei gewesen. Die ersten Touristen. So lange ist das jetzt her. Als ob es gestern gewesen wäre. Also haben sich die Hofleute und die Dorfleute nicht sonderlich gewundert.

Ana muss draußen am Beginn des Tales das erste Mal rasten. Sie hockt sich nieder. Jetzt verspürt sie Hunger. Sie ist hungrig und müde. Sie erinnert sich an die harten Schläge des Vaters, an die seltenen Liebkosungen der Mama. Sie will fürderhin, das nimmt sie sich vor, für seine Sauferei und das Austeilen seiner Schläge büßen.

Ana geht langsam und mühsam den steilen Weg über den Piller. Schon den dritten Tag hat sie sich von der Sippe entfernt. Droben auf der Höhe, an der höchsten Stelle des Weges, muss sie erbrechen. Sie flüchtet sich in den Wald hinein. Sie fürchtet, schwanger geworden zu sein. Es hat ja in einer lauten Saufnacht einmal diesen Burschen der anderen Landgehersippe gegeben. Aber es muss ja nicht deswegen sein, dass sie erbricht. Es stinkt. Im Wald legt sie sich nieder. Sie schläft ein. Sie träumt einen unruhigen und schrecklichen und dann einen ruhigen und sanften Traum. Einen von der Glückseligkeit.

Gemeinsam mit den Nachbarkindern hat sie einen Sommer lang im Heimattal, das eigentlich nur ihr Herkunftstal gewesen ist, die Schafe auf den steilen Bergwiesen gehütet. Ihr Großvater hat abgehaust, wie die Leute sagen. Es ist in ihm drinnen gesteckt, dass er nicht für das Bauersein geeignet gewesen ist. Den kleinen Hof hat er verlottern lassen. Ist lieber von Gasthaus zu Gasthaus gezogen. Hat alles versoffen. Sein Sohn, Anas leiblicher Vater, ist also der Bub eines abgehausten Bauern. Das ist schlecht. Das ist sowieso schlecht und verderblich im Tal. Ana geht mit den Nachbarkindern auf die Bergwiesen und hütet die Schafe. Das ist so schön. Einmal ist es gewesen, dass sie auf die Schafe vergessen hat und dass sie immer weiter von der Weide zu den Felsen gekommen ist. Dort hat es gerauscht und dort ist es schrecklich wild gewesen. Dort hat sie eine Höhle gesehen und hat sich gedacht: Da muss ich hineinschauen. Vielleicht gibt es Gold und andere Schätze. Der armen Ana ist im Traum die weiße Dame erschienen. Es ist ihr vorgekommen wie in den Geschichten, die der Pfarrer in der Schule von den großen heiligen Wallfahrten erzählt hat. Mitten drin steht die Ana. Hinten in der Höhle erscheint eine weiße Dame. Im feuchten Nebel des fallenden Wassers erscheint ein Gesicht. Zuerst undeutlich, dann ganz klar und dennoch wie in einem Traum.

Den Rosenkranz in der Hand, versetzt sie sich in eine Art Trance, in eine mystische Trance. Die Madonna erscheint ohne alle Züge von Mütterlichkeit. Sie ist wie durchsichtig und geschlechtslos.

Ana erschrickt, wacht auf, schaut um sich. Sie liegt auf dem weichen Boden des Fichtenwaldes. Sie weint. Dann versucht sie zu beten. Sie hat keinen güldenen Rosenkranz. Sie zählt mit den Fingern. Alle Gesetzlein des Rosenkranzes zählt sie auf, zählt automatisch. Sie gerät in tiefe Müdigkeit und summt die Gesetzlein so dahin. Wie gedankenlos. Der für uns Blut geschwitzt hat. Der für uns gegeißelt worden ist. Der für uns das schwere Kreuz getragen hat. Der für uns gekreuzigt worden ist. Alles wie automatisch heruntergehaspelt. Ave-Maria folgt auf Ave-Maria, fünfmal, zehnmal, immer sich wiederholend. Ana rafft sich auf. Mühsam gelingt es ihr. Sie steht und schaut um sich. Da vermeint sie, weit drinnen im Tale den weißen Turm zu sehen. Undeutlich vernimmt sie, was ihr im Traum erschienen ist. Sie schüttelt sich, schüttelt alle Gedanken und Gestalten von sich, geht weiter. Sie ist müde. Sie ist hungrig. Der Traum war wie eine Erlösung. Wie eine Botschaft aus einer anderen Welt.

Ana will in den wunderbaren Traum hineinflüchten können. Es wäre so schön gewesen. Weit weg hört sie in Bruchstücken, was der Pfarrer im Unterricht von den wundersamen Erscheinungen erzählt hat, wie den armen Hirtenmädchen die Madonna erschienen ist und wie sie mit ihr haben reden können und wie alles so schön gewesen ist und auch so schrecklich, weil die Eltern und die Leute des Dorfes das nicht haben glauben wollen, weil sie Berichte der Hirtenmädchen ins Reich der Fantasie haben verschieben wollen. Aber die Mädchen haben darauf bestanden, die weiße Frau in der Höhle gesehen zu haben und sogar mit ihr gesprochen zu haben. Alles Hirngespinste, sagen die Leute. Alles Halluzination, hat der Pfarrer gesagt, Teufelswerk, ja. Teufelswerk, hat er gesagt. Und die Mädchen haben große Angst bekommen. Keine „mütterlichen Züge"? Was soll das?

Ana träumt, langsam dahinwandernd, wie in einer anderen Welt wandernd. Automatisch setzt sie ihren Fuß über den Wurzelstock. Beinahe wäre sie drübergestolpert. Wenn sie aus dem Wald herauskommt, sucht sie nach dem weißen Kirchturm ganz hinten im Tal. Langsam und vorsichtig dahinschreitend, aber wie im Traum und trotzdem sicher sieht sie es: Der weiße Turm strahlt. Er ist weiß und zugleich aus Gold. Auf der Spitze leuchtet es auf, wie ein Blitz, der schnell kommt und sofort vergeht. Ana beeilt sich. Da ist es wieder. Da kommt es wieder in ihre Erinnerung, was sie gehört hat, was sie dazugeträumt hat, was sie selbst erleben und erleiden will:

Da vernimmt sie plötzlich das Rauschen wie von einem Sturm und bemerkt, als sie aufblickt, in einer Nische der Grotte eine weiß gekleidete weibliche Gestalt mit einem blauen Gürtel und rosenbesetzten Schuhen, die einen Rosenkranz trägt. Da fällt sie das erste Mal in Trance. Sie erzählt es und wird verspottet. Sie erzählt es immer wieder und muss noch mehr Spott und Verachtung erleiden. Sie wird zuerst in den dunklen Keller gesperrt. Dann wird sie in die Stadt geführt und muss schreckliche Qualen erleiden.

IV

Ein steter Kampf ums Überleben, mit einer genauen Organisation; mit nackten Händen, ohne Maschinen, werden die nötigen Elemente in den Griff genommen: Wasser, Weide, Wald und Vieh, die Berge, daran die Lawinen losgehn.

Die Landgehersippe zieht weiter. Der Aufstieg zum Joch ist sehr mühsam gewesen. Sie haben oft rasten müssen. Von der „schönen" Landschaft haben sie nichts gesehen. Auf dem Joch haben sie nicht rasten können. Kein Baum, keine Felsennische hat ihnen Schutz geboten. Zögernd, langsam ist die Sonne gekommen. Hat sie alle gewärmt. Da hat der Vater etwas gemacht, was er seit der Verheiratung noch nie gemacht hat: Er hat seine Maria um die Mitte genommen, hat sie fest gepackt, hat mit ihr ein paar Dreher getan. Es hätte ein Tänzchen sein können. Er hat sie schnell wieder weggeschubst. „Genug, genug", hat er geschrien.

Sie ziehen weiter. Sie finden ein Tal mit sanften Wiesen und weniger steilen Bergen. Sie finden ein kleines Reh, das sich verletzt hat, und schlachten es. Sie stärken sich. Der Tatte zieht die Schnapsflasche heraus. Er zieht an, hustet und flucht. Dann geht es weiter. Weit abseits des Weges verkriechen sie sich in einer leeren Heuhütte. Sie nächtigen dort. Die Kinder wollen wieder eine Geschichte hören. Nach langem Drängen beginnt die Mutter mit einer Geschichte, die sie den Kindern schon öfter erzählt hat, die sie aber immer wieder erzählen muss und die sie auch heute in der Heuhütte erzählt.

Ja, es ist die Geschichte eurer Uroma, von eurem Naale, die auch Maria geheißen hat.

Es ist eine schrecklich traurige Geschichte. Sie ist aber wahr. Ein Pfarrer von Untermieming hat sie im Jahre 1870 aufgeschrieben. Ich habe sie da auf einem Zettel. Und sie kramt in ihrem Rock und zieht einen schmutzigen Zettel heraus. Sie beginnt zu lesen:

„Maria Scherer, geboren 1817 zu Niedervintl von Geschirrhändler-Eheleuten auf der Durchreise. Ihr Vater war der Sohn eines abgehausten Bauern zu Sankt Martin im Passeier. Er hat sich einer jungen Landgehertochter aus der Monz-Sippe angeschlossen. Zusammen sind sie Kurzwaren verhausierend durch die halbe Monarchie gezogen, bis er im Spitale zu Bozen starb; die Witwe musste nun Ross und Wagen verkaufen und mit einem Ziehkarren die sieben Kinder weiterschleppen, wobei ihr ein Dörcher half – als Zuhälter –, der aber schon nach wenigen Tagen mit einer anderen samt dem Karren davonzog, und jene, als sie ihm den Karren nicht lassen wollte, durch einen Messerstich tötete. Die sieben Kinder stattete dann die Gemeinde Sankt Martin bei Bauern aus: Zwei sind nun Bauernknechte, eine ist Obermagd, Anna, die Älteste, ist an einen Weber verehelicht, Josef als Zimmermann in Schönau verehelicht, nur obige Maria, damals siebzehn Jahre alt, hatte bereits bei einem Burschen aus Steiermark eine Liebschaft, entfloh dorthin, kam dann zurück und begegnete einem herumziehenden Mann von der Landgehersippe Glatz aus dem Tiroler Oberland. Trotz gemeinsamer Kinder seiner bald überdrüssig, ging sie mit Josef Schönach aus Neustift bei Brixen, Zunder- und Geschirrwarenhändler, Witwer mit drei Kindern. Zwar kam sie zweimal auf Schub nach Sankt Martin, erhielt aber immer wieder als Händlerin einen Pass, sodass sie sich zu Schönach halten konnte. Da ihr aber Schönach sogar das Handwerkszeug versoff, so ging sie lieber mit dem Dörcher Johann Georg Falger von Mieming, geboren 1825, damals – also 1855 – dreißig Jahre alt, der nach Kärnten Geschirr etc. handelte. Er hatte eine Schwester bei sich, die sich dann zu einem anderen Dörcher hielt. Allein an

einer Augenentzündung erblindete Falger, sie begleitete ihn nach Mieming, er kam ins Spital nach Imst, wurde bald als unheilbar entlassen und erhielt als Blinder einen Handelspass, worin seine Zuhälterin als ‚Führerin' stand. Diese machte nun mit dem blinden Mann auf Kosten des Mitleides die besten Geschäfte, aber desto anspruchsvoller wurde der Blinde und drohte ihr stets, er nehme sich eine andere Führerin. Diese aber verwirkte sich von der Gemeinde 1860 die Lizenz, sich mit ihm zu verehelichen, mit dem Versprechen, den Blinden auf Lebenszeit zu versorgen. Nun war sie Herr, der blinde Mann aber ihrer Herrschaft so überdrüssig, dass er 1867 in die Gemeinde zurückkehrte, damit diese ihn erhalten solle, was die Gemeinde aber nicht tun wollte. Darüber voll Gram verkroch sich das Weib an einem kalten Winterabende in einen Streuhaufen, wobei die vorstehenden Füße so erfroren, dass man sie ihr abnehmen musste. Nun vom Schicksalswechsel und teilweisen Irrsinn gebeugt, wird sie seither von der Gemeinde im Armenhause, der Blinde aber dort erhalten, wohl zur Strafe, dass sie a) die zwölf Kinder der abgehausten Falger-Familie ihrem Schicksale überließ, b) den blinden Falger endlich sogar mit einem Konkubinatspass fremden Almosen überließ.

Allein das Wichtigste dabei scheint doch zu sein, dass darüber niemandem ein Gewissenskrüngel kam oder kömmt, ja, diesen so wenig, dass der Blinde statt seines Weibes (im Irrenhaus) heuer eine Zeitlang das Weib eines Maurers von hier zu sich ins Gemeindequartier, dann mit auf Wanderung nahm, bis sie endlich der Vorsteher in ein anderes Quartier zwang, zwei Wohltäter aber teilweise die Kosten trugen, um sich nicht dem Vorwurf auszusetzen, „die Dörcher muss man gehen lassen. Während eben fünf ledige Kinder dieser Falger zwischen dreizehn und achtzehn Jahren ziemlich gut tun, weil man sie nicht gehen lassen hat."

Könnt euch jetzt denken, warum ich auch wieder Maria Scherer heiße. Und könnt euch denken, wie niemand sich vor-

stellen kann, mit einer solchen Landgeherbrut fertig zu werden. Könnt euch denken, wo ihr herstammt und wie fahriges Blut in euch allen drinnen rinnt.

Die Kinder fragen nicht mehr danach. Von der Mutter bekommen sie keine Antwort. Die Kinder haben manchmal gefragt, wie das ist mit ihren Großeltern und dem abgehausten Bauern von Sankt Martin. Maria Scherer, die Mutter, weiß nicht, von welchem unehelich geborenen Vater und von welcher unehelich geborenen Mutter sie wirklich abstammt.

Wie die anderen ist sie aus dem Mutterbauch heraus irgendwo im Wald oder in einer Heuhütte herausgeschüttelt worden. Wenn es stark geregnet hat und es überall nass gewesen ist, wenn die Wege voller Kot und Dreck gewesen sind, konnte es auch passieren, dass die sogenannte Geburt ganz schnell gegangen ist, dass die Leute gesagt haben: „Hat sie wieder geworfen." Ja, geworfen. Auch in den Dreck hineingeworfen. Es sind ihrer zehn oder vierzehn gewesen. Einige sind verreckt, sind erfroren, sind am eigenen Dreck erstickt.

„Erzähl nicht so dumme Geschichten!"

Der Vater packt sein Weib, schüttelt und beutelt es. Das Kleinkind in der Rückentrage schreit auf. Der Vater schreit zurück. „Halts Drecksmaul." Haut auf das Kleinkind ein. Haut auf sein Weib. Schreit: „Wird sie wohl beten für euch, die fromme Urschl."

Am nächsten Morgen ziehen sie weiter. Sie haben keinen Plan. In allen Ortschaften talauswärts flüchten die Leute von der Straße. „Sie kommen. Sie keemen! Rennt! Flüchtet! Sperrt die Hühner ein."

Weiter draußen bringen sie ein verkrüppeltes Weib zum Dorfrand, wo die Dörchersippe ihr Lager aufgeschlagen hat. Es hat sich herumgesprochen, dass die „Alte" eine Heilerin ist, weitum bekannt dafür, dass sie auf wundersame Weise Bresthaftigkeiten und sogar schlimme Verkrüppelungen heilen könne, dass sie die ärgsten Zahnschmerzen auskurieren könne.

Die Dorfleute haben in der Nacht auf dem Schubkarren das verkrüppelte Weib zur Schlafstelle der Dörchersippe gebracht, haben es dort abgeladen, herausgekippt, liegen lassen, es dem sogenannten Schicksal überlassen:

Die Landgehermama packt aus dem Tuch ein paar selbergemachte Salben und Schmieren, schmiert und drückt, betet allerlei Sprüche, die niemand versteht, legt der Verkrüppelten die Hand auf und legt sie noch einmal auf, legt die Hand auf die Stirn, haucht auf die Verkrüppelungen, wartet auf eine Reaktion. Das Weib will sich mühsam aufrichten, kippt auf die Seite, bleibt seitwärts liegen, winselt vor Schmerzen. Alle schauen zu. Einige Dorfleute kommen auch und schauen.

Die Landgehermama streicht über die Verkrüppelungen, hat eine starke Murmeltiersalbe auf das Tuch getan und reibt an den Verkrüppelungen. Sie nimmt ihre „Hegadex-Schmiere", legt sicherheitshalber das Fläschchen Skorpionöl zur Seite. Wird wohl Gift drin sein. Gift ist Gottesgab'. Maria streicht wieder und immer wieder über die Verkrüppelungen, haucht auf die verkrüppelten Körperstellen, streicht dem Weib über den Kopf. Was sie dabei spricht, versteht niemand, auch die eigenen Kinder nicht. Es könnten heimliche Gebete oder Verwünschungen oder Bannsprüche sein. Die Einzige der Sippe, der die Mama die ersten Sprüche beigebracht hat, ist die Älteste, die Ana.

Schreckliches oder Wunderbares ist an diesem Vormittag bei der Dörchersippe geschehen: Das verkrüppelte Weib beginnt sich aufzurichten, zieht die Füße zusammen, stemmt sich an der Hand der Lanigermama ab, kann sich ein klein wenig aufrichten, aus eigener Kraft. Da geht ein Schauder und ein Staunen durch die kleine Schar der Herumstehenden. Die aus dem Dorf bekreuzigen sich, rennen schreiend davon. „Eine Hex!" – „Leute, eine Hex!" Andere schreien: „Ein Wunder ist passiert!" Und die Aufregung verbreitet sich im Dorf. Die Leute schreien und flüstern sich zu, was sich wunderbarerweise in ihrem Dorf zugetragen hat. Sie schreien durcheinander, wenn sie sich auf der Straße begegnen. Die Gegner geraten aneinander. Wer die Hex ist, entscheiden der Lehrer und der Pfarrer, und viele im Dorf folgen ihnen. Wer das Geschehen als ein Wunder ansieht, bleibt eher still im Hintergrund und versucht, den offenen Streit zu vermeiden. Die Mutigsten des Dorfes klettern auf die Hausdächer, werfen unablässig die Arme hoch, rufen auf zum lauten Klatschen und Johlen und es sollten endlich die Musikanten kommen. Ja, die Musikanten sollten kommen. Und diese Mutigsten erproben sich im Herunterschreien von Sprüchen und Lobeshymnen, von solchen, die sie in der Schule für vaterländische Feste gelernt haben. „Heil und Segen auf allen Wegen" und auch ein paar Mal hintereinander Teile aus der Landeshymne, immer in verzerrter und entstellter Form.

Der Lauteste stimmt die Hymne an und singt und schreit und grölt sie durchs Dorf hinauf und hinab. Auch die vom Landeshelden ist dabei, vom Viehhändler und vom Wirt aus dem Tal der Landgehersippe, vom Hofer und dem Verrat und wie der Herrgott den Hofer verlassen hat. Das wissen die Dörfler nicht. Sonst hätte es einen Aufruhr gegeben, ein schreckliches Dreinschlagen mit Mordinstrumenten, Sensen und sensenschwingenden Burschen, Dreschflegeln und dreschflegelschwingenden Burschen. Und es hätte auch der Herr Pfarrer auftauchen können, das anschließende Beten auf den Straßen, das Niederknien, das Händefalten, das jämmerliche Absingen alter Kirchenlieder. „Aufhören!", wurde von unten her geschrien. Aber umso lauter ist es von oben gekommen, auch von den Dächern der Häuser und Stadel. Unerwartet tönt es dann aus der Richtung des kleinen Friedhofs, zuerst zögernd, dann immer lauter anschwellend, das „Großer Gott, wir loben dich, Herr, wir preisen deine Stärke. Vor dir neigt die Erde sich und bewundert deine Werke. Wie du warst vor aller Zeit, so bleibst du in Ewigkeit." Es ist das einzige Lied, das sie halbwegs können, das sie auswendig können, das sie auch singen können, etliche auch laut schreien können. Kaum ist die erste Strophe verhallt, kommt von unten von der Straße die zweite Strophe. Alle singen, und sie singen immer lauter, und dann haben die Kirchenglocken eingesetzt. Der Herr Pfarrer springt herbei. Mit dem Kreuz voran. Drohend stellt er sich den Singenden und Schreienden entgegen. Aus dem Gasthaus kommen Musikanten mit Geigen und Ziehharmonika. Aus mehreren Häusern kommen weitere Musikanten, Pfeifer, Trommler, Flügelhornbläser, Tschinellenschlager, und alle blasen, trompeten, geigen wild durcheinander. Keine gemeinsame Melodie haben sie gefunden und haben immer wilder durcheinandergeblasen, gepfiffen und getrommelt und haben das Läuten der Kirchenglocken übertönen wollen. Da hat ihnen der Pfarrer die Instrumente einem nach dem anderen aus der Hand gerissen, hat die Instrumente der Reihe nach, eines nach dem anderen, auf die Straße geschmissen, an eine Hauswand geworfen. So erbärmlich laut und dann krächzend hat er geschrien, und als alles nichts nützen hat können, hat er zu fluchen angefangen. So fromm, wie ihn die dörflichen Betschwestern eingestuft haben, ihn beinahe inbrünstig zu verehren begonnen haben, so schrecklich ist er den Dorfleuten jetzt erschienen, dass er so gottserbärmlich „Hüerns Tüifls Teiflszüig" die Flüche hat herausschreien können. Das wiederum hat etliche Musikanten dazu gebracht, ganz und gar feierlich die vertraute Melodie anzustimmen, das „Großer Gott, wir loben dich". Es ist wie in einem Traum gewesen. Alle Bresthaften, alle mit Buckel und Narben, alle mit faulen Zähnen und erfrorenen Gliedern, haben sich zur wundersamen Hexe gedrängt, in der sie zugleich die Heilige und die Heilerin gesehen haben. Die Landgehersippe, die ansonsten ausgestoßenen und verfemten Laniger und wie sie auch geheißen haben, die Karner und Dörcher und Karrenzieher, sind jetzt Mittelpunkt einer neuen Entwicklung des Dorfes geworden. Von überall her werden die Menschen kommen, werden die Landgehersippe bestaunen, werden die Heilerin ums Auflegen der Hände bitten, ums Anhauchen, ja, nur ums Anhauchen, und andere hätten gern auch nur einen Blick erhascht. Sie haben sich Heilung aller Leiden und Bresthaftigkeiten erwartet.

Einen ganzen Tag haben sie musiziert, geschrien, gegrölt, musiziert, gejubelt, gerufen, immer wieder nach der HEX gerufen. Bis weit in die Nacht hinein haben die Dörfler, das Tanzen nicht gewohnt, auf der einzigen Straße des Dorfes getanzt. Immer wilder ist getanzt worden. Junge Paare haben sich heimlich im Dunkel hinter einem Stadel, hinter einer Holzhütte und gar erst hinter der Friedhofmauer verschloffen. Da hat die totale Freiheit angefangen. Einen weiteren Tag und eine weitere Nacht ist unablässig gesungen, gejohlt, geschrien, geschmust, musiziert, gelumpt und gehurt worden, wie es dieses Dorf und andere Dörfer des Tales und des Landes bisher nicht erlebt haben und auch niemals wieder erleben werden.

Auf beinahe geheimnisvolle, auf unerwartete und zugleich auf wundersame Weise ist am nächsten Morgen das ganze Geschehen vorbei gewesen.

Heimlich sind die Landgeher weit nach Mitternacht aufgebrochen, haben das Dorf unbemerkt verlassen. Dazu muss angemerkt werden, dass während des wilden Treibens aus den Häusern und Kellern alle vorrätigen Getränke wie Wein, Schnaps und Bier auf die Straße getragen worden sind und dass es zu den wildesten und unbändigsten Besäufnissen gekommen ist, die das Dorf in diesem ansonsten stillen und gemütlichen Bergtal jemals erlebt hat.

Die Landgehersippe hat aus dem Dorf alles verfügbare Bargeld mitnehmen können. Die Landgehersippe hat den Musikanten Instrumente abgenommen, vornehmlich die drei oder vier Geigen. Damit hätten sie die Grundlage schaffen können für eine Dörchermusik-Banda, die in den folgenden Jahren die begehrteste und rassigste Tanzmusik weit und breit hätte sein können. Geigen und Trommeln und Pfeifen haben die Landgeher nach und nach gegen Schnaps eingetauscht. Mit nur einer einzigen übriggebliebenen Geige haben sie schwerlich eine ländliche Tanzmusik abgeben können. Die Landgehersippe hat nach und nach feine Kleider kaufen können. Und eine mächtige Bassgeige haben sie mitgenommen. Bei einer deftigen Gasthausrauferei hat der Lanigertatte das Mordstrum Instrument dazu verwendet, einer Gruppe wilder Dorfburschen eine über die Schädel zu hauen. Knapp ein paar Tage nach den wundersam schrecklichen Ereignissen haben sie sich sogar eine talübliche Tracht zugelegt und sind kurze Zeit als „brave“ Kirchtagsgeiger durch die Lande gezogen. Bis auf den heutigen Tag, heißt es, würde die wilde Banda mit der fetzigen Musik aufspielen, würde in die Dörfer kommen und heimlich in der Nacht eine Ahnung der goldenen, der in den alten Geschichten „verheißnen“ Zeit vermitteln.

Die Landgehersippe hat sich vorerst schleunigst, wie es heißt, aus dem Staub gemacht. Es ist buchstäblich der Dorfstraßenstaub gewesen und der Dorfrückständigkeitsgestank, den sie in bisher nie dagewesenem Ausmaß aufgewirbelt hat. Schnell weg von da! Reich gefüllt. Zufrieden, hungrig, durstig, übernächtig. Jetzt schnell so weit wie möglich außer Reichweite dieses Dorfes kommen.

Das alles ist knapp vor dem Anbruch einer neuen Zeit, einer neuen Epoche, geschehen. Alles schien durcheinandergeraten zu sein. Auch das Ende der LANDGEHER sollte bald anbrechen.

V

Das ganze Schicksal des Menschen ist,
im Zweifelsfalle, in der Hand der Geister,
und unsere Opfer stimmen diese versöhnlich.
Die Spannfeder der Totenfeste klinkt aus
und hebt Tabus auf, Fesseln, Verpflichtungen.
Anarchie ist legalisiert.

Die Nische in der Grotte ist wieder zugedeckt. Sie ist verschwunden. Ana beginnt zu laufen. Immer näher kommt sie dem weißen Turm. Dort wird sie nach einer Grotte suchen und in der Nische nach der wundersamen Erscheinung. Und sie wird von dem heiligen Wasser trinken, das dort aus dem Felsen quillt. Sie erinnert sich wieder an die geheimnisvollen Bücher, die sie heimlich gelesen hat, die sie förmlich verschlungen hat, die von den großen Wallfahrten berichten, von Fatima und von Lourdes und von La Salette, und von den heimischen Stationen in Maria Trens, Locherboden und Kaltenbrunn.

Sie weiß, dass der in strahlendes Gold getauchte Turm zur Wallfahrt „Unserer Lieben Frau vom Kalten Brunnen" gehört.

Sie hat gelesen von der wundersamen Erscheinung auf dem Felsen. Sie erinnert sich an die geheimnisvollen Hinweise, die sie in der kleinen Schrift gelesen hat. Das will sie jetzt an Ort und Stelle sehen und erleben.

Zu jenen Wallfahrtsorten, die unser Herz in besonderer Weise bewegten, die sich unseren ungeteilten Beifall am nachdrücklichsten erworben haben, gehört der altehrwürdige Tiroler Wallfahrtsort Kaltenbrunn.

Jetzt ist sie ganz nahe dem Ort der geheimnisvollen Wunder und Geschehnisse. Sie eilt, sie läuft den letzten Steilhang hinauf, ganz außer Atem, hastet, ohne nach beiden Seiten zu schauen, in die offene Kirche hinein. Sie ist überwältigt von der Pracht und dem Strahlen. Sie spürt es, knapp vor der Kapelle in der Kirche, der eigentlichen Gnadenkapelle, dem Herzen des Ortes. Ein Kribbeln überzieht ihren Körper. Die Beine beginnen zu schmerzen. Etwas zerrt an ihr. Fast wird sie auf den Steinboden gerissen. Sie ist müde. Sie ist hungrig. Aber sie spürt nichts mehr. Sie übergibt sich bereitwillig der großen Kraft, die vom Zentrum ausgeht. Sie stützt sich ab, sucht mit den Händen nach einem Halt, rutscht ab, fällt hin, bleibt liegen. Bleibt regungslos liegen. Pilger eilen zu ihr, heben sie auf, legen sie auf eine Bank. Sie atmet schwer.

Langsam erwacht sie wie aus einem tiefen, aber schönen Traum. Sie hat wieder davon träumen können, wie die Madonna in der Felsengrotte den Hirtenmädchen erschienen ist; so strahlend und weich, wie sie es nie in ihrem Leben und bei niemandem gesehen hat. Dann hat die Madonna mit ihr gesprochen. Es ist vielleicht nicht die Madonna. Sie hat irgendwo gelesen, dass es nicht die christliche Madonna ist. Es ist die ALTE MUTTER. Es ist eine SALIGE. Es ist eine alte Göttin der Berge. Eine Beschützerin, eine „Herrin der Tiere" und der ganzen Schöpfung. Sobald Ana aufstehen kann, humpelt sie in die Gnadenkapelle hinein und ist umgeben von Glitzer und Gold und Edelsteinen, und vom Altar herunter leuchtet der Schein der Kerzen, vieler Kerzen. Sie versinkt wie in einem Taumel, wie in einem mächtigen, alles mit sich reißenden Strom. Sie versucht zu beten. Sie stammelt, was sie von der Mutter gelernt hat: Zaubersprüche sind es. Heilsprüche, mit denen die Kranken belegt werden. Sie erinnert sich dunkel, holt Stück um Stück, Wort um Wort aus der Erinnerung zurück. *So sie zogen in das Holz, hat es dem Herrn das Bein verletzt. Da besang ich seinen Fuß. Da ruf ich in sein Blut. Und Blut zu Blut rann neu und stark. Jetzt geh von dannen.*

Flüchtig erinnert sie sich, den heilsamen Beifuß beschworen zu haben und den ebenso heilsamen Wegerich. Allesamt den Zauberton gesungen: *Gedenke, du Beifuß, was du versprochen, was du verrichtest als ruhmvolle Kunde. Älteste Würze, auch Una gerufen, komm jetzt und heile, überwinde Eiter und Anfall, überwinde Leidkraft und Siechtum, dreimal und dreißigmal.* Ana erinnert sich. Una ist wie Ana und wie Mama, und diese Mama hat ihr beigebracht, wie sie die Zaubersprüche sprechen soll, einmal hauchend, inständig bittend, dann fordernd, mit größtem Nachdruck, auch wiederholend, immer wiederholend, und dann das Hauchen und Über-den-Kopf-Streichen und das Tief-in-die-Augen-Schauen. Ana steigert sich in die neue Wunder- und Erlebniswelt hinein, vergisst alles ringsum, lehnt in der hintersten Bank, den Rücken auf dem harten Stein, ihre Blicke auf die Lichter und das Bild der wundertätigen Madonna gerichtet.

Eine Erscheinung. Ein Bild mit einer schönen Frau.

Du Wegebreite, der Würze Natur. Nach Osten offen. Nach innen mächtig. Über dich Räder rollen, über die Frauen fahren, über dich Bräute sich breiten, über dich Stiere stampfen. Allen widerstandest du und widerstehst. So überstehe Eiter und Anfälle und Leidkraft, die übers Land fährt.

Am Stand mit den Kerzen und Devotionalien, den Kreuzchen und Amuletten, den Blechplättchen und Rosenkränzen sucht sie nach der Wallfahrtsbeschreibung. Sie findet ein kleines Büchlein. Was da drinnen geschrieben ist von den Kunstschätzen, von den Künstlern, die den Hochaltar angefertigt haben, die an den Bildern sich austoben haben können, allesamt sehr namhafte Künstler aus dem ganzen Land und bis nach Bayern hinaus, hat sie schnell überblättert. Sie sucht die Legende. Sie sucht die geheimnisvolle Geschichte, wie diese Wallfahrt zustande gekommen ist. Sie findet Berichte, die bis in das frühe Mittelalter zurückreichen, sie liest, es wäre einer der ältesten Wallfahrtsorte des Landes. Und sie findet eine aktuelle, eine sehr poetisch verklärende, frömmelnde Würdigung des heiligen Ortes. Ana versinkt, lässt sich hineinfallen in diese Welt, die keine wirkliche Welt ist, die sie aber tief im Innern erlebt, spürt, empfindet, erleidet. In einer für sie fremden Sprache, die sie in der Geborgenheit der Landgehersippe nie gehört hat, die sie manchmal in einer der frommen Stätten des Landes, von einer Kanzel herunter, vernommen hat.

Verschollenes Kind der Berge, dem der Zauber unentweihter Einsamkeit geheimnisvolle Reize gibt, weltfremder Gnadenort, wo Menschenstimmen schweigen, aber um sie traute Gnadenstimmen flüstern – wo die sprudelnde Quelle, der kalte Bronnen plätschert – unsrer lieben Frau zu Ehren. Bringet Heil all denen, die vertrauensvoll von seinen Wassern schlürfen. Gesegneter Gnadenort, wo in den schwersten Zeiten des bedrängten Vaterlandes die glühenden Gebete eines heiligen Priesters den Tiroler Waffen wundersamen Sieg erfleht. Zauberstätte, wo gleichsam ein Teil unsres Herzens zurückgeblieben, den du uns mit süßer Gewalt geraubt und abgenommen hast – siehe, heute, da ich in einsamer Stube fern von dir dein gedenke, geliebter Ort, da meine Feder dich beschreiben soll, dich und deine Schönheit und deine Gnaden – heute flammt aufs Neue empor meine Begeisterung und ein liebwarmes Herz diktiert mir Worte des Lobes, des Preises und des höchsten Wohlgefallens. Denn wahrlich, du bist des Lobes und des Preises wert.

Was soll ihr das alles bedeuten? Ana soll in eine andere Welt entrückt werden. Wie eine HEILIGE soll sie Wunder um Wunder erleben müssen. Sie bewahrt einige dieser ihr so fremd klingenden Worte, geht in die Kirche zurück, kniet nieder und wartet. Von einem wundersamen Stein, eigentlich einem Felsen, wird berichtet, der sich am Anfang der Wallfahrt dort befunden haben soll. Es ist vor mehr als

600 Jahren geschehen, dass auf diesem Felsen der erste Altar gebaut wurde und dass auf dem Stein von selber Korn zu wachsen angefangen hat, nämlich Roggen und Weizen, und dass das Vieh, das täglich hier vorbeizieht, den Weizen und das Korn nicht angerührt hat. Darob haben sich die Bergler gar sehr verwundert. Und als dann ein frommer Pilger aus der Ferne gekommen ist und das alles gesehen hat, da war er in höchstem Maße verwundert und hat wollen Auskunft geben: Von diesem Ort weg führt eine Leiter direkt in den Himmel hinauf. Diese Leiter ist in der Kirche ganz oben in einem kleinen Bilde zu sehen. Ana liest auch von einem anderen kleinen Bild. Darauf ist dargestellt, wie vom Berg herunter eine Schar Frauen in weißen Kleidern zur Wallfahrtsstätte eilen und wie sie rote Fähnlein tragen. Ana kann sich vorstellen, eine dieser Frauen gewesen zu sein, mit diesen Frauen zusammen von den Bergen heruntergekommen zu sein. Ana möchte diese Frau mit der roten Fahne sein, eine solche wilde Frau, die Anführerin einer wilden Jagd. Ana kennt die zwei Lieder, die von dieser Gnadenstätte künden und dem wundersamen Geschehen. Staunend und erschrocken vermeint sie, ein Lied über das Schicksal ihrer Sippe, der Landgeher, der Laniger, der Karner, der Dörcher, gefunden zu haben. Da hat wohl ein frommer Pfarrer ein klein wenig nachgeholfen. Aus den Landgehern und Vaganten sind vielleicht Landsknechte geworden. Das würde besser hineinpassen.

Unser liebe Frau vom kalten Brunnen
bescher uns armen Landsknecht ein warme Sunnen!
Daß wir nit erfrieren,
wohl in des Wirtes Haus,
tragen wir ein vollen Säckel,
ein leeren wieder aus,
und ein leeren wieder aus.

Unser liebe Frau vom kalten Brunnen,
bescher uns armen Landsknecht ein warme Sunnen!
Daß wir nit erfrieren,
ziehn wir dem Bauersmann
das wüllen Hemd vom Leibe
und tuns uns selber an,
und tuns uns selber an.

Unser liebe Frau vom kalten Brunnen
bescher uns armen Landsknecht ein warme Sunnen!
Daß wir endlich finden
von aller Arbeit Ruh!
Der Teufel hol das Saufen,
das Rauben auch dazu,
und das Rauben auch dazu!

Das alles geht der Ana nicht aus dem Kopf. Staunend und ungläubig liest sie und liest noch einmal. Das mit dem „Landsknecht" betrifft sie und ihre Sippe und die zu dieser Zeit noch zahlreichen Sippen der Landgeher, der Laniger und Karner und Dörcher, und sie haben einige Zentren in Nordtirol, in Mieming und in Mötz, in Schönwies und in Telfs. In Südtirol haben sich etliche Sippen vornehmlich zur Winterszeit im oberen Vinschgau aufgehalten. Etliche von ihnen sind Angehörige von verarmten Bauern in den hinteren Bergtälern. Von „abgehausten" Bauern, wie den „Vorfahren" der Ana aus dem Passeiertal.

Ana ist für ihr Alter überaus belesen und klug. Es hat sich auch ergeben, dass sie schon mit dreizehn Jahren von einem älteren Mann ihrer Sippe aufs harte Lager geschmissen worden ist. Sie hat sich gewehrt, hat gebissen und geschrien. Dann hat er von ihr abgelassen. Solches will sie nie mehr erleben müssen. Eine Schulbildung hat sie nie erfahren. Alle Weisheit und Lebenserfahrung hat sie von ihrer Mama vermittelt bekommen.

Umso begieriger ist sie, weitere Begebenheiten und Hintergründe dieses abgelegenen, im hinteren Tal auf einem unwirtlich steilen und schrecklichen Berghang befindlichen Ortes zu erfahren.

Dass es im Lied nicht so sehr um die armen Landsknechte geht, sondern mehr um ihresgleichen, sieht sie als gegeben an. Es deutet auf ihre Sippe hin, wenn davon gesungen wird, es würde den Bauern das wollene Hemd vom Leibe gerissen, um nicht erfrieren zu müssen; und es würde endlich ein gutes Ende finden, wenn der Teufel die Sauferei und das Rauben einstellen würde.

Ana wundert sich viel mehr über die geheimnisvolle Schar, die in weißen Kleidern vom Berg herunterkommt. Noch merkwürdiger scheint es ihr, dass rote Fahnen mitgetragen worden sind. Alles das erinnert sie an die alten und geheimnisvollen Geschichten, die von Generation zu Generation überliefert werden, insbesondere bei den Leuten ihrer Sippe an den vielen langen Abenden. Da hat sie die Erzählungen im Kopf von den SALIGEN. Das sollen die Leuchtenden, die Strahlenden, sein, die mächtigen und die beinahe allmächtigen Herrinnen der Bergnatur, der „wilden Tiere", der Gämsen, Steinböcke, Murmeltiere. Ob sie heruntergekommen sind zum wundersamen Getreide auf dem nackten Felsen? Zur wundersamen Quelle, dem „kalten Brunnen"? Das müsste doch alles lange vor der Entstehung der Wallfahrt gewesen sein. In der Kapelle hat sie sich nicht sattsehen können am Bildnis der goldstrahlenden Gnadenstatue. Es ist eine Darstellung der Madonna, der Mutter Gottes mit dem Jesukindlein. Alles so fromm und katholisch?

Ana grübelt weiter. Sie bleibt lange Zeit in der Gnadenkapelle, setzt sich dann in eine Bank zuhinterst in der Kirche, rastet, döst, nickt ein, wacht wieder auf, erschrickt. Einer der Pilger hat seine Hand auf ihre rechte Schulter gelegt, hat sie angeschaut, hat zu ihr gesagt: „Ja, Madl, wach auf.

Es ist kalt." Sie fährt auf und rennt aus der Kirche, rennt in den Wald hinein, wo sie niemand finden soll, findet beim Dunkelwerden eine beinahe leere Heuhütte. Sie sammelt Fichtenäste von den Bäumen. Damit bedeckt sie sich. Dazu nimmt sie das restliche Heu. Sie ist es gewöhnt, bei unwirtlichem Wetter solche Nächte zu überstehen.

Es überkommt sie wieder wie ein Traum, dass ihr die Madonna erscheint. Dass ihr die Leuchtende, die Strahlende, erscheint, die die Menschen dieser Gegend als SALIGE kennen. Ana kann das wundersame und sonderbare Nebeneinander nicht verstehen. Ganz Altes steht vor ihr und ganz Neues, und alles zusammen ist für sie ein großes Rätsel. Es lässt sich keine Ordnung in ihren Kopf bringen. Zu sehr gehen die Gedanken und die Vorstellungen kreuz und quer. Und sie fällt in einen schweren Traum.

Dann schläft sie wieder ruhiger.

In der Früh erwacht sie, weil sie neben sich die Glocken hört. Und dann stecken zwei graue Kälber ihre Köpfe zur offenen Heuhütte herein, riechen an ihr, schnuppern an ihr, belecken ihr Gesicht. „Ja, Kuisele", flüstert sie ihnen ins Ohr. Die Kälber werden ruhig. Sie bleiben knapp neben ihr stehen, so, als ob sie das dort kauernde Mädchen beschützen wollten.

Ana steht auf und geht langsam ein Stück den Steilhang hinauf, über die Reste der Wiese. Und die beiden Kälber folgen ihr. Sie lassen sich vorerst nicht abschütteln. Erst beim Holzzaun bleiben die beiden Tiere zurück.

Ana erbettelt an diesem Tag bei Bauern in der Nähe etwas Brot und Speck. Sie ist, wie die Leute erkennen, sauber und ordentlich gekleidet, hat ein freundliches Wesen, ist sehr hübsch. Wohlgefällig, sagen die Leute. Vielleicht könnte sie ein paar Tage auf einem der Bergbauernhöfe mit kleinen Verrichtungen auf dem Feld oder im Stall oder im Haus aushelfen. Sie stellt sich gut an. Die Bauersleute sind zufrieden mit ihr. Ja, sie wollen sie für die nahende Zeit der Heuarbeit sogar für mehrere Wochen am Hof behalten. Gegen Kost und Quartier für ihre Arbeit.

Heimlich versucht sie im Stall, wenn sie allein ist, den Tieren von ihren Erlebnissen zu erzählen. Dann streichelt sie die beiden Kälber, die sehr zutraulich geworden sind.

Da staunt der Bauer, als er am zweiten Tag in den Stall kommt und sieht, dass die alte Kuh wieder gesundet ist, dass sie von selbst wieder aufstehen kann und dass sie wieder frisst. „Na so etwas", wundert er sich. Dann ruft er Ana. Aber die Ana ist nicht mehr da. Sie hat sich still und heimlich verabschiedet.

Sie hat die unbändige Freiheit gesucht. Sie ist süchtig danach geworden, die wundersame Stätte wieder zu besuchen, sich dort aufhalten zu können, viele Stunden des Tages. Aber sie fürchtet, dass der Bauer sie dort finden und dann auf den Hof zurückbringen würde.

Ana sucht den Weg weiter ins Tal hinein. Und weil das Wetter günstig zu sein scheint, nimmt sie den überaus beschwerlichen Weg über das hohe und verschneite Joch in das südliche Tal. Dort sucht sie die SALIGEN, die weißgekleideten Frauen mit den roten Fahnen.

VI

Der Ethnologe muß auf eine wesentliche Tatsache Wert legen: der Unterschied zwischen den Kulturen. Erster Eindruck bei der Entdeckung der Lötscher: sie wollen uns hart erscheinen, um nicht zu sagen grausam; ihre Kinder erlegen einen Vogel mit einem Stein. Ihnen fehlt ganz die Sentimentalität des braven Bürgers. Selbstmitleid kennen sie nicht. Von schrecklichen Wintern wurden sie zu Menschen gemacht.

Weit drüben hinter drei Tälern und Jöchern sind sie unterwegs.

Die Landgehersippe zieht weiter. Auf einem freien Platz neben dem Wald rastet sie. Es geht Richtung Brenner. Es ist spät im Frühjahr. Die Bauern haben damit begonnen, das Heu zu mähen, es dörren zu lassen und dann in die Scheunen zu bringen. Die Landgehersippe weicht den mähenden und erntenden Bauern aus. Sie sucht, immer in der Nähe von Siedlungen und Bauernhöfen, abgelegene Plätze nächst dem Wald, wo sie versteckt ist und von wo aus sie trotzdem die Landschaft überblicken kann. In einem wilden Sturm sind vor kurzer Zeit viele Bäume niedergerissen worden. Die Baumstämme sind von den Bauern in ein nahes Sägewerk transportiert worden. Auf dem Lagerplatz der Lanigersippe liegen kreuz und quer in wilden Haufen die Äste. Dazwischen sprießen jetzt, das wissen die naturkundigen Laniger, die ersten Erdbeeren in reicher Fülle. Hastig und gierig suchen die Kinder nach den Kostbarkeiten des Waldes und stopfen sich die süßen Früchte in die Münder.

Der Vater schaut zu. Dann bastelt er wieder an zerrissenen Regenschirmen, feilt eine Säge, schleift ein paar Messer. Die Landgehermama, die Mutter, sucht nach ausgewählten Kräutern im Wald und auf der neu entstandenen Lichtung. Auf solchen Lichtungen erwacht neues Leben. Vor allem nach einem Regen sprießt und treibt und dampft es wie an keinem anderen Ort. Das nutzen die Landgeher. Als Patron und unbedingter Herrscher wacht über allem der Vater, von allen nur der „Tatte“ genannt. Es ist der Landgehervater. So kennen ihn die Leute in weiten Teilen des Landes. Andere nennen ihn teuflisch und satanisch und kennen ihn, wenn er mitunter ein Gasthaus besucht, dort säuft und poltert und manchmal, wie es vorgekommen ist, auch dreinschlägt, Tische und Bänke zertrümmert. In seinen schrecklichen Räuschen ist er gefürchtet. Alle verachten und meiden ihn dann. Das hat sich im Laufe der Jahre immer mehr aufgeschaukelt.

Das Einzige, womit die Landgehersippe bei den Leuten der Dörfer und Täler einigermaßen anerkannt ist, sind ihre handwerklichen Fertigkeiten. Niemand im Lande kann so schnell und vor allem so gut Messer schleifen, Sägen feilen, Regenschirme herstellen und Regenschirme reparieren. Anerkannt sind sie im „Gewerbe“, wie es damals noch geheißen hat, als Amprellmacher.

Die beiden ungefähr zwölf- bis dreizehnjährigen Buben treiben sich im nahen Wald herum, klettern auf Bäume, werfen mit Ästen und Steinen, raufen und balgen sich, schreien und weinen. Alles durcheinander. Blutend kommen sie zur Mutter. Mit irgendeinem grünen Blatt deckt sie die Wunde ab, stillt das Blut und lässt die Buben wieder laufen.

Bald kommen sie mit einem toten Igel daher. Vom Lanigertatte gekonnt zurechtgemacht, zählt der Igelbraten zu den leckeren und begehrten Köstlichkeiten. Sie fangen noch einen zweiten und dritten Igel, bringen alles dem Tatte. Er soll ihnen das Zeug zubereiten.

Es ist bekannt bei den Landgehern, dass sie in kargen Zeiten, wenn lange kein Wild zu finden gewesen ist, wenn sie vergebens aus den Ställen der Bauern Hühner „mitzunehmen“ versucht haben, wenn sie aber Lust auf etwas Fleisch und Gebratenes gehabt haben, dass sie dann Jagd auf Hunde gemacht haben. Sind ja solche „Köter“ bei jedem Bauernhof im Freien herum gewesen, manchmal an einer dicken Kette. Aber das haben die Landgeher alles gut lösen und brauchen können. Dann haben sie Hunde zubereitet. Hunde sind eine kulinarische Spezialität gewesen. Igel ist eine noch feinere Spezialität. Diese muss aber gekonnt zubereitet sein. Und der Landgehertatte hat es am besten gekonnt. Und die Landgehermama hat die besten Kräutlein gewusst. Zum Trinken hat das frische Wasser aus einer nahen Quelle ausgereicht. Wein und Bier hat es kaum gegeben. Die Ausnahmen sind festliche Ereignisse gewesen. Oder wenn der Landgehertatte in einem Dorf nach erfolgreichem Schleifen von Messern und Sägen etwas Geld oder gleich Trinkbares bekommen hat. Wenn der Landgehertatte lange genug auf Entzug hat leben müssen, ist er mit den frisch geschliffenen Messern und den frisch gefeilten Sägen und den kunstvoll reparierten Regenschirmen in die Dörfer gegangen. Ist dann in einem Wirtshaus gelandet. Dort hat er seine finanziellen Geschäfte abgewickelt.

Und das alles liegt, von heute an zurückgerechnet, mehr als neunzig und hundert und hundertzehn Jahre zurück.

Am Waldrand hat es an diesem Spätnachmittag eine Lanigerspezialität gegeben. Der Tatte hat sich drangemacht. Ein Spezialrezept dazu hat ein Lanigernachkömmling aus Landeck aufgeschrieben, nach einem Rezept seines Großvaters. Und das geschah auf folgende Weise: Es ist eine richtige Zeremonie gewesen. Nicht besser und würdevoller hätte ein Dorfpfarrer eine Festmesse zelebrieren können. Da hat halt oft bei den Tiroler Landgehern die Musik gefehlt. Aber auch da haben sich die Landgeher eine Abhilfe schaffen können. Zumeist ist es ein Fotzhobel, also die Mundharmonika. Oft ist es eine Geige, das Lieblingsinstrument. „Unsere“ Familie hat zwei solche Geigen bei ihrem denkwürdigen Auftritt im sanften Bergtal oberhalb von Kematen, also in unmittelbarer Nähe von Innsbruck, rechtmäßig erwerben können. Ausnahmsweise „rechtmäßig“, wie die lokale Überlieferung berichtet. Die erfolgreiche Heilung des alten, verkrüppelten Weibes hat eine neue Entwicklung in das Leben der Landgeher gebracht. Seitdem haben sie wieder die Musik und sind weitum im Lande der Geheimtipp geworden für das Heilen siecher Personen, kranker Dorfbewohner und insbesondere solcher, denen keiner der Dorfärzte hat helfen können. Es sind also die hoffnungslosen Patienten gewesen.

Nun aber warten sie voller Spannung auf das kunstvolle und einzigartig perfekte Zubereiten des Igels.

Der Landgehertatte setzt sich auf einen Stein, nimmt den ersten Igel, tötet ihn, wie auch immer er ihn tötet, ob schmerzlos und schnell oder brutal und zynisch, das sei jetzt dahingestellt – er tötet den Igel. Dann klaubt er aus seinem Werkzeug ein kleines Röhrchen heraus und fängt an, dem erlegten Igel mit dem Röhrchen in das Maul hineinzufahren und ihn wie einen Luftballon aufzublasen. Der Igel ist jetzt eine runde Kugel. Die ganze Sippe ist um ihn herum versammelt. Der Tatte steht auf, nimmt die aufgeblasene Igel-Kugel, verschließt sie, geht ein paar Schritte beiseite zu einem Sandhaufen. Das hat er alles vorbereitet gehabt: ein Loch im Sand. Ein Feuer gemacht. Das haben sie sowieso immer an allen Rastplätzen. Es ist eine gute Glut beisammen. Er legt den toten Igel auf die Glut. Und es ist klar, dass die Landgehermama den Igel und dann die Igel-Kugel sorgfältig und fachkundig gewürzt hat. Also liegt der erste Igel einige Zeit in der Glut. Der Landgehertatte dreht und wendet ein paar Mal den Igel, dem jetzt aber die Kugelform schon längst abhandengekommen ist. Nach öfterem Wenden hat der Tatte das Gefühl gehabt, die edle Speise müsse jetzt fertig sein zum Essen. Er hat die Sandschicht abgeklopft, alles samt den Stacheln und der Haut.

Schmatzend und johlend und jubelnd haben sie den Igel I und in der gleichen Weise den Igel II und den Igel III verzehrt. Das hat einen ganzen Abend gedauert. Alle sind satt geworden. Jetzt hat der Landgehertatte eine der beiden Geigen genommen, hat ein wenig herumgedreht an den Wirbeln, hat gezupft und hat gelacht. Es hat wohl irgendwie gepasst und ob es gestimmt hat, können wir hier nicht nachprüfen. Er nimmt den Bogen und streicht über die Saiten. Es kratzt und winselt zum Erbarmen. Das aber kann ihrer Lust und Freude keinen Abbruch tun: Das große Festmahl mit Musikbegleitung geht langsam zu Ende. Sie haben heute etwas vollbracht, das sie in ihrer Sprache das „Stachlinger butten“ nennen.

An der zweiten Geige haben abwechselnd die beiden Buben herumgekratzt. Wenigstens konnten sie damit vorübergehend den Schlaf vertreiben. Vollgenährt und zufrieden haben sie diesen kostbaren Tag beendet. Das Landgeherglück des Landgehertatte wäre vollendet gewesen, wenn er jetzt einen Krug dieses köstlichen Getränkes gehabt hätte, dessentwegen er in den Gasthäusern zumindest des ganzen Oberlandes so berüchtigt und gefürchtet gewesen ist.

Aber angeregt und sozusagen aufgestachelt durch den großen und wahrhaft nachhaltigen Erfolg seiner perfekten Zubereitung des aufgeblasenen und mustergültig gewürzten Igels, eigentlich der Igel I, II und III, hat der Tatte an diesem Abend eine ganz ungewohnte Seite an sich herausgestellt: eine durchaus friedvolle Seite, eine durchaus verständnisvolle, und eine Seite, die das reiche Wissen mündlicher Überlieferung gezeigt hat. Jetzt legt er los und erzählt die Geschichten aus den Sippen der Landgeher. „Hört her“, schreit er von erhöhtem Standplatz, von einem großen Stein aus, „wer wir sind, wer wir gewesen sind.“ – „Jajaja“, ruft ihm die Landgehersippe zu, „lass hören!“

„Es ist so: Wir gelten als die Mindesten im Land. Wir sinds nicht. Schaut auf unsere Berufe! Ich sags euch, was wir sind: freie Vaganten, Landschützen, Geschirrhändler, Sagenfeiler, Korbmacher, Korbhändler, Amprellmacher, also Regenschirmmacher, wenn ihrs besser versteht, Hadernsammler, Schleifer, Hafenbinder; allesamt brauchbare Leut. Die Bauern brauchen uns. Was scheren uns die Bauern. Und was noch: Etliche von uns sind Baraber beim Bau der Arlbergbahn, Handlanger, Ziegelarbeiter. Und das auch noch: Wäscherinnen und Prostituierte. Sapperlot! Und solche sind dabeigewesen: handeln mit Knöpfen und Bändern, fahren über Land. Bis ganz hinauf in die deutschen Städte. Ware feilbieten. Und was solls, sapperlot, haben auch mit dem Körper Geld gemacht. Viel Geld. Sind in den noblen und nobelsten Häusern bei Fürsten und Grafen und großen Herren gewesen. Stellt euch vor: keine solchen in der letzten Reihe. Bravo!"

Er schreit es seiner Sippe zu. Der Kopf gerötet. Der Speichel aus dem Mund. Er spuckt aus. Mehrfach von seinem Standplatz.

„Ihr werdet noch mehr hören."

Eifrig lauscht die Sippe. Die beiden Buben, richtige Bengel voller Kraft, können nur mühsam gebändigt werden. Eine saftige Watsche für die beiden. Dann scheint Ruhe zu sein. „Und weiter, was hat man aus uns gemacht?" – „Sags", rufen sie ihm ermunternd zu, wohl wissend, wie begierig er solche Aufrufe annimmt und entsprechend zu reden bereit ist. „Das hat man mit uns gemacht: Gebändigt hat man uns. Aus den Wäldern und von der freien Landstraße hat man uns geholt. Man hat uns in die ersten Fabriken gesteckt, wo wir die letzesten und dreckigsten Arbeiten haben tun müssen. Wir sind die ersten Fabriksarbeiter in diesem Land. Mitsamt den Kindern, in den Telfer Kleiderfabriken und bis hinaus ins Deutsche. In die schlimmen Ziegelstädel haben sie uns gesteckt, bis nach Immenstadt hinauf, bis nach Kempten und sogar zu den Wiener Ziegelöfen. Das ists.“

Er hat das alles aus der Glatzischen Sippentradition. Nicht minder hätte er es aus der Sippentradition der Falger und Monz beziehen können. Untereinander sind sie verschwägert, verwandt, liiert, legitim und illegitim, und ohne nachweisbare Herkunft der meisten Kinder. Sie haben sie scharenweis, wie es heißt, „geziiglt“, in großer Zahl gezeugt, ungehemmt, Jahr für Jahr.

Noch einmal setzt er an, in die Hitze geraten. Und stolz aufgerichtet dann weiter: „Ich sags euch, die nobelsten Herren sind wir gewesen. In Wien, beim Kaiser, haben die Schönsten und die am besten Gewachsenen als Kaiserjäger dienen dürfen. Wir. Solche von uns. Ich weiß es, etliche von uns sind die größten Zuhälter des Landes gewesen. Unsere Weiber haben als Prostituierte gearbeitet. Aus Lust und aus der Not. Sapperlot. So ists. Sapperlot. Das sind wir!“

Nach der wahrscheinlich längsten Rede seines Lebens steigt er von seinem Podest, hockt sich nieder, schreit nach seiner Maria: „Hast nix da von deine Kräutersaufereien, so einen Angesetzten, Selbergemachten? Her damit!“

Er geht zu seinem Weib, reißt es in die Höhe, pufft ihm in die Seite: „Hast was?“

Das sind die von seiner Maria am meisten gefürchteten Situationen. Dann erwischt er einen Schluck. Sie zaubert ihm eine Schnapsreserve, eine Gesundungsmedizin, etwas Hochprozentiges. Das hat sie gelernt und sie weiß, wie sie damit den Landgehertatte beherrschen kann. Er setzt an, säuft, setzt an, leert die Flasche. Beginnt zu poltern und zu grölen. Das Grölen geht gegen Mitternacht in das altbekannte Schnarchen und Furzen über. Manchmal erbricht er in solchen und ähnlichen Situationen.

Der festliche Igelbratentag ist klanglos und missstimmig zu Ende gegangen. Beinahe hätte er die Geige, seine Geige, an diesem Abend zerschlagen oder zertreten.

Das Feuer ist aus. Die beiden Buben schlafen. Alle schlafen. Der Landgehertatte schnarcht. Nicht einmal die Vögel und Igel und Rehe und Hirschen haben in dieser Nacht ihre Ruh. Die letzten Töne der schrecklich verstimmten Geige hängen wie dürre, dreckige Fetzen in den Ästen der Bäume. Die Landgehermama, sein kräuterkundiges Eheweib, versucht sich schlafend an den Herrn zu lehnen, an „ihren" Tatte. Er lässt es mit sich geschehen. Ein wenig vorsichtig blinzelt der Mond durch das Geäst, fast erschrocken, und zieht sich wieder zurück.

Am nächsten Tag brechen sie frühzeitig auf, Richtung Brenner, über Schönberg, immer nahe an den Dörfern vorbei, aber nie in die Dörfer hinein. Die Dörfer und die Dörfler werden gemieden. Die Bauern sind dazu da, für sie Hühner und manchmal ein freilaufendes Kitz erübrigen zu können, die Hühnerställe nicht allzu fest abzuschließen, ihnen fallweise den Zugang zu den frisch gelegten Eiern zu ermöglichen. Alles gestohlen und mitgenommen.

Die Maria riecht es schon von weitem, wenn es in einem der Häuser und Höfe ein krankes „Mensch" gibt, das sie kurieren könnte oder dessen Plagerei sie zumindest mit Salben und Kräutlein besänftigen könnte. Und überall im Lande gibt es die „Gaunerzinken", solche geheimnisvollen Zeichen zumeist an den Haustüren oder ober der Haustüre, die anzeigen, welcher Gesinnung die Bewohner des Hauses gegenüber Bettlern, Landgehern und Herumziehern sind. Auch heute schauen sie wieder nach den Zeichen, die in den Kalk oder in das Holz eingeritzt sind. Wenn sich Laniger- und Landgehersippen begegnen, verständigen sie sich untereinander über gastfreundliche und weniger gastfreundliche und völlig ablehnende und feindliche Häuser. Dort also gibt es in der Sprache der Landgeher den „Etsch", etwas Geld. Mit einem Andreaskreuz geben sie einander zu verstehen, wo „die Mäus in die Fall zu jagen wären", wo also das Betteln und Hausieren völlig sinnlos und aussichtslos ist. Und durch andere Zeichen, also „Zinken“, wird auch mitgeteilt, wo ein scharfer Hund wacht. Ganz klar und deutlich wird erkennbar gemacht, wo es „bengert“, wo also nichts Gutes zu erwarten ist, und wo die Ortsgendarmen besonders streng Wache halten. Der Landgehertatte marschiert, ja er marschiert, aufrecht und stramm, ohne Genierer, in die Dörfer hinein, zieht manchmal seine Geige heraus, fiedelt falsch oder weniger falsch, gelegen oder ungelegen, macht jedenfalls laut und grell auf sich aufmerksam. Wenn es aber geordnet, gegen Bezahlung, zum Aufspielen geht, dann hat er die besten Stückln auf Lager. Dann spielt er überaus schwungvoll, in rasantem Tempo, dann wieder ganz traurig und zum Erbarmen, zum Herzerweichen. Dann klingelt es reichlicher. Und er hat seine Buben in die Kunst der richtigen, der rasanten und der schmalzigen Spielweise gut eingeführt. Wenn sie wollen, sind sie die besten Geiger des ganzen Oberlandes. Wenn es nötig ist, schreit der Landgehertatte lauthals durchs Dorf, zwischen den engen Häuserzeilen hindurch: „Leute, Leute, der Pfannenflicker ist da. Bringts Messer und Feilen. Alles wohlfeil geschliffen, geschärft.“ In einigen Häusern öffnet sich eine Türe. Zuerst hat sich hinter dem Vorhang etwas bewegt. Da ist jemand neugierig. Der Landgeher ist Profi, er kennt sich aus. Das spürt er. Dann kommen einzelne Leute, bringen ein paar Messer, ein paar Feilen, einen kaputten Regenschirm, einen löchrigen Topf, eine zerbeulte Kachel. Am Rande des Dorfes hat er seine Miniwerkstatt aufgerichtet, einen Schleifstein, in einem Sack die Feilen, die extra Feilen und die Drähte und Zangen. Alles nach Belieben und nach Bedarf.

Wenn alles gut gegangen ist, steckt er einige Kreuzer in den Sack, stapft dem nächstbesten Wirtshaus zu, lässt sich ein gutes Viertele vorsetzen, zahlt, trinkt noch eines oder mehrere, bleibt lange sitzen, es kann sein bis über Mitternacht, wird immer rebellischer, schreit immer lauter, stänkert immer aggressiver, schlägt um sich. Nach Mitternacht wird er abgeführt oder von kräftigen Dorfburschen an Händen und Füßen aus dem Dorf hinaus Richtung Landgeherunterkunft gezogen. Und wird dort liegen gelassen.

Weil sich aber landauf, landab die Kunde zu verbreiten beginnt, die Landgehermama würde mit Kräutlein und Salben, ihrem Handauflegen und Anhauchen die sonderbarsten Krankheiten heilen können, drängen sich dann die Kranken und Bresthaften scheu aus dem Dorf hinaus, mit kritischen Blicken zum Pfarrhof, zur Kirche, bekreuzigen sich, ziehen hinaus. Ganze Prozessionen sollen es gewesen sein. Manche packt die Neugier, wer die wohl sein könne, wie sie aussehen mag, was sie unter dem weiten Kittel wohl mit sich schleppen könnte. Die Hex zwischen den Schenkeln. Die Scheu hält die Dörfler zurück. Sie wollten gern mehr wissen. Und manche kommen heimlich, zu sehr später Stunde, vor allem einige Mädchen und junge Frauen, um sich Rat zu holen in menschlichen Betrübnissen, wenn es mit dem Kinderbekommen nicht klappt, wenn sie wissen wollen, unter welchem Sternzeichen sie den Auserwählten zu sich in die Kammer lassen sollen, welche Kräutlein und Säftlein sie dem Auserwählten heimlich in die Suppe oder in ein Getränk mischen sollen, dass er wieder, wie sie sagen, „bockig" wird, dass er wieder springt. Die Landgehermama weiß immer, fast immer, einen guten Rat zu erteilen. Wenn ein Handel gelungen ist, bittet sie ihren Landgehertatte um ein Stücklein auf der Geige. Auch die beiden Lausbuben wollen aufspielen, und so kann es geschehen, dass am Dorfrand ein lustiges Musizieren anhebt und dass die Dorfleute, vor allem die jungen Leute, mitunter ein Tänzlein wagen.

Davon darf der Dorfgendarm nichts wissen. Solche „Unzüchtigkeiten" dürfen erst recht nicht dem Pfarrer zu Ohren kommen. Da kann allemal der Landgehertatte nach seiner Lustigkeit richtig zornig werden. Aber Schnaps und

Wein müssen vorher in seine Gurgel. Zumindest muss Aussicht bestehen, zu solchen Kostbarkeiten zu kommen.

Die Verurteilungen, ja die Verteufelungen, von der Kanzel herab beim sonntäglichen Gottesdienst entsprechen der Vorstellung, wie sich fromme Prediger von den gelehrsamen und überaus deftigen Strafpredigten des Abraham a Sancta Clara haben anstecken lassen.

Da geht das Donnerwetter los. Das Aufstampfen des zornigen Pfarrers lässt sogar die festgebaute Kanzel erzittern. Zu solchen Anlässen benötigen die Dorfpfarrer keinerlei Lautsprecheranlagen. Bis ins nahe Wirtshaus dringt das Poltern.

Dann kommt der Segen übers Dorf. Mit Monstranz und Ministranten, unter heftigem Geläute der Kirchenglocken, zieht der Pfarrer, angetan mit festlichem Gewande, durch die Gassen.

Alles wird gesegnet. In Richtung aller Häuser, aus denen Bewohner zu den Landgehern gepilgert sind oder von denen dem Ober-Landgeher Feilen, Messer und sonstiges Gerät zur weiteren Pflege übergeben worden sind, spritzt der Pfarrer den Weichbrunnen, flüstert oder ruft unheilabwendende Gebete, befiehlt den Ministranten, mit extra viel Weihrauch alle giftigen Gerüche und alle drohenden Unzüchtigkeiten hinauszutreiben. So lässt er dem Dorf also seinen Segen zukommen. Er komme wieder zu uns, der himmlische Frieden, und bewahre uns vor allem Unheil der Sünden, der Begehrlichkeiten, der sündhaften Lust der Geschlechtlichkeit, der Wollust in Gedanken, Worten und Taten.

Vielleicht verordnet er eine Wallfahrt nach Heiligwasser oder Maria Waldrast oder zum Locherboden oder zur Madonna von Trens oder zur schmerzhaften Mutter in der gar nicht so fernen Kirche von Riffian oder sogar nach Einsiedeln in der fernen Schweiz.

Der tüchtige Mann weiß um die Kraft. So und so ist er dazu in vielen Jahren seiner Ausbildung erzogen und dressiert worden.

Jetzt sind „unsere“ Landgeher anderen Gefahren ausgesetzt. Die älteste Tochter, die jetzt fünfzehn- oder schon sechzehnjährige Ana, ist weit weg. Es hätte eine Verbindung zu ihr geben können. Aber alle Türen sind zugeschlagen worden. Maria, die Landgehermutter, ist eine Heilerin, eine Trösterin der Betrübten, eine Wissende, eine Beinahe-Heilige, eine Beinahe-Hexe. Und alles zusammen in einer scheinbar „heilen“ Welt alter Dorfkulturen in einem hochgelobten Bergland, dem angeblichen Herz der Alpen, das sie Tirol nennen, das sie das Heilige Land Tirol nennen. Das Unheil der Verruchung und des sittlichen Niederganges ist den Leuten in Predigten und bei strengen Volksmissionen von den sogenannten Bußpredigern drastisch vor Augen geführt worden. Mehrere Jahrzehnte später, wollen wir vorausschauen, wird es wohl so eintreten, dass sich alles umdreht, dass der Glaube „fortschrittlich“ sein wird, dass Wettersegen und Bachsegnungen nicht mehr taugliche Mittel sein werden. So würden sie vom „alten Glauben“ abfallen.

Alles ist nahe beisammen. So oder so. Drinnen und draußen. Außerhalb der Dörfer und drinnen, inmitten von Keuschheit, Bigotterie und schrecklichen Lastern.

Rundum sagen sie, das Land wäre schön, die Berge wären einzigartig schön. Dieses Land ist aber grausam und schrecklich. Die Berge sind abstoßend. Von ihnen kommen alljährlich Lawinen, Muren, das Hochwasser, die Nöte, das Verderben.

Die Landgeher kennen kein idyllisches Almleben. Wozu auch? Sie haben weder Kuh noch Pferd noch Schaf noch Ziege in ihrem Besitz. Bevor sie verhungern, nehmen sie das Wenige in vollen Zügen, und dann wieder haben sie karge Tage und Wochen darbend hingenommen. Dann war wieder einmal Schluss damit.

Dann haben sie auch noch die Musik. Und was sonst noch?

VII

Die Anstalt, ist sie sicher? Ich reibe der
Menge einen Büschel Minzen aufs Maul.
Von Geschmack zu Geschmack werden
wir zum Königreich finden. Wenn nicht,
sind wir von Anfang an hintergangen …
Die Kirchen haben geschlossen,
wie kleine Bars von Schmugglern …

Oben in den Bergen liegt noch viel Schnee. Die Wege über die steilen Jöcher sind noch nicht gespurt. Der Schnee wird immer weicher. Immer tiefer sinkt Ana Schritt um Schritt ein.

Erschöpft dreht sie um. Sie geht zurück ins Tal und nimmt den Weg über den Reschen in den oberen Vinschgau. Dort kann sie jetzt nicht nach den SALIGEN und den weißgekleideten Frauen suchen, die mit roten Fahnen zum Wallfahrts- und Kultort streben. Ana ist enttäuscht und müde. Seit zwei Tagen hat sie nichts mehr gegessen. Aus einem frischen Brunnen und aus dem Bach hat sie Wasser getrunken. In dieser Jahreszeit findet sie keine Früchte und Beeren. Es ist Spätwinter. Unten in den Tälern beginnt es zu blühen und zu grünen. In Überfülle. Droben in den Bergen, weit oberhalb der Waldgrenze, leuchtet weiß der Schnee. Die Hohe Watze ragt über alle Berge hinaus. Ana hat heute für das alles kein Auge, keinen Sinn. Sie strebt mit allen Kräften über den Pass nach Süden. In einem Bauernhof knapp vor dem Pass hat sie um etwas Milch gebettelt und um ein Stück Brot.

Wer es nicht gibt, wird verflucht, hat sie gelesen. Alles, was sie gelesen und gehört hat, kommt ihr beim Gehen in den Sinn. Sie möchte immer tiefer hineingraben in die alten Geheimnisse dieser Landschaft. Knapp hinter dem Pass findet sie den Hinweis auf eine Sonnenkultstätte weit oben in den Bergen auf über 2000 Meter Höhe. Rojen soll es heißen. Drei Stunden hinauf. Und wenn droben alles zugesperrt ist? Vielleicht gibt es dort einen Bauernhof.

Sie wandert drauflos. Sie stapft durch den Schnee. Alles ist nass bis über die Hüfte. Sie kann es nicht erwarten, endlich aus den Waldungen heraustreten zu können, durch die freie, baumlose Landschaft stapfen zu können. Erwartungsvoll beschleunigt sie ihre Schritte. Endlich sieht sie in der Ferne ein kleines Kirchlein mit einem weißen Türmchen. Daneben einen Bauernhof. Sie wird dort bleiben. Sie wird dort warten. Einfach warten. In sich gehen. Noch tiefer in eine weltferne Region der Träume und Fantasien einsteigen.

Ihr erster Weg führt zur kleinen Kirche. Sie ist versperrt. Also geht sie zum Bauernhof. Sie erkundigt sich höflich und freundlich, ob sie in die Kirche dürfe. „Jaja, wird wohl sein. Aber Madl, wo kommst du her?“ Der junge Bauer beobachtet und begutachtet sie von oben bis unten. Er ruft seine Mutter. „Schau, das gspaßige Madl. Kommt ganz allein zu uns. Will in die Kirche.“ – „Sauber angelegt ist sie“, entscheidet die Mutter, „wird wohl nicht erfrieren drinnen.“ Der Bauer geht mit dem Schlüssel zur kleinen Kirche und öffnet. Ana ist eingeschüchtert von der eindrucksvollen Schönheit und Schlichtheit. Sie will mehr von dieser Kirche wissen. Nicht die Maler und die Künstler, die hier vor Jahrhunderten gewirkt haben, interessieren sie, sondern ganz andere Dinge, solche von der Wallfahrt, von den ganz alten und wundersamen Geschehnissen, und warum da heroben in der Bergeinöde ein solches Kirchlein steht mit solchen uralten Malereien und einer solchen Ausstrahlung. Sie kniet sich nieder. Sitzt dann nieder und verharrt viele Minuten, immer den Blick auf die Fresken gerichtet, immer auch den Blick auf den Altar. Den dort dargestellten Heiligen kennt sie nicht. Sie wird den Bauern danach fragen. Wenn sie jetzt einen Rosenkranz hätte, würde sie ihn vielleicht herausziehen und Perle für Perle durch ihre Finger gleiten lassen und fortwährend dazu beten, ein „Gesetzlein" nach dem anderen. Daran liegt ihr jetzt nichts. Sie würde es auch nicht so zusammenbringen, wie es die feste Reihenfolge vorgibt. Also würde es ja nicht gelten.

Der Bauer klärt sie auf: Es ist der höchstgelegene Weiler in ganz Südtirol. Es ist ein Kirchlein, das angeblich schon vor dem Jahre 1300 erbaut worden ist. Unter der Malerei wären die Reste alter Fresken erkennbar. Da könne man große Geheimnisse entdecken. Die Wissenschaft würde ja sehr interessiert sein. Der allerhöchste Bergwinkel des Landes sei aber nicht die erste Arbeits- und Forschungsstätte. Der Bauer hat das Dach repariert, damit es nicht mehr hereinregnet. Vom Hof gehen sie Abend für Abend in die Kapelle. Beten den Rosenkranz. Haben hier in der Einöde nichts als eine der größten Kostbarkeiten des Landes, von der sie wohl wissen, die sie aber nicht einordnen können. Sie werden den Rosenkranz für sich und den Hof beten und für das ganze Land und für den Bischof und für den Papst. So wärs halt vorgeschrieben und erwünscht. Heute werden sie für das fremde Madl beten. Sie fragen sich oft, wie es unten im großen Tal wäre. Und bevor sie nach dem Besorgen von Salz und vielleicht auch von Zucker wieder hinaufsteigen, immer höher, himmelwärts, würden sie wohl im Tal drunten dem verpflichtenden Sonntagsgottesdienst beiwohnen und sich eine pfarrherrliche Strafpredigt anhören müssen. Sie würden es immer wieder zu hören bekommen und in den Heiligen Zeiten reumütig zur Beichte gehen, sollten dort etwas von Fleischeslust berichten und von verbotenem außerehelichem Geschlechtsverkehr. Todsünden sind massenhaft angehäuft, vergib uns unsre Schuld, in Ewigkeit Amen, und nie wieder sündigen, geschlechtliche Unzucht und Unkeuschheit treiben. Und dann die Bettelgäng', die goldenen Säcke zwischen den Bankreihen hin und her, und dann abgezählt und wieder eine deftige Strafe bekommen.

Das ist so. Die Gedanken der hart arbeitenden Bergbauern, für lange Zeit noch ohne Maschinen und Erleichterung, hängen schwer, sie haben das Los zu tragen und sie tragen es. In ein paar Jahrzehnten, in der übernächsten Generation, kommt die andere Welt zu ihnen. Die Lifte, die Seilbahnen, die in den Augen der Alten pure Unkeuschheit auf den Liegestühlen an warmen Wintertagen, in der Berghotelsauna, und das viele Geld. Und die Versuchung nach noch mehr.

Ana hat die Gedanken in der „anderen" Welt. Sie hat erfahren, dass das Kirchlein dem heiligen Nikolaus geweiht ist. Aber was der Nikolaus an solcher Stätte „verloren" habe, wisse er auch nicht. Der Bauer und die Mutter, die etwas verspätet in die Kirche gekommen sind, meinten nur, es wäre eine ganz alte Stätte der Verehrung. Ein kleiner Wallfahrtsort. Leute aus dem Tal kommen manchmal an Sonn- und Feiertagen oder wenn sie im Frühjahr mit den Tieren auf die dahinterliegenden Almen von Schöneben gehen, wenn sie die Tiere im Sommer besuchen, und schließlich wieder zum Almabtrieb. Dann kommen sie. Dann kehren sie in der Kirche ein, spendieren manchmal eine Kerze und gehen wieder.

Der heilige Nikolaus als Patron der Hirten und der Tiere?

Ana erfährt nicht das, was sie hören will.

Sie will tiefer hineinbohren. Wieder lässt sie sich in einer Bank der Kapelle nieder. Und sie grübelt und sie versucht zu spüren, ob sich etwas Inwendiges, ja, etwas ganz im Innern, öffnet. Sie wird hineinhorchen. Sie will warten.

Inzwischen steht sie auf, geht zum Bauernhof, fragt, ob sie etwas Milch und ein Stück Brot bekommen könne, ob sie ihren nassen Rock am Ofen trocknen dürfe. „Ja freilich, Madl, wirst sonst erkranken." Sie bekommt einen alten Bauernrock und zieht ihn an. Jetzt ist sie wie eine von diesen Bergen, von diesen Bauern in der hoch gelegenen Einöde. Sie würde sich kenntlich zeigen. Vielleicht könne sie ein, zwei Tage am Hof helfen. Sie hat nach den Namen der Berge gefragt.

Sie hat eine Antwort bekommen, über die sie mehr als überrascht ist. Es sind rundum Berge, dort einer mit dem Namen Zehnerkopf, daneben der Elfer und dann der Zwölfer. Da wird ihr einiges klar. Und noch rätselhafter zugleich. Die Landgeher orientieren sich daran, wenn sie eine Uhrzeit feststellen wollen. In allen Ländern, in die sie auf ihren Wanderungen kommen, orientieren sie sich an Signalen der Natur, an Wetterzeichen, an besonderen Bergen, am Flug der Vögel, am Kriechen der Ameisen.

Sie kennt das mit den Bergen, wie sich die Leute damit ihre Zeit einteilen, wann beim Heuen die verdiente Mittagspause kommt, wann sie zum Mittagsgebet auch ohne Glocke und Uhr ihren Hut abnehmen, die Hände falten. Auch Ana weiß davon.

Da ist es ja, was sie gesucht hat, was sie erahnt und erhofft hat. Dann hat sie tief in ihren Erinnerungen herumgekramt. Es kommt ihr vor, das hätte etwas mit einem Kult zu tun, der sich nach der Sonne und den Gestirnen richtet. Ja, es ist der SONNEN-Kult. Ana ist sehr feinfühlig und sensibel. Sie geht aus dem Kirchlein heraus, geht langsam um das Kirchlein herum, erschaudert, erschrickt, ist überaus erfreut. „Ja“, bestätigt die Mutter des Bauern, „das wissen wir alles. Es ist unsere Uhr. Ganz sicher richten wir uns danach. Geh her da zu dieser Stelle, direkt von der Kirche weg, und darüberhin stehen diese Berge.“

Das wird ja alles viel, viel älter sein, denkt sich Ana. Dann, später in der Küche, beginnt sie scheu und zurückhaltend davon zu erzählen, was sie von den alten Geschichten wisse, was sie auf ihren Wallfahrten gehört und in sich zusammengeklaubt und zurechtgedacht habe, das mit den besonderen Heiligen, vor denen das Bauernvolk solchen Respekt hat. Sie sitzt dort am warmen Herd und erzählt und hält immer wieder inne, sucht den Blick der Bäurin zu erwischen, sucht nach Zeichen der Anerkennung, der Zustimmung, der Abwehr. Sie berichtet, was sie von diesen Dingen wie der Wallfahrerei wisse. Ja, sie würde überall nach kleinen Büchlein suchen und würde dort lesen, würde eifrig die Wallfahrtstäfelchen studieren, würde dann nur mehr stillsitzen auf einer Kirchenbank oder auf einem mächtigen Steinblock. Woher sie dieses Wissen und diese Neugier haben mag?

Sie erzählt, woher sie kommt, wohin sie gehen will, was sie erwartet. Immer gespannter lauschen der Bauer und seine Mutter. Ja, sie kennen auch die Vinschger Karner. Das müssen auch solche Leute sein. Vor denen müsse man sich hüten. Aber sie seien geschickt, wenn sie Kessel flicken, Scheren schleifen, Körbe binden, wenn sie auch Rechen machen können und ein Kummet reparieren. Die beiden berichten, wie die Karner aus dem Obervinschgau auch gefürchtet sind, weil sie stehlen, Hühner aus den Ställen holen, Eier aus den Nestern klauben. Sie kennen das mit dem Heilen und Gesundbeten.

Die Ana würde ihnen ganz gut gefallen, wenn sie nicht eine aus dieser Landgehersippe wäre. Da könne man nie wissen.

Aber sie könne schon ein paar Tage am Hof bleiben. Sie könne jeden Tag das Kirchlein besuchen. Und sie könne immer auch mit den ausgestreckten Fingern rund ums Kirchlein gehen und vielleicht „etwas spüren“. Aber das sei nicht ihre Sache.

Ungern trennt sich der junge Bauer von Rojen von diesem geheimnisvollen Mädchen, das fest zupacken kann, das eine gute Dirn und das eine gute Bäurin abgeben würde. Ana will weiter. Ana will die Suche nach Geheimnissen fortsetzen, will die geheimnisvollen Stätten aufsuchen. Sie könne ja, wenn sie wieder ins Tal gehe, einige Umwege machen und im Zerzertal oberhalb des Haidersees ein kleines Kirchlein mitten im Wald aufsuchen und auch den Steinhaufen. Was für einen Steinhaufen? Den Steinhaufen, den die Almgeher Stein um Stein vergrößern, erhöhen. Von dem sie sich Segen erwirken. Der Bauer weiß es von einem kundigen Pater aus dem Kloster Marienberg. Ana will viel mehr davon wissen.

Sie verabschiedet sich von der Kirche und den Bauersleuten zu Rojen. Sie sucht den geheimnisvollen Steinhaufen. Einen solchen hat sie auch schon in Gries im Sulztal gesehen, auf dem Gemälde unter der Empore. Sie erinnert sich an den Stein von Kaltenbrunn. Auf dem nackten Stein ohne Erde ist das Getreide gewachsen. Und das Rindvieh hat nichts davon gefressen, hat das Gras stehen lassen. Auf wundersame Weise ist das sprießende Getreide verschont geblieben. Das weidende Vieh hat es gemieden.

Der Ana ist angedeutet worden, es hätte der Steinhaufen im Zerzertal etwas mit der Almwirtschaft zu tun. Die jungen Buben und Mädchen müssten Steine auf den bestehenden Haufen legen, wenn sie zum ersten Mal auf die Alm gehen. Das müssen sie tun. Sonst gibt es Unglück auf der Alm und auf dem Hof. Nein, nein, etwas anderes. So genau wüssten sie es nicht. Sie, die Ana, solle selber schauen und dann im Kloster den Pater fragen. Der wird aber nicht viel sagen wollen, weil es ja nicht gerade katholisch ist und sogar heidnisch und überhaupt seien Fragen nach solchen heidnischen Dingen für ein anständiges Christenmensch kein Thema. Das solle sie lassen und solle das glauben, was in den richtigen Büchern steht, und fürchten, was die Pfarrer in ihrer Sorge um die Seelen geflissentlich fernhalten wollen. Die Ana werde schon noch draufkommen, dass das Nachbohren kein Glück bringt. Von „Teufelszeug" und „Hexerei" haben sie dann geredet. Deswegen ist das alles mit dem Sonnen-Kult für die Bauern kein Thema, weil es kein Thema sein darf. Umso begieriger ist Ana geworden, mehr und viel davon zu erfahren. Wenn sie so etwas wie eine Pfarrerin sein könnte, eine nach dem ganz, ganz alten Glauben, dann würde sie im Lande herumziehen und predigen, die Leute sollen nach dem ganz, ganz alten Glauben sich ausrichten.

Sie hat versucht, bei den Rojener Bauersleuten auch etwas in Erfahrung zu bringen über die SALIGEN und über die geheimnisvollen Frauen, die ganz oben in den Bergen hausen, die sich in den Gletschern versteckt halten, die sich rächen, wenn nach dem Getier der Berge gejagt wird. Jaja, das wüssten sie. Jaja, das hätten sie gehört. Auf der anderen Vinschger Talseite wäre das Langtauferer Tal, und am Ende des Langtauferer Tales gäbe es riesige weiße Gletscher, und dort würden diese SALIGEN leben, und dort hätte es auch eine geheimnisvolle Stadt ganz droben gegeben. Die Leute hätten DANANÄ dazu gesagt. Aber diese Stadt sei vor vielen Generationen wieder verschwunden. Die liege unter dem Eis der Gletscher. Aber das könne ja nicht sein. Es wäre das „ewige Eis" der Gletscher, die sie dort „Ferner" nennen. Das könne nicht sein und es sei erst recht alles bestens bestellt in diesem Lande, seitdem das Christentum eingeführt worden ist. So sei es und so bleibe es. Und sie wollen nicht, dass es wieder eine Ketzerei gäbe im Lande, und schon gar nicht bei ihnen heroben auf den Bergen, beim Kirchlein zum heiligen Nikolaus, bei den Wallfahrern, die hierherkommen, um zu beten statt in dem alten heidnischen Glump herumzuwühlen. Das wäre zu viel „entrisch".

Freundlich und nett sind sie gewesen, der junge Bauer, immer noch auf der Suche nach einer jungen Frau und Begleiterin und Gebärerin eines Hoferben, und die alternde Mutter. Es gäbe ja auch fallweise zu Erntezeiten Helfer aus dem Tal. Sonst wären sie allein mit dem Herrgott und den mächtigen Bergen und dem vielfach gerühmten Kirchlein mit den wertvollen Resten alter Malereien.

Ana geht auf die Suche nach dem Steinhaufen. Als ob ein planlos aufgeschütteter Steinhaufen etwas bedeuten solle. Steine, aus dem Feld und aus den Weiden beim jährlichen Weideraumen herausgeklaubt, auf den bereits bestehenden Steinhaufen draufgeworfen, draufgelegt, achtlos Stein auf Stein, nicht einmal besonders schöne Steine, nicht einmal besonders wohlgeformte Steine, von goldenen Adern durchzogene Steine. Einfach Steine.

Nach mehreren Stunden mühsamen Suchens findet sie die kleine Kapelle. Und sie findet einen Steinhaufen und dann wieder einen Steinhaufen, immer wieder am Rande und inmitten der weiten Weideflächen einen weiteren Steinhaufen und daneben noch einen Steinhaufen, einen entweder viel größeren oder nur ein wenig größeren oder einen kleineren oder einen wesentlich kleineren Steinhaufen. Es sind immer dieselben Steine, solche aus dem Urgestein dieser Berge, größere und kleinere, abgerundete, eckigere, spitzigere, schwerere, leichtere, formschöne, weniger formschöne. An diesen Steinen ist nichts dran. Gar nichts ist dran.

Enttäuscht geht Ana talwärts. Voller Scheu und Angst nähert sie sich dem mächtigen Kloster, das sie Marienberg nennen und wo sie mehr über den Kult der Marienverehrung und vielleicht auch über den Sinn des Steinhaufens herausfinden will. Sie läutet an der Klosterpforte. Drinnen wird ein älterer Pater in schwarzer Kutte, aber mit überaus freundlichem und warmem Blick sichtbar. Er fragt nach ihrem Begehr. „Oje, das wird schwierig sein." Eine junge Frau. Und so. Und er wisse nichts davon und wisse nichts von dem geheimnisvollen Steinhaufen im Zerzertal und überhaupt, von welchem der vielen Steinhaufen wolle sie etwas wissen. Vielleicht stünde in einem der alten Bücher der Klosterbibliothek etwas darüber. Aber da könne sie nicht hinein. Da hätten sogenannte Laien keinen Zutritt. Und überhaupt eine weibliche Person. Aber sie solle heraußen warten. Er würde den Klosterbruder fragen, der für die Klosteralm zuständig ist. Die besagte Alm, wo der Steinhaufen gefunden werden soll, wo es eigentlich von Jahr zu Jahr durch das Steineaufklauben immer mehr und immer größere Steinhaufen gibt, gehört zum Kloster. Es ist ein altes und ehrenwertes Kloster, in dem viele alte Schriften und Urkunden aufbewahrt und versteckt sind. Vielleicht weiß der ehrwürdige Klosterbruder etwas.

Also wartet Ana. Sie sitzt auf einer Bank und wartet. Auf der anderen Talseite vermutet sie den Zugang zu dieser verschwundenen Stadt zuhöchst auf den Gletscherbergen. Sie muss unbedingt dorthin. Aber es ist ein weiter und gefährlicher Weg. Als junges Mädchen ohne entsprechende Ausrüstung würde sie es niemals dorthin schaffen. Außerdem weiß niemand genau, an welcher Stelle die Stadt, die sie ONANÄ oder DANANÄ genannt haben, gestanden haben könnte. Sie liege ja unter dem Gletscher und nicht auf einem Gipfel. Also wäre sie auf alle Fälle von keinem Menschen, auch nicht von den besten Bergsteigern, aufzufinden.

Also wartet Ana jetzt auf den frommen Bruder aus dem Kloster Marienberg. Sie sitzt auf der Bank und wartet. Sie denkt nach. Ein wenig hat sie Sehnsucht nach der Mutter, auch ein wenig nach dem Tatte, dem Vater, nach den Geschwistern, nach dem Miteinander-durch-das-Land-Ziehen.

Es knarrt eine Türe. Ein schwarzkuttiger alter Herr mit Bart und einem Kreuz, an langer Kette über seinem Bauch baumelnd, nähert sich ihr. „Madl, was willst du?" Sie sagt ihm, sie wolle etwas wissen von dem Steinhaufen, dem ganz bestimmten Steinhaufen, auf den Buben und Mädchen auf dem Weg zur Alm einen Stein drauflegen. Jaja und nein, nein, das könne er ihr nicht sagen. Aber es wäre doch etwas zu sagen. Ein solcher Forscher der Kultur und der Sitten und der Gebräuche des Landes habe einmal behauptet, es wäre, wie er es ausdrückte, ein INITIATIONSRITUS. Was? Ein Initiationsritus! Er habe sich erkundigt, was das sei. Geht ein Kind also aus dem Tal herunten zum ersten Mal auf die Alm, würde es mit dem Werfen oder Legen des Steines auf den besonderen Steinhaufen sozusagen „mannbar" sein.

Das sei so etwas, dass der Bub jetzt in seinem Geschlecht etwas Neues erleben könne. Ja, was denn? Er könne halt mit einer Frau und so. Das wäre doch schon etwas Interessantes, meint die Ana. Und die Mädchen auch? Ja, die seien sozusagen „geschlechtsreif". Mehr hat der alte Pater nicht sagen wollen und nicht sagen können. Vorerst gibt sich Ana damit zufrieden.

Am liebsten wäre sie vom Kloster weg wieder den Weg zur Zerzeralm gegangen und hätte den Steinhaufen gesucht. Sie hätte ihn aufgrund der Beschreibung des frommen Paters wohl auch gefunden. Und die Ana grübelt und forscht weiter. Und sie will sogar in der großen und wohlhabenden Stadt Bozen irgendein Archiv finden, in dem sie Näheres über diese Art der Geschlechtsreife erfahren könne. Und sie hätte da auch gerne gewusst, ob es auch möglich sei, dass sie trotz der bereits vollzogenen geschlechtlichen Kontakte mit einem Mann auch davor geschützt werden könne, ein Kind zu bekommen. Sie will kein Kind. Sie würde nie ein Kind haben wollen. Sie will ja keusch und rein eine himmlische, eine zwar nicht streng christkatholische, aber doch eine überirdisch schöne Erscheinung einer überaus schönen Frau erleben dürfen. Solche, wie es die Hirtenkinder in Fatima und in Lourdes, in La Salette und an vielen Wallfahrtsorten des sogenannten christlichen Abendlandes erleben haben dürfen. Sie denkt nach und stutzt. Gehört Mexiko im fernen Amerika auch zum christlichen Abendland? Haben die Völker weit, weit drüben in den großen Bergen Asiens nicht auch ihre himmlischen Wesen und ihre Erscheinungen? Haben sie nicht überall ihre Mütter und Großmütter, eine Ana (wie sie selbst auch eine ist) und eine Madonna, eine andere SALIGE?

Ana macht sich auf den Weg. Sie spürt vorerst weder Hunger noch Durst. Von den Wanderzügen verschiedener Landgeher, die sich untereinander kennen, die sich immer wieder begegnen, mehr oder weniger freundlich, weiß sie von den Orten in diesem Tal. Sie hat von den Orten Schluderns, Laas und Schlanders gehört. Auch von den heiligen drei Brunnen hat sie gehört. Das wundersame Heilwasser will sie kennen, will davon trinken, will nach alter Überlieferung der Landgehersippen ein Fläschchen füllen und mitnehmen. Sie will zu den „Drei Brunnen zu Trafoi". Dort will sie hin. Sie kommt hin, trinkt Wasser aus allen drei Brunnen, ist zutiefst ermattet, erschöpft, fühlt sich dem Sterben nahe. Sie kann sich das nicht erklären. Sie schaut rundum. Alles zusammen hat eine merkwürdige Kraft auf sie, dass sie inwendig gebeutelt wird, dass sie am ganzen Körper zittert, dass es sie beinahe auf den Steinboden wirft, dass ein schreckliches Zittern über sie kommt, Arme und Beine nicht mehr gehorchen wollen, dass sie ihre Zunge nicht mehr bewegen kann und dass sie kein Wort herausbringen kann. Dass sie dann wie halbtot dort liegt. Allzu viel ist es für sie gewesen. Wie soll sie weiterkommen? Sie ist niedergeworfen worden, beginnt sich auf dem harten Steinboden wieder zu rühren, streckt alle viere von sich, atmet tief, kann kaum schnaufen, verfällt in einen schrecklichen Traumzustand. Sie sieht den Himmel offen. Auf einer schwarzen Wolke sitzt das Ungeheuer, das sie aus Erzählungen kennt, das sie in der Schweiz das Greiss nennen. Es kommt auf sie zu, will sie fassen, will sie verschlingen. Dahinter sieht sie eine fremde, schöne Frau in leuchtend blauen Kleidern, in seidigen Kleidern. Sie müssen sehr wertvoll sein. Die fremde, schöne Frau kommt näher. Ana dünkt es, die Frau wolle sie vom Boden aufheben und wie auf einer Wolke wegschweben lassen. Sie vor dem Ungeheuer bewahren?

Ana wacht auf. Beinahe wäre sie von den Hörnern einer Kuh aufgegabelt worden. Das wäre es also gewesen.

So schnell und so gut es geht, läuft sie weg, läuft den Weg hinunter in das Haupttal, in den Vinschgau, will sich so schnell wie möglich befreien. Sie weiß nicht, wovon sie sich befreien soll.

Es drängt sie mit aller Kraft ihrer Füße, ihres Herzens, ihrer Lust und ihres Dranges nach Freiheit zu den großen Stätten der Frauen weit droben in den Gletscherbergen.

Kaum dass sie den Tartscher Bühel beachtet. Doch kann sie dort nicht vorbei. Wie von einem Magnet wird sie angezogen. Auf dem höchsten Punkt, direkt auf einem Felsen, steht eine weiße Kirche, von einer weißen Mauer umgeben. Der Kreis ist gezogen. Der Ring ist geschlossen. Sie wagt nicht, in den Ring einzutreten. Sie weiß, dort würde sie Schmerzen erleiden. Dort würde es sie wieder niederwerfen auf den Boden. Hintereinander erlebt sie die schlimmsten und zugleich die erhabensten Vorgänge, von unheimlichen inneren Kräften in ihrem Körper und im Boden dieser Stätten heimgesucht. „Heimgesucht“, weil es so bedrohlich und zugleich so himmlisch schön ist. Ja, in den Himmel gehoben. Nicht mehr von den Hörnern der Kuh aufgespießt. Sie wurde ja nicht aufgespießt. Sie wurde von der Kuh geweckt. Das Rindvieh hat es gespürt, wie der auf dem Boden liegenden Ana größte Gefahr gedroht hat. Ana bricht so schnell wie möglich auf. Sie will ins nahe Schnalstal kommen.

VIII

Nichts wird dem Zufall überlassen (Sitte gegen Zufall), nicht die kleinste Kleinigkeit des Alltagslebens, jede Übung, jede Erfahrung, die Frucht aller Beobachtungen sämtlich verbucht und gleichzeitig ritualisiert, auf dass durchschaubar werde für jeden eine Ordnung, ein Sinn, der, den Erkenntnissen bäuerlicher Gesellschaft zugeschrieben, die großen Fragen, die großen Fragezeichen aufsaugt und verdaut.

Wir folgen dem Zug der wandernden Landgehersippe bis zum Brenner hinauf. Wir folgen dem Zug der armen und ausgestoßenen Sippe mit dem polternden, jähzornigen, aber überaus geschickten Pfannenflicker, Regenschirmflicker und Musikanten. Die Kunde von ihrem Kommen breitet sich aus. Es geht die Kunde voraus vom Stehlen, Saufen, Poltern und dem geheimnisvollen Heilen und Gesundmachen durch die Landgehermama. Es ist ein heimlicher Ruf. Es ist ein unheimlicher Ruf. Hinter den Vorhängen der Stuben und Kammern lauern die Dorfbewohner. Es geht wie ein stilles Lauffeuer durch die Dörfer, von Haus zu Haus, von Hof zu Hof, von Dorf zu Dorf, mündlich und heimlich, sozusagen von Ohr zu Ohr. Da kommt wieder eine Landgehersippe mit erschreckenden Kräften des Heilens und beinahe der Wunder. Da kommt eine Landgehersippe durchs Tal herauf, der alle erdenklichen Warnungen vorausgehen. Solche von Pfarrern, Dorfärzten, Dorfpolizisten, von amtlichen Stellen der Verwaltung und von offiziellen und gewählten Repräsentanten der Macht. Es sind die Bauern, die das Sagen haben, wenn es rund um Besitz und Weiden und Almen einzugreifen und etwas zu entscheiden gibt. Immer von Amts wegen. Und weil sie der Besitz von Grund und Boden, Rindviechern, Weib und Kindern so reich gemacht hat und so mächtig. Und da sind die anderen Repräsentanten der dörflichen Macht, die Vertreter mächtiger Zünfte des Handwerks, wohlgemeint, des offiziellen Handwerks der eingetragenen und registrierten, der Abgaben zahlenden Tischler, Schmiede, Wagenmacher, Zimmerer und anderer. Da komme eine kleine Gruppe. Und wenn es nur eine einzige Familie ist. Es ist nur eine einzige Familie. Nur eine einzige Sippe, und die ist eine Gefahr, und sie fürchten sich vor der kleinen Wundertruppe. Von Haus zu Haus, von Hof zu Hof, von Dorf zu Dorf schreit der Landgehertatte: „Pfannen her und Beutel leer. Her mit Messer, Scher und Weibern!“ Das fürchten sie in den Häusern, auf den Höfen, in den Dörfern. Still geht die Mama mittendrin. Die Landgehermama. Die heilen und die zaubern kann.

Es kommen die Siechen und Kranken an die Dorfränder, weit weg von Kirche und „Gewalthaber“, dem ehemals allmächtigen Herrn des Dorfes. Später einmal werden sie ihn Bürgermeister nennen. Er wird in den Landtag einziehen, wird an neuen Gesetzen basteln, wird vor den Wahlen von Dorf zu Dorf eilen, wird versprechen, wird Hände schütteln, wird Weiber bussn, wird die Hand aufhalten, wird sich wählen lassen, wird den alten Anzug gegen das noble Herrengwand eintauschen. Anderswo nennen sie ihn einen Sir.

Kranke und Sieche warten an den Rändern des Dorfes. Sie werden in Karren und Truhen herbeigeschafft, in richtigen Scheibtruhen mit den Resten von Mist und toten Kälbern. Knapp vorher sind sie mit dem Mist und den toten Kälbern zum dörflichen Mistplatz gefahren. Draußen haben sie die Reste verscharrt. Jetzt karren sie in den gleichen Truhen Menschen herbei, kranke, verkrüppelte, lallende und schreiende Kreaturen, die sie fortwährend in den Häusern, Kellern und Ställen versteckt halten.

Kranke und Sieche warten auf Rettung und auf Erlösung ihrer Leiden.

Alles Scharlatanerie und Gotteslästerung, sagen die einen.

Eine Wundertruppe, sagen die anderen.

Die Kinder sind die Ersten. Ganze Scharen laufen durch die Dörfer. Schreien und johlen und raufen um die besten Plätze. Das hat es in ihrem Dorf noch nie gegeben. Aus dem Pfarrstadel bringen sie Fahnen. Aus der Kirche holen sie die heiligen Tragefiguren, die sie bei den großen Prozessionen zu Herz Jesu und zu Fronleichnam herumtragen.

Es ist zum Spott und zum Hohn. Alles rennt zusammen. Die einen bekreuzigen sich unaufhörlich. Die anderen drohen mit den Fäusten, sogar mit Dreschflegeln, mit Heugabeln und Sensen. Die Dörfer sind in Aufruhr.

„Da kommen sie!“ Ein Späher auf dem Baum hat es laut gerufen. Sie kommen also.

An den Straßenrändern, vor den Häusern hocken die Alten, die nicht mehr weit gehen können, die ein langes, beschwernisreiches Leben hinter sich haben, es fast hinter sich gebracht haben, leidend und gebückt. Einige wirken abgeklärt, wie losgelöst von dieser Erde, bald aus diesem Jammertal erlöst.

In einem Schubkarren bringen sie ein altes Weib. Sie kippen es vor der Landgehermama einfach auf den Boden wie ein Stück Holz. Die wundersame Landgehermama tastet vorsichtig nach dem Rücken der Alten, befühlt die Schultern, streicht sorgsam und überaus gefühlvoll und sanft über ihre unter dem dreckigen Kopftuch heraushängenden Haarbüschel, streicht über ihren Kopf, mehrmals, und murmelt dabei. Was sie murmelt, können auch die nahe an die Verkrüppelte Herantretenden nicht hören. Alles Hexerei und solches Teufelszeug. Einige geraten in hitzige Debatten. Männer mischen sich ein, treten wie Herren auf, als Mächtige über die miserable Bande, wissen Rat und Abhilfe. Die

Dörfler drängen immer näher und immer dichter an die Landgehermama, umstehen sie, drängen alle Weiber und Kinder weg, wollen Augenzeugen sein einer wundersamen Heilung oder einer teuflischen Hexerei, die sich dieses Dorf niemals erlauben dürfte.

Die Maria streicht neuerlich sanft, aber bestimmt, über den Kopf, über den krummen Rücken, nimmt ihre Füße, klopft auf alte, brüchige Knochen, nimmt ihr die wollenen Patschen von den Füßen, nimmt ihr die fauligen, seit Wochen ununterbrochen getragenen Strümpfe von den Füßen, streicht über die Fußsohlen. Alle Nahestehenden weichen entsetzt zurück. Der Gestank breitet sich aus. Die Landgehermama nimmt den zweiten Fuß, streicht noch einmal über den krummen Rücken und streicht fürsorglich sanft über die Stirn und das Haar. Das Weiblein reagiert. Ein ganz kleines Strahlen kommt über sein Gesicht. Ja, es lacht. Die verkrüppelte Alte lacht, wie sie es seit mehr als zwanzig Jahren nicht mehr getan hat. Jetzt kann sie in Frieden sterben. Sie ist erlöst. Jetzt kann sie aufsteigen und wird nie mehr in dieses schreckliche Dorf zurückkehren.

Die Umstehenden lachen und klatschen und kreischen.

Der Landgehertatte hat schon mit seiner Geige gewartet und dem älteren der beiden Halbwüchsigen gedeutet, ebenfalls die Geige bereitzuhalten. Der Tatte kommt, setzt den Geigenbogen auf die Seiten, inszeniert kurz das Stimmen und das Nachbessern, deutet seinem ältesten Raufbold, der aufgrund seiner Talente für das Geigenspiel ausersehen worden ist. Beide kratzen ein paar Mal über die Saiten. Es klingt halbwegs sauber. Der Dreiklang und die Andeutung eines Tanzstückleins lassen die Dorfbewohner in eine bisher nie gekannte Stimmung und Erwartung kommen. Die beiden setzen an. Dann stimmt der zweite Bub ein, streicht und zupft kräftig an den Saiten, macht den Rhythmus, stampft und stampft immer schneller und lauter. Sie spielen. Es klingt halbwegs. Zuerst ist es eine eher klagende Melodie. Dann werden sie immer frecher und mutiger. Einige Dorfleute beginnen mit einem Tänzchen. Alles so ungelenk und tollpatschig, wie es halt bei Leuten ist, die mit der Musik nichts zu tun haben können und auch nicht dürfen. Die kirchlichen Vorschriften sind streng. So gehts dahin, und wenn jetzt auch noch die Glocken läuten würden, wäre die einmalige Festesfreude am Höhepunkt.

Da fährt ein Trupp zorniger Bauern dazwischen. Vorne dran der Pfarrer. Hinter sich den Mistwagen, sprengen sie durchs Dorf, direkt auf die Landgehersippe zu, auf das neben dem Schubkarren liegende Weib.

Alles stiebt auseinander.

Dieses Mal hat der Landgehertatte keine Chance, von einzelnen Dorfleuten etliche Messer und Sägen, Feilen und Töpfe zur Reparatur übertragen zu bekommen. Somit hat er auch keine Chance, zu ein paar goldenen Talern zu kommen, mit dem Großteil davon ins Wirtshaus zu gehen, dort einen guten Becher und dann noch einen und wieder einen zu bekommen, sich anzusaufen. „Sternhagelvoll" sagen sie. Und dann zu rebellieren, dann dreinzuschlagen, dann mit Gewalt aus dem Wirtshaus geschleppt oder getrieben oder geprügelt zu werden.

Dieses Mal hat er den älteren der beiden Buben, den Musikanten, mitnehmen wollen. So aber hat die Landgehersippe wieder weiterziehen müssen.

Wenn nicht in den nächsten Dörfern der eine oder andere zu reparierende Regenschirm, ein stumpf gewordenes Messer, ein löchriger Häfen gewartet hätte, so hätten sie wieder einmal darben müssen. Verhungert wäre keiner von ihnen. Da hätten sie immer noch Schleichwege und Hintertüren, angelehnte Gatter und offene Hühnerställe gefunden.

Sie hätten sich halt das Überlebensnotwendige als Gottesgabe herbeischaffen müssen. Ob es eine Sünde ist oder nicht, das will weder der Landgehertatte noch die Mama entscheiden.

Sie, die Landgehermama, erwartet ein Kind. Im siebenten Monat ist sie. Da muss sie wohl vorsichtiger mit ihrem Körper umgehen. Und sie müssen so schnell wie möglich über den Brenner mit den gefürchteten kalten Winden und dem manchmal unvermutet daherwehenden Schnee gelangen und drüben in wärmere Dörfer und zu hoffentlich ertragreicheren Quellen.

Weit drunten hinter Sterzing erreichen sie das berüchtigte Sterzinger Moos. Dort liegen arme alte Jungfrauen, die mit keinem männlichen Wesen zufrieden gewesen sind, die immerzu und allzu wählerisch gewesen seien. Diese „Weiber" liegen im Sterzinger Moos, warten auf ihre Auferstehung. Auf einen Mann werden sie nicht mehr hoffen können.

Weiter droben am Hang grüßt eine Kirche mit weißem Turm herunter. Es ist die allseits bekannte Wallfahrtskirche Maria Trens. Dort haben sie gehofft, eine Spur von der Tochter Ana zu erhaschen oder gar sie selbst anzutreffen. Weil sie wissen, dass ihre Ana unablässig solche Plätze aufsuchen will.

Es begegnet ihnen eine Familie. Es sind armselig gekleidete Personen. Der Vater, die Mutter, sieben Kinder. Das Kleinste auf dem Rücken. Der Vater schreit. Vier Kinder weinen. Der Rotz rinnt unaufhörlich von der Nase zum Mund, übers Kinn, auf den Boden. Ein störrischer Esel zieht den Karren. Der Vater schreit noch lauter und flucht. „Hüerns Teiflszüig. Sella Tüifls Teifls Hüern Züig. Olles an ohe Ohe leckn." Soll ihn alles am Arsch lecken, dieses Teufelszeug. Die Mutter beruhigt ihn, reicht ihm das Zweitjüngste, legt es ihm auf den Arm. „Da hast du deine Brut. Schau, das ist deins. Das ist deins. Hast du mir angehängt. Habe ich nicht mehr wollen. Da hast du es. Kannst ihm Milch geben. Ha? Wie wirst du es machen?"

„Hast dir wenigstens das Sterzinger Moos erspart." Er packt das Schmutzbündel, wirft es neben dem Weg ins Gras. Soll der Herrgott dafür sorgen. Dann packt er seine Frau, schüttelt sie, packt sie noch fester am Oberarm, reißt ihr Gesicht zu sich her, setzt seine Lippen auf ihre Lippen, küsst sie, küsst sie stärker, packt sie noch fester, zwickt und beißt sie, wirft sie auf den Boden: „Kannst dir das Sterzinger Moos ersparen. Hast mich. Ich mach dir noch eins."

Von weither klingen Glocken. Vielleicht die von Maria Trens.

„Wenn eins tot ist, gehts nach Trens." So ist es.

Eine erbärmlich zugerichtete Frau und siebenfache Mutter richtet sich auf, streicht und streift über ihren Rock und will allen Schmutz abwischen können. Maria Trens ist weit weg.

Sollte das Kind tot zur Welt kommen, will sie es nach heimlichem Brauch auf den Altar legen, mit einer Feder im Gesicht kitzeln, auf eine Zuckung warten. Dann ist schnell gehandelt.

Der Wallfahrtskaplan wartet auf solche Wallfahrer. Sind sie sauber gekleidet, haben sie das Kreuzzeichen gemacht, haben sie vielleicht einen Geldbeutel mit einigem Inhalt, werden sie also ein paar klingende Münzen in den Eisenkasten werfen, sie werden dann vor dem Altar sein dürfen, werden das vermeintlich tote Kind auf den Altar legen können. Dann wird der Wallfahrtskaplan ein Auge zudrücken, wird sie gewähren lassen.

Sinds Landstreicher, Fahrende, eine Landgehersippe und sonstiges Volk, wie es sich in den letzten Jahren unablässig vermehrt hat, haben keinen Pfennig, keinen Taler, keinen wallfahrtsortgemäßen Zugang zur heiligen Stätte, haben kein Kreuzzeichen gemacht, bringen Schmutz an die heilige Stätte, wird sie der Wallfahrtskaplan gleich nach dem Kirchtor hinausschieben, mit mehr oder weniger Gewalt. Sind doch alle so. Alle gleich und immerzu die Not im Lande.

Die Maria von der Landgehersippe sieht und hört, dass eines der Kinder ganz erbärmlich zugerichtet ist, dass es schreit und dann wieder wimmert und dass Zuckungen durch seinen Körper gehen, dass es gebeutelt wird von wilden Schmerzen. Sie kann das nicht mitansehen. Vorsichtig nähert sie sich dem Kind, schaut es an, greift mit der Hand auf die Stirn, spürt die Hitze von der Kinderstirn ausstrahlen, will ihre Hand auf der Kinderstirn liegen lassen, will über die Wangen streichen, will beschwörende Sprüche ganz nahe an den Mund des Kindes flüstern. Die heilende und wundersame Landgehermama spürt, wie die letzten Kräfte des Kindes zu schwinden beginnen. Da muss sie es schütteln und beuteln, und da sollen vielleicht die beschwörenden Sprüche helfen: Der Vater lässt es nicht zu. „Lass es sterben, das elende Ding da. Solls halt verrecken.“ Er packt die helfende Frau der Landgehersippe, reißt sie vom Kind weg, stößt sie weg, tritt nach ihr. Die Flucht wieder gotterbärmlich. Ist ja eine solche Sippe wie seine, und die da mit den sieben Kindern ist halt kleiner geworden und kommt sowieso ein neues nach. Beide Sippen begegnen sich, stoßen sich ab, sehen sich in ihrer eigenen Brut gefährdet.

Hat nicht sein sollen, dass es einen ersten Schritt der Begegnung in Frieden hätte geben können.

Maria, die Landgehermutter, muss sich niedersetzen. Das macht ihr zu schaffen, was sie gerade erleben hat müssen. Sie setzt sich auf einen harten Stein, fasst mit den beiden Händen an ihre Wangen, bis über die Augen hinauf, schließt die Augen, beginnt leise und für die anderen unhörbar zu beten und dann einen frommen Fraißbrief zu flüstern, einen solchen Brief, den die geheimnisvollen Heilerinnen aus alten Schriften herausgelesen haben und der von Mund zu Mund zu den wundersamen Heilerinnen der Landgeher und frommen Dorfweibern gekommen ist, die ihn auswendig gelernt haben, die ihn abwandeln, abändern, ergänzen, der jeweiligen Gelegenheit anpassen.

Der Landgehervater raucht irgendeinen stinkenden Plunder, pafft und jammert und will wieder einen Schnaps.

Also soll man den Brief über den kranken Menschen lesen, langsam flüstern, dreimal hintereinander, der die Fraiß hat, und nennet den Namen des Menschen und soll den Fraißbrief auf die Brust legen, bis das Leben wieder kommt, bis die ersten Zuckungen durch den kranken Körper gehen und sollen alle Umstehenden niederknien, sollen das Kreuzzeichen machen, sollen still sein, sollen für sich sieben Vaterunser und sieben Gegrüßetseistdumaria und noch einmal siebenmal Ehreseigottdemvaterunddemsohnunddemheiligengeist still vor sich hinmurmeln oder es sich also denken und sollen des bitteren Leidens und Sterbens unseres Lieben Herrn und seiner Mutter Maria gedenken und auch der schlimmen Marter und Pein und es soll nicht vergessen werden auf Lob und Preis all der Wunder und Wohltaten.

Oh das allerliebste und letzte Wort,
schließt mir auf das Himmelsort
weil ich nun ganz euer bin
zu euch in Himmel nehmt mich auf
Verzeihung meiner Sünden werd
daß ich in Gottes Gnaden sterb
in DEINE HÄNDE mich befehl
mit euch ewiglich vereinigt sei.

Der Vater spottet. Wirft den Rest der Raucherei ins Gras, nimmt seine Maria an der Hand. „Dass du wieder auf andere Gedanken kommst."

Sie ziehen weiter.

Und bald darauf, vielleicht drei oder vier Wochen später, spürt sie die ersten Leibschmerzen. Spürt, dass sich in ihrem Bauch etwas regt, und dann weiß sie, dass sie bald „niederkommen" wird, wie die Leute sagen, und dass sie, wie andere Leute, die sie die Frommen nennen und die mitunter auch solche sein könnten, „gesegneten Leibes" sei.

Sie ziehen weiter Richtung Süden. Wollen vor dem Winter in die wärmeren Gegenden südlich von Bozen kommen, wollen bei den reichen Weinbauern in ihren reichen Weinbauerndörfern einkehren. Maria will heilen und wundersame Mittel anwenden. Der Landgehertatte wird sich seine Arbeiten suchen. Scheren, die geschliffen werden müssen, kommen in seine Hände. Feilen und Raspeln, die zum Feilen und Raspeln nicht mehr taugen, wird der Landgehertatte wieder in besten Zustand bringen. Und wenn die Bauern kaputtgerittene Körbe und auseinandergerissene Regenschirme bringen, wird er einen Weg finden, seine Fertigkeiten zu beweisen. Wenn sie dann auch noch löchrig gewordene Kessel und Häfen bringen, wird er damit kunstvoll umgehen können. Dann wird es im Wirtshaus einen fetten Braten und eine Halbe Wein geben und noch eine und einen Selbergebrannten und dann wird er, wie es in solchen Fällen üblich geworden ist, im Wirtshaus schreien und poltern und fluchen und stinken. Wie immer. Sie warten, dass er wieder heimkommt. Dass er laut schnarcht und stinkt. Dann gehen alle zurück in den Wald, in die Wildnis.

IX

Kinder und Eltern sind zu großen Opfern fähig, aber keine Anzeichen von Zärtlichkeit. Selten, daß man sich umarmt. Das tun nur junge Verliebte: Diese Affenliebe Eltern-Kind gibt es nicht …

Wenn Ana jetzt zur wundertätigen Madonna zuhinterst im Tal unter den großen Gletschern gelangen will, muss sie zuerst der wilden Schlucht ausweichen, muss also den beschwerlichen Steig über die höchsten Sonnenberghöfe gehen und muss dann wieder absteigen. Wenn das Wetter jetzt umschlägt, kann auch wieder Schnee kommen und kann der Winter zumindest für einige Tage hereinbrechen, und dann müsste sie einen Platz finden, wo sie nächtigen kann. Ana ist heute zuversichtlich und frohgestimmt. Bald nähert sie sich den ersten Berghöfen des Sonnenberges. Alles trocken und steil, unsäglich steil und voller Wermut.

Alles riecht nach Wermut. Sie reißt ein Büschel aus und hält es an die Nase, reibt Endspitzen zwischen den Fingern, schleckt die Finger ab, hat einen überaus derben Geschmack in ihrem Mund, muss ausspucken, immer wieder ausspucken. Das Heilkraut verbreitet einen betörenden Geruch. Dass ihr beinahe schlecht wird, dass sie sich niedersetzen muss. An einem Wegmarterl liest sie, es habe sich ein Bub beim Zusammenklauben von Zapfen zu Tode gestürzt. Beim Walmtaler kehrt sie ein.

Sie wird reserviert, aber freundlich aufgenommen. Ob sie denn mit den Hühnern umgehen könne. Und mit den Schafen. Vor allem mit den Schafen. Sie könne die Schafe auf den steilen Hängen suchen und ihnen Salz bringen. Wenn sie sich trauen würde. Ganz ohne Weg und Steg müsse sie auf den steilen und rutschigen Hängen den Schafen nachgehen.

Es müssten zwei Mutterschafe gelämmert haben. Sie solle nachschauen. Aber sie müsse wissen, dass sich Muttertiere, wenn sie geworfen haben, ja, so sagen die Leute, „geworfen“, dann müsse sie Acht geben wegen der schwarzen Raben und sie müsse auch schauen, ob der Fuchs unterwegs sei.

Das Mutterschaf wird, wenn es gelämmert hat, am ersten Tag sehr schwach sein. Aber am zweiten Tag wird es die geworfenen Junglämmer schützen. Ja, gegen alles Fremde schützen. Auch gegen Fremde, gegen Hoffremde. Also soll sie Acht geben. Am Abend gibt es heute feiste Schnalsernudeln. Da muss sie vorher fest gearbeitet haben und muss mehrmals den steilen Hang mit großer Mühe auf- und abgegangen sein. Sie müsse sehr müde und sozusagen auch abgeschunden sein. Dann wird sie die feisten, die sehr fetten, die überaus fetten Nudeln vertragen. Sie sei ja ein gesundes Ding und müsse Hunger haben.

Ana geht steil bergauf bis zum großen Wald. Sie horcht nach den Glocken der Schafe. Sie keucht und plagt sich. Dort liegen die Schafe im Schatten der Bäume. Ihre Schellen sind verstummt, weil sie dort ruhen, eng aneinandergedrängt. Ana hat es gerochen.

Ana hat einen vom Landgeherleben geschärften Sinn. Fast einen sechsten Sinn wie ihre Mutter. Den will sie auch haben.

Zwei Mutterschafe haben geworfen. Drei gesunde Lämmer. Ana kann sich kaum vor der Herde erwehren. Alle drängen zu ihr, werfen sie fast um, wollen sich immer näher an sie drängen. Sie wittern schon längst, dass jemand mit Salz und Gleck gekommen ist. Ana weiß sich zu helfen. Schnell streut sie hintereinander auf mehrere glatte, große Steine Salz und Gleck und die Schafe rennen von Stein zu Stein, stoßen und rempeln.

Ana kommt müde zum Hof. Die Hofmutter kümmert sich um sie. „Madl, was hast du gelernt? Woher kommst du? Bist keine Fremde und doch eine Fremde.“

Wer ihre Mutter sei und aus welchem Tal sie stamme. Ja, das wisse sie nicht so genau. Sie will hier so nahe dem Pseir nicht preisgeben, wer sie ist und dass sie von dort stammt. An ihrem Dialekt kann sie erkannt werden. Aber da hat sie sich angepasst und kann so reden, dass sie nicht einem bestimmten Tal zugeordnet werden kann. Weil sie eine sogenannte FAHRENDE ist. Damit gibt sich die Hofmutter zufrieden, heißt das Mädchen sich niedersetzen in der Stube hinter dem großen Tisch, fragt, ob es Hunger habe und bringt eine Schüssel feiste Schnalsernudeln. Einen großen Haufen, und das Fett rinnt von allen Seiten herunter und das Fett rinnt der Ana übers Gesicht. Weil es ihr so gut geschmeckt hat. Und weil sie schrecklich hungrig gewesen ist. Züchtig, wie die Bauersleut auf dem Berg heroben sagen, ja, züchtig ist das junge Ding in der Stube gehockt. Hat sogar vor dem Essen das Kreuz gemacht. „Ist recht, Madl." Dann hat Ana lustvoll und beinahe ehrfürchtig gegessen. Ja, „züchtig, wohl, wohl", sei das junge Ding gewesen. Das könne keine von den berüchtigten Landgehern gewesen sein. Sie dürfe ein paar Tage bleiben. Wenn die Leute von den Berghöfen in ein paar Tagen über das hohe Joch ins drübere Tal gehen, könne sie vielleicht mitgehen. Aber es sei sehr beschwerlich und sie müsse starkes Schuhwerk haben. Das würde sie bekommen. Die Schuhe eines Buben würden gerade recht sein. Sie müsse sie probieren.

Ana geht jeden Tag den Schafen nach, sucht sie auf anderen Bergbauernhöfen, redet mit ihnen, lässt sich von den Geheimnissen ihres Schaflebens erzählen. Ana versteht die Sprache der Tiere, insbesondere der Schafe, und sie spürt genau, was sie mit dem Nicken des Kopfes und mit dem Beuteln des Kopfes sagen wollen und wie sie, zutraulicher geworden, mit den Vorderbeinen der Ana bis auf den Bauch tappen, hinauftappen und gekrault werden möchten. Und sie darf die Lämmer auf den Arm nehmen, ihnen über die kleinen Köpflein streicheln. Aber dann muss sie die Lämmer schnell wieder der Mutter reichen.

Ana versteht, dass einige Schafe den Sommer über nicht über die Jöcher und Gletscher hinweg getrieben worden sind. Es sind etliche Mutterschafe daheim geblieben, sind zum Lämmern auf ihrem Hof geblieben, ein wenig eingezäunt, aber sich selbst überlassen. Ana versteht ihre Sprache und weiß gleich, dass sie auch lieber mit den anderen Schafen über das Joch auf die fetten, grünen Weiden hinter dem Gletscher getrieben worden wären.

Bald kommt der große Tag. Ana hat sich die festen Bergschuhe versuchsweise geben lassen und sie ausprobiert.

Dann ist der große Tag gekommen, auf den sich alle vorbereitet haben. Am Abend zuvor hat sich die Hofmutter zur Ana an den Stubentisch gehockt und hat ihr die alten handgeschriebenen Aufzeichnungen gezeigt, die sorgsam im eingebauten Wandschrank, aber versperrt, als wirkliches Hofgeheimnis aufbewahrt werden. Neben sich breitet sie die Schriften aus, handgeschriebene und ein paar gedruckte Schriften, die schwer zu lesen sind, die in einer alten Sprache verfasst worden sind. Die Hofmutter hat gemerkt, wie dieses fremde Kind ein ungewöhnliches Kind ist und wie es von geheimnisvollen Dingen mehr versteht als ihre eigenen Kinder und die Kinder von den Nachbarhöfen. Eine „Besondere“.

Ana sieht die Schriften, buchstabiert und liest. Sie liest immer wieder und erschrickt wegen einer ganz furchtbaren Geschichte, die niedergeschrieben worden ist. Das also ist das Leben und Denken der Menschen dieser Täler und Höfe. Nein, nein, damit habe sie, die Waltentalerin, nichts zu tun und davon wolle sie nichts wissen. Das hätten solche Fanatiker getan. Gott sei Dank wäre das alles längst vorbei.

Ana liest und erschrickt. Es hat ja nicht eine von den Bergbauernhöfen des Sonnenberges betroffen und auch keine von drunten im Tal. Drüben hinter den Jöchern und Gletschern sei es gewesen – alles längst vorbei. Ana liest und lässt sich vorlesen. Von der Schrecklichkeit der Welt. Von den Sünden und Lastern. Nein. Von der Peinigung eines Kindes durch den leiblichen Vater. Die amtliche Aufbewahrungsbehörde hat auf fünf der sieben Kinder zugegriffen. Eines der Kinder schmuggelt einen Brief aus der amtlichen Aufbewahrungsanstalt an die Mutter über einen der Außenseiterfamilie wohlgesonnenen Geistlichen, Pater Stefan oder wie er auch heißen mag, und das geistliche Aufbewahrungskloster soll auch nicht genannt sein. Der Brief landet bei der leiblichen Mutter. Das Kind in holpriger Schrift und niedergemacht von Erziehung und Aufbewahrungsmacht:

Da werde ich nur geschlagt und gewürgt und die schimpfer
immer schlechter und schlimmer
ich habe vor dem betreuer fast angst
es heißt: immer du und du hast es getan

In der Eiszeit dieses Landes haben sie solche Aufbewahrungsanstalten gebaut. In allen Bezirken eine solche Anstalt und immer die Klosterschwestern und die Hostien und die täglichen Verrichtungen, das stundenlange Knien auf spitzen Holzscheiten, das Küssen der Schlagrute, das Hineingreifen unters Bett, ob alles warm ist und so. Im Bergdorf des oberen Inntales haben sie einen Vater gefunden. Er hat seine Kinder geliebt und hat sie für sich gebraucht, sobald das erste Mädchen groß genug gewesen ist. Dann hat er in ein Schmutzblatt ein Inserat geben lassen. Dann haben sie fünf der sieben Kinder in die amtliche Aufbewahrungsanstalt hinter dicke Mauern und eisenbeschlagene Fenster gesteckt, mit harten Pritschen, zur Abhärtung, wie sie gesagt haben, und wie notwendig das sei. Ist der Vater gekommen. Haben sie ihn nicht zu den Kindern gelassen. Ist die Mutter gekommen. Hat die Älteste gesagt: „Ich darf nicht

Mama zu dir sagen. Meine neue Mama, haben sie gesagt, ist diese Mama hier im Haus, das ist meine Mama und du bist nur die Bauch-Mama."

Dann die Stimme der Waltental-Mama mit der kleinen Geschichte, die sie von der alten Mesnerin auf Katharinaberg gehört hat. Hat sie gelesen:

wenn du kinder bekommst und du bist in anderen
umständen brauchst lei
lassn drei messn lesn dann wird die geburt gut gehen
eine messe zu ehren der mutter anna
eine für die armen seeln
und eine zum schutzengl von dem kind
ich habe das immer getan
sie werdn lachn und es ist immer gut gegangen

„Schau, Madl", hat sie zur Ana gesagt, hat ihr sanft übers Haar gestrichen, „ist die Welt so und so. Das wär ja ganz einfach. Glaubst halt oder glaubst nit. Wirst es schwer haben im Leben."

Das ganze Christenland ist fromm und bigott und es kann auch Tyrol heißen oder Himmel-auf-Erden-Land oder sonstwie. Die schlimmsten Kinderaufbewahrungsanstaltsgeschichten und die deftigsten Flüche entstammen diesem Land. Wir haben auch die höchsten Alpengipfel weit und breit und die dunkelsten Kirchen und die mächtigsten Gletscher. Ja, diese Gletscher sind riesige Leichentücher, unter denen die Toten liegen, aufgebahrt sind, auf etwas warten wollen, das die Landesfrömmler Himmel und Paradies nennen.

Die Waltental-Mama hat der jungen Ana noch viele Weisheiten mit auf den Weg gegeben. An dem jungen Ding da hat sie Gefallen gefunden. Auch weil sie fünf Buben geboren und aufgezogen hat. Weil das alles, wie die Leute sagen, tüchtige Bauern und Raufer geworden sind, die „ihren Mann" stehen. Aber die alte Mama hätte sich immer eine Tochter gewünscht, ein zartes Wesen, eine solche halt wie die Ana.

Am nächsten Tag sind sie beim Tagwerden aufgebrochen. Ana in alten Bergschuhen. Ana mit einem kleinen Bündel auf dem Rücken. Mit Speck und Brot. Das langt. Mehr gibt es nicht. Und mit einem Haselstock und über ihrem Gewand einem festen Stück Loden gegen den Regen, gegen die Kälte.

Ana hat noch die andere Geschichte gehört, die sich droben auf den Gletschern ereignet hat, vor vielen, vielen Jahren, vor vielen Generationen, da haben sie droben über dem Ferner eine mächtige Stadt gebaut und haben ein überaus liederliches Leben geführt. Es sei die „Unzucht" gewesen, auch mit den Tieren, am besten mit einem Geißbock, das sei so üblich gewesen. Jaja, und es ist immer noch, dass sie es treiben. Aber es kommen die sieben Plagen übers Land, und da wird auch die Strafe für diese Unzucht dabei sein. Ana hat es in erbaulichen Schriften gelesen und hat dann die Geschichte von dieser verruchten Stadt von einem alten Hirten erzählt bekommen. Die Stadt ist elendig zugrunde gegangen. Der große Ferner ist gekommen. Der Fluch des Bettlers, den sie abgewiesen, den sie hinausgetrieben haben, ist in Erfüllung gegangen. O weh, o weh, es kommt der Schnee, der apert nimmermeh. Es ist Dananä gewesen, die Stadt der alten Göttin Dana. Es ist Onanä gewesen und es ist Tanneneh gewesen. Dreimal die Unzucht, der Geiz und dreimal die Verdammnis.

Mit den Schafen ziehen sie bei Tagesanbruch hinein durchs Schlandrauntal. Drei Stunden immer weiter und langsam hinauf aufs Joch. Taschl sagen sie dazu. Wissen aber nicht, warum. Die Kortscher und die Laaser und die Göflaner kommen nach. Sie treffen sich knapp vor dem steilen Aufstieg. Was das fremde Madl da soll. „Wirds nit derpackn." – „Wirds wohl derpackn." – „Wirst sie halt tragn."

So gehts hin und her und immer frecher werden sie. Finden, dass sie schön ist, dass sie ausgesprochen schön ist. Kein Bauernmadl schaut so aus. Schaut nicht danach aus. Ist eine Fromme, haben sie gleich bemerkt, wenn sie in jede Kapelle hineingelaufen ist, schnell die Hände gefaltet, schnell ein Gebet geflüstert, schnell das Kreuzzeichen und wieder heraus.

Bei jedem Bildstock niedergekniet.

Dann ist ein wilder Sturm gekommen. Ein ganz wilder Sturm. Zuerst der Regen. Den schleudert es richtig herunter, dass es weh tut. Dann ein Hagel. Zuerst kleine Körner, dann immer größere Körner. Dann ist alles weiß. Gut, dass sie den festen Loden über den Kopf und über die Schultern legen kann. In einer alten Schäferhütte, aus Steinen aufgeschichtet, unter den schändlichen Überresten eines ehemaligen Daches, können sie Unterschlupf finden. Jetzt sind die Männer, alle zwischen sechzehn und dreißig, unter ihrem „Leithammel", einem über Sechzigjährigen, zusammengeschart, eng zusammengedrängt in der Hütte, in die es hineinregnet, durch die der scharfe Eiswind vom Joch her hereinweht. Es ist zum Erbarmen und zum Fluchen. Jetzt sind alle still geworden. Nicht einmal eine Pfeife kann sich einer von ihnen anzünden. Es wird kälter. Von oben her kommt Schnee. Sie wittern den Schnee. Sie haben sich etwas wie den Instinkt der Tiere bewahrt. Auch der mitgeführte Hund, der „Mohrl", wittert den Schnee. Drückt sich an die Beine des „Herrn", schaut zu ihm auf. So, als wollte das Tier den Menschen warnen. Sie riechen den Schnee. „Wird nicht so arg sein." Es wird noch einmal kälter. Von zwölfhundert und sechzehnhundert Meter sind sie aufgebrochen. Von achtzehnhundert weg müssten sie jetzt auf fast zweitausendachthundert hinauf. Vielleicht im Schnee, im Schneesturm, in eine Schneehölle hinauf, wie sie fürchten. Ob es das Madl derpackn wird? Der eine und andere hofft, drüber dem Joch und drunten in Vernagt in der dortigen Hütte ihm irgendwie näher zu kommen. Das Madl packn, wenn sies derpackt.

Solche Anzüglichkeiten verpacken sie in Vergleichen mit ihrem Umgang mit Tieren. Immer geht es ums Anpacken, immer das Packen, das Raufen, das Erobern, das Kraft-Herzeigen und diese deutlich sichtbare Männlichkeit der Halbwüchsigen und der Ausgereiften, der erfahrenen Ehemänner und Väter. Allesamt große „Zoch", wie es unter den Leuten heißt. Keine solche Zärtlichkeiten und heimliche Busslereien und Händchen halten. Frisch drauflos. Fest zugepackt. Wenn sie drunterliegt und er obenauf, ist die Darunterliegende sowieso die Schwächere.

Es steckt viel vom wilden Tier drin.

Jetzt müssen sie hinauf. Das Umdrehen und das Zurück-ins-Tal kennen sie nicht. Es wäre nicht das erste Mal, dass sie in Lebensgefahr geraten und dass wieder einmal viele Schafe im Schneesturm zugrunde gehen.

Der Schneefall setzt ein. Leise und still und langsam wird die grausig kahle, baum- und strauchlose Gegend von einheitlichem Weiß bedeckt. Der Sturm hat nachgelassen. Einer geht hinter dem anderen entlang der gerade noch erkennbaren Wegspuren. Und dann hilft noch die jahrzehntelange Erfahrung des alten Treibers und seine Kenntnis des Steiges, und auch der Hund wittert den Steig, unaufhörlich die Nase am Boden.

Es geht gut vorwärts. Droben auf dem Joch liegen kaum zwanzig Zentimeter Schnee. Ist noch einmal gut gegangen.

Aber das Schlimmste kommt erst. Für den kommenden Tag hat sich der Himmel auf eine verhängnisvolle Weise verdüstert. Und über Finail hängt der gefährliche Nebel, den sie gut kennen. Jetzt schnell hinunter nach Lagaun und dort in den kalten Almhütten eine Rast und den Schnaps und das Feuer zum Aufwärmen und das Heranrücken ans Madl. Sie wissen, dass es Ana heißt. Sie haben von Ana auch erfahren, wer sie ist, wo sie herkommt. Jaja, das kennen sie alles von den Vinschger Karnern, die landauf, landab von Schluderns nach Schlanders, von Schlanders nach Lana und Bozen wandern. Jaja, sind rechtschaffne Leute darunter – aber ein solches Madl? Und ob sie einen festen Freund habe.

Nein, nein. Dass sie wohl sehr fromm sein müsse. Sie wolle ja der guten alten Wallfahrt UNSER FRAU IN SCHNALS einen Besuch abstatten. Vorher wolle sie mit den Männern zum Gletscher aufsteigen. Am übernächsten Tag würde sie unten in Vernagt oder ein Stück weiter oben im Tisental oder herunten am Tisenhof auf die Rückkehr der Schafe und der Männer warten.

Die Rast in Lagaun hat allen gutgetan. Jetzt aber weiter und ein Stück talauswärts nach Vernagt. Der Schnee ist knapp oberhalb von Lagaun geblieben. Dort haben sie die nassen Kleider einigermaßen trocknen können.

Ana überlegt, am nächsten Tag mit den Männern bis zum Joch hinaufzugehen, dort dann nicht zu bleiben und schnell wieder ins Tal abzusteigen. Wie es sich einrichten lässt, tappt der eine oder andere möglichst vorsichtig, um nicht von den anderen gesehen zu werden, nach ihrem Körper, oben oder unten, am Oberarm, am Schenkel. Ana reagiert. Sie haut zurück.

Sie wehrt sich. Obwohl, denkt sie immer wieder, es würde wärmen und guttun.

Diese dort würden sich darum raufen. Könnte ja eine tüchtige Bäurin werden und könnte eine Stube voll Kinder auf den Hof bringen. Denken sich nichts anderes: Hof und Weib und Züchten und Hoferhaltung und immer wieder Lustgewinn und neue Kinder und später auch Enkelkinder und ein „scharfes“ Weib.

Ana rückt von ihnen ab. Bei einem Bauern, der ihr von der Walmtaler-Mutter genannt worden ist, solle sie zukehren, solle dort schöne Grüße ausrichten und könne dort auch in einer Kammer übernachten und würde frisches Brot und feisten Speck bekommen und so viel Milch sie nur trinken könne.

Ana kehrt dort ein. Rastet und überbringt die Grüße. Wird freundlich aufgenommen. Bekommt ein Bett in der Kammer. Träumt schlecht. Träumt von der plumpen

Zudringlichkeit. Sie muss an ihre Mutter denken. Ein wenig auch an den Vater, der ja mitunter so etwas wie ein herzensguter Vater, ein solcher mit einem harten Kern ist. Sie sieht die Gesichter der Mama und des Vaters und der Geschwister vor sich. Wo sie jetzt sein mögen? Irgendwo zwischen dem Brenner und Bozen?

Heiliger Schutzengel mein
laß mich dir empfohlen sein

betet sie in naiver Frömmigkeit, weit weg von Frömmelei, und wartet auf die Erlösung irgendwo in einer berühmten Wallfahrtskirche und wartet auf die Erscheinung einer Madonna.

Sie träumt schlecht. Immer vom harten Zupacken der Männer. Auch von der Gier des Vaters, wenn er angesoffen sich an der Ältesten vergreifen will. Auch wenn er mitunter herzensgut sein kann.

Dann schläft sie und wird vom Krähen des Hahnes geweckt und wird dann, wenn die kleine Glocke der Hofkapelle erklingt, endgültig wach, steht auf, kleidet sich an, schaut aus dem Fenster, sieht die dicken Wolkenbänke, erkennt das erste Nieseln, erschrickt. Es wird also so kommen, wie die Männer befürchtet haben. Die obersten Berge sind zugedeckt. Im Tal wird es bei Tagesanbruch nicht Tag, sondern bleibt beinahe Nacht.

Nach dem Frühstück geht sie schnell dorthin, von wo die Männer aufbrechen. Kurz nach den Männern erreicht sie den Tisenhof. Gemeinsam mit ihnen steigt sie durch schütteren Lärchenwald und vorbei an vielen Wassern und Bächen, überklettert alte Holzzäune. Ohne zu rasten, nur immer den Blick auf die Berge hinauf, zur Finailspitze oder dorthin, wo die Finailspitze sein könnte. Es wird kälter. Sie kommen aus dem schütteren und zugleich schützenden Lärchenwald heraus. Oberhalb der Waldgrenze fällt Nebel ein. Es beginnt zu nieseln. Bei der ersten Quelle, wo das Marterl der Hirten steht, wo sie eine Kuh und einen Widder draufgemalt haben, füllen sie ihre Behälter mit Wasser. Es ist eine HEILIGE Quelle. Und eine solche, die auch Krankheiten heilen kann. Sie trinken daraus. Einer nach dem anderen lässt das Wasser in die beiden aneinandergepressten Handflächen laufen. Sie führen das Wasser mit der Hand zum Mund. Sie trinken und schlürfen.

Ana betet heimlich. Es möge alles gutgehen.

Dann heult der Sturm los. Bis zum SCHNEGG hinauf waten sie in zwanzig Zentimetern Schnee. Dann kommt der steile Aufstieg zum Joch. Dort darf sie nicht hinauf, könne sie nicht mehr hinauf. Sie muss umdrehen. Sie wird zum Umdrehen gezwungen. Die Männer weigern sich, das „Madl" mit hinauf zu nehmen, vielleicht auch noch Verantwortung für es zu übernehmen. Wer das in einem Schneesturm mit dichtem Schneefall noch nie erlebt hat, könne es nicht überstehen. Ja, ersticken und erfrieren müsse sie. Mit den Bergstöcken haben sie sich gegen das Aufsteigen der Ana gewehrt. Sie haben gedroht und geflucht.

„Verdammte Göre!" Was sie sonst liebevoll zum Mutterschaf und über das Mutterschaf sagen, ist jetzt ein deftiges Schimpfwort.

Es schneit und stürmt. Ana hat sich abschrecken lassen. Sie wird noch einmal bei den freundlichen Bauern einkehren und wird am nächsten Tag die längst erwartete und ersehnte Begegnung mit der Madonna haben, mit „Unser Lieben Frau", wie die Leute sagen.

Die Bäurin hat ihr dann erzählt von der Kirche und der Entstehung der Wallfahrt vor ein paar Jahrhunderten. So genau wisse es niemand. Aber die erste kleine Kirche wäre so um 1200 gebaut worden. Aber es sei ein ganz alter Platz auf dem Felsen. Dort sei der mündlichen Überlieferung nach schon ein Platz gewesen, an dem die HEIDEN, wie der fromme Pfarrer immer wieder zu erklären wusste, irgendwelche Götzen verehrt hätten.

Freilich wisse auch der Pfarrer nicht, wie und wann dann die kleine Statue aus Holz in die Kirche gekommen ist. Die Bäurin erklärt es so:

„Es ist das SCHNALSER MIETERLE."

Die kleine Figur des Schnalser Mütterchens hat keinen Glorienschein. Hat keinen Heiligenschein. Nichts von Glanz und Gloria. Keine Krone. Kein Geschmeide.

Sie ist ganz anders als alle anderen Madonnen in den vielen Wallfahrtskirchen.

Ana hört jetzt nach der Walmtaler-Mutter zum zweiten Mal vom SCHNALSER MIETERLE. Ja, aber die kleine Holzschnitzerei könne sie nicht von der Nähe anschauen oder gar erst angreifen. Fest verschlossen sei sie während des ganzen Jahres. Und nur einmal im Jahr, wenn die frommen Wallfahrer mit ihrer seit Jahrhunderten verlobten Wallfahrt von Sankt Martin hoch über dem Vinschgau nach UNSER FRAU pilgern, wird der kostbare Schrein geöffnet und haben die Sankt Martiner das Privileg, das SCHNALSER MIETERLE aus allernächster Nähe anschauen und es küssen zu dürfen, zu „bussn", stellt euch das vor. Deswegen ist das MIETERLE so abgewetzt vom jahrhundertelangen Abschlecken beim Küssen.

Ana will zum MÜTTERLEIN.

Am nächsten Tag kommt sie zur Kirche. Im Seitenaltar ist das Schnalser Mütterlein verborgen. Ana kann nicht aufhören, zum Altar zu starren, versucht, hinter den kostbaren Schrein zu schauen, um das Mütterlein vielleicht aus allernächster Nähe sehen zu können. Vielleicht würde der Pfarrer kommen und ihr das Mütterlein zeigen. Das Mütterlein herausnehmen, der Ana auf den Arm legen. Ana wartet auf ein Wunder. Sie erschrickt beim Gedanken, das dort eingesperrte Mütterlein würde den Schrein verlassen und würde leibhaftig auf sie zukommen, würde zu voller menschlicher Größe anwachsen, würde in himmlischem

Licht erstrahlen, würde dann zu sprechen beginnen: „Du bist die Auserwählte unter den Frommen.“

Das alles ist Traum und Fantasie. Oder nicht?

Ana kniet vor dem Altar. Die Madonna wird nicht größer. Sie steigt nicht heraus. Sie spricht nicht zu ihr. Ana will dasselbe erleben, was sie von den berühmten Madonnenerscheinungen von Fatima und Lourdes gelesen hat.

Sie ist in Andacht versunken. Sie hört und sieht ringsum nichts mehr.

Wie in einer riesigen, weißen Wolke sieht sie die große Madonna, sieht sie die GROSSE MUTTER des Tales aus den Wolken heraussteigen, sieht, wie sich die Wolken verdunkeln, sieht, wie ringsum der Schneesturm gewaltig und bedrohlich anwächst, und mitten drinnen die Männer auf dem Weg zu ihren Schafen. Wie in Todesgefahr sieht sie die Männer droben am Joch, beim Gletscher, in tiefem Schnee, in der Gefahr zu ersticken und zu erfrieren. Ana kniet dort und weint. Sie weint und heult und betet.

Wie bewusstlos sinkt sie nieder.

Bevor der Pfarrer am Abend die Kirche zusperrt, entdeckt er das Mädchen, am Boden der Kirche liegend, hebt es auf, bringt es in das Pfarrhaus, holt die Mesnerin.

Ana wacht auf. Der heiße Tee hat ihr gutgetan.

Sie fragt nach den Männern, die droben auf dem Joch sein müssten. Sie berichtet von ihrem vergeblichen Aufstieg aufs Joch, vom Schneesturm, von ihrem Traum, von einer Madonna, die ihr weit droben in der Gletscherwelt von Finail und Similaun erschienen ist.

Es müsse Schreckliches geschehen sein.

In der Früh des nächsten Tages kommen die Nachrichten herunter vom Joch, herunter vom Gletscher und vom Schneesturm und vom schrecklichen Leiden und Sterben.

Aus dem Tal ziehen etliche Männer los, vorbei am Tisenhof, hinauf durchs Tisental und weiter aufs Schnalser Jöchl. Die felsige Verengung knapp unter dem Joch müssen sie überwinden, stapfen durch tiefen Schnee, müssen sich mühsam eine Spur freischaufeln.

Diese Verengung im Fels müssen sie durchklettern. Sie nennen es BEI DER FRAU.

Die große Frau soll sie beschützen und behüten. Und die FRAU soll, so meinen sie, auch den Fortbestand ihrer Sippen gewährleisten. Solche Gedanken kommen ihnen jetzt nicht. Einige der Männer verloben sich still und ganz für sich zur wirklichen Madonna, zum „Schnalser Mieterle", zu UNSER LIEBEN FRAU. Sie versprechen eine Wallfahrt nach Maria Weissenstein und nach Trens, die Errichtung einer kleinen Kapelle neben dem Hof.

Also hoffen sie, es möge sich alles zum Guten wenden.

Es hat sich nichts zum Guten gewendet.

Im tiefen Schnee entdecken sie die Leiber toter Schafe. An einer Stelle sehen sie, wie aus dem Schnee Dampf herauskommt. Dort graben sie und ziehen einen der Männer heraus, halb erfroren, aber noch atmend. An einer anderen Stelle ziehen sie ein totes Mutterschaf aus dem Schnee. Das Lamm hat überlebt, weil es aus der toten Mutter noch Milch heraussaugen hat können: Es ist den Männern wie ein Wunder vorgekommen, dass nicht die ganze Herde mit allen Treibern und Hirten zugrunde gegangen ist. Es scheint den harten Männer absonderlich und wie ein nicht mit menschlichem Verstand fassbares Ereignis. Wie ein Wunder der Natur ist es ihnen vorgekommen, als aus dem Nebel heraus ihnen leibhaftig eine Gestalt entgegenkommt, über und über weiß und mit langen Eiszapfen im Gesicht. Hat einer gerufen: „Sepp, Vetter!" Hat überlebt. Ist aus dem Nebel herausgekommen, am Bart zehn Zentimeter Eis. Hat mit den Augen fast nicht herausschauen können. Ist dahergetorkelt. Ist dann in den Schnee hineingefallen, hat schrecklich geschnauft und hat kaum mehr atmen können. Dann haben sie weitergesucht. Ein Schaf nach dem anderen zerren sie aus dem Schnee. Tot. Erstickt im Schneesturm.

Erfroren. Mehr als hundert Schafe sind in diesem Schneesturm zugrunde gegangen. Sie zerren die toten Schafe zu einem großen Stein.

Sie suchen weiter nach einem der Männer, der noch vermisst ist. Sie stochern im Schnee. Sie schreien und rufen.

Dann finden sie ihn. An einen Felsen gelehnt. Steifgefroren. Im Schneegrab des Gletschers. „Herr, gib ihm die ewige Ruh!“ Und alle beten nach: „Und das ewige Licht leucht ihm.“ – „Lass ihn ruhen in Frieden!“ Alle zusammen: „Amen.“

Der Großteil der nahezu zweitausend Schafe ist weiter unten geblieben. Sie werden bald nachkommen. Wenn der Schneesturm nachlässt.

Erschöpft und ermattet, hungrig und durstig kommen sie nach mehr als acht oder neun Stunden unten im Tale an. Die Schafherde ist kleiner geworden.

Jaja, das geschehe immer wieder und es wäre in früheren Jahrhunderten manchmal viel schlimmer gewesen. Und da seien am Weg über das Gurgler Eisjoch einst mehr als tausend Schafe und zehn von den elf Treibern elendiglich zugrunde gegangen.

Ana ist wieder auf dem Weg durch das Tal hinaus. Sie hat von den schrecklichen Ereignissen gehört. Sie hat aber gemeint, dass es viel schlimmer hätte ausgehen können, wenn sie nicht so inbrünstig zum SCHNALSER MIETERLE gebetet hätte.

Ana zieht weiter, durch das lange, zuerst wilde, dann breite und flache Pfossental, hinauf zu den höchsten Höfen, steigt über das Eisjöchl und hinab ins Tal von Pfelders. Sie will nach Moos und Stilfs, nach Sankt Leonhard und bis hinaus nach Sankt Martin. Im Passeiertal hofft sie, vielleicht ihre Familie treffen zu können. Dort wartet sie auf den Segen der Mutter, auf die Grobheiten ihrer langsam mannbar werdenden Brüder, auf einen Vater, der vielleicht noch lebt, wenn er nicht dem Suff anheimgefallen ist. Oder auf einen „geläuterten“ Vater, um dessen Rettung Ana viel und immer wieder gebetet hat und auch weiterhin beten wird. Und vielleicht ist die Familie wieder größer geworden. Kann Ana dann ein kleines Brüderlein oder ein kleines Schwesterlein in die Arme nehmen?

X

Die so lautlos verschwunden sind, die Bauern, dann und wann stehen sie in uns wieder auf, wie Geister. Auch andere wittern es, das Königreich. Auf dem Anstand stehn liederliche Hoteliers und äffen Sprichwörter nach ... Wir sind viele, die süchtig und ohne Stoff sind ... Noch habe ich die Halluzination der Speisen.

Es gibt ein Ende des Wanderns und des Leidens. Die Mama, die Mutter, die Herrin der Landgehersippe, trägt schwer. Sie muss immer wieder rasten. Sie versucht, den steilen Weg zum Jaufen hinaufzugelangen. Mitten drin muss sie abbrechen. Sie rastet. Der Kittel über dem dicken Leib. Wenn sie schwer schnauft, streift sie die offenen Haare über den Kopf zurück, richtet das Kopftuch, geht in sich, tut so, als ob sie nachdenken würde. Sie betet. Sie stößt Verwünschungen aus. Die Bauernbrut, denkt sie, wird sie weiterhin abweisen. Keine freundliche Stube wird geöffnet. Niemals hört sie den Klang solcher Glocken.

Nur wenn sie gebraucht wird, als Helferin, als Heilerin, wird sie geholt, wird wie immer schäbig entlohnt.

Es ist Herbst geworden. Sie müssen sich einen Winterplatz sichern. Ihrem Herkommen gemäß müssen sie, wenn sie die harten Bergwinter überleben wollen, ins Passeier zurück, ins PSEIR. Über den steilen Jaufen? Mitunter greift ihr der Landgehertatte unter ihre Arme, versucht sie aufzurichten, versucht ein tröstendes Wort, tappt unbeholfen streichelnd übers Gesicht. Dann sagt er „Mammele, Mammele“. Das sagt er sonst nie. Maria ist rundum verlassen. Wie es halt gewesen ist. Geburt und noch einmal Geburt. Dann die Schläge. Kinder bekommen. Eines ist debil gewesen. Ist gestorben. „Erlöst“, sagen sie. Und was immer die Leute von den Landgehern halten, wie sie verspottet und verachtet werden. Drüben im anderen Tal wollen sie die andere Sippe treffen. Nahe Verwandte. Fünf der sieben Kinder dieser Sippe sind in die Kinderverwahrungsanstalt gesteckt worden. Die leibliche Mutter, die unter Schmerzen das Kind geboren hat, darf nur mehr die „Bauch-Mama“ sein. Ohne Herz und Gemüt. Das müsse der anderen, der Ersatzmutter überlassen werden. Und wieder der „böse“ Vater, wie es geheißen hat: Hat die Mutter den heimlich geschriebenen und aus der Aufbewahrunganstalt herausgeschmuggelten Brief gelesen, hat ihn der Tatte erwischt, hat ihn zornig zerrissen. Alles Lüge und Sauerei. Hat den Strick genommen, so ists wirklich geschehen (im heiligen Land Tirol), hat den Strick gepackt, hat dem Mädchen die Hose vom Leib gezogen, hat mit voller Wucht dreingeschlagen. Hat das Kind geheult: „Tatte, Tatte, tu’s nicht.“ Hat er es an den Haaren gezogen. Hat das Mädchen in den Straßendreck hineingerieben. „Da stink.“ Das Mädchen hat Wasser gelassen. Die Angst hat das Wasser aus dem Leib getrieben. „Ab heut gibts nix zum Trinken. Wirst schon sehen.“

Alle Erinnerungen brechen auf. Schicksale der Landgeher, der anderen Landgeher, der abgewirtschafteten Bauernkinder, jetzt auf den Bettel geschickt, dann vom Bettel in die Unzucht. Haben sie gesagt: „Hurerei.“ Haben wir in den Aufzeichnungen der Pfarre Wildermieming gelesen. Die Hauptberufe aufgezählt: Geschirrhändler, Regenschirmmacher, Pfannenflicker. Allesamt verrucht. Und immer wieder dazwischen „Zuhälter“ und „Prostituierte“. So ists in diesen Landen. Herz-Jesu-Kult und Frömmelei. Dann die Extreme.

Immer das Leiden und Sterben.

Im Schutze eines Baumes drückt sie sitzend das Kind heraus. Es liegt leblos. Kein Schrei. Kein erlösender Schrei des Lebens. Die Maria, die Mama, vermeint, einen Hauch von Leben im Kind zu spüren. Knapp hinter Sterzing und zur rechten Zeit: Maria Trens ist von Weitem sichtbar. Ein weißer, spitzer Turm auf dem Hang. Rundherum die Häuser. Schnell hinauf und dann die erhoffte Rettung oder das erbärmliche Ende einer neuerlichen Geburt und dann der versprochene Himmel, die verdammte Keuschheit, das gebrochene Gelübde.

Der Landgehertatte hilft. Er stützt sie. Das Kind im Korb. Das scheinbar tote und doch einen Funken Leben zeigende Kind liegt im Korb. Der Tatte trägt es. Die Kinder müssen hintereinander gehen. Eins nach dem anderen. Sie müssen beten, die Hände falten, zur „Himmelmama" beten und so, wie es in solchen Fällen der Landgeher von seiner Sippe übernommen hat. Die Sippe erreicht das Dorf. Über den Friedhof zur Kirche. Die Tore stehen weit offen. Sie gehen hinein. Brennende Kerzen am Gnadenaltar. Alles hell erleuchtet. Fromme Betende knien in den Bänken. Ganz Fromme rutschen auf den Knien zum Gnadenaltar. Hände gefaltet. Immer wieder diese Anwandlungen, wie aus einer anderen Welt. Und das sehnliche Hoffen auf Erlösung, auf Befreiung von Pein und Drangsal. Da hilft es.

Wenn es die FRAISS ist, werden wir den Fraißbrief kaufen. Sieben mal sieben Fraißbriefe mit dem letzten Geld. Und sie kaufen und lesen.

In der Kirche knien noch ein paar Fromme. Kerzen erlöschen vor dem Gnadenaltar. Wenn alle Betenden, alle Knienden und alle Frömmler draußen sind, werden die Landgeher das Kind auf den Altar legen. Kein Pfarrer darf es sehen. Keiner darf dazukommen. Alles muss heimlich geschehen. Sie warten. Die Landgehermama kniet in der ersten Bank und betet die Worte des alten Fraißbriefes, *so ein Kind oder alter Mensch die Fraiß hat, solle er dreimal diese Verse beten und sich niederknien und dreimal sieben diese Verse wiederholen ...*

Sie betet leise. Sie flüstert. Sie müssen sich beeilen. Der letzte Funken Leben könnte aus dem Kind entweichen. Der

Wallfahrtskaplan könnte aus der Sakristei in die Kirche hereinkommen.

In dem Namen Gott des Vaters, und des Sohns und des heiligen Geistes. Amen. Das wollt Gott der Herr Jesus Christus heut auf diesen Tag, auf daß ich alle Sieben und Siebenzig Fraißß töten möge! Ich tödte es durch Gottes grosse Macht, ich töte es durch den Heiligen Namen Jesu Christ alle siebenzig Fraiß, reissende Fraiß, rothe Fraiß, abdörrende Fraiß, zitternde Fraiß, kalte Fraiß, fallende Fraiß, abbrennende Fraiß, spreizende Fraiß, stille Fraiß, schreyende Fraiß, wütende Fraiß, geschwollene Fraiß, gestossene Fraiß, ich wende durch Gott den Herrn Jesu Christ, und durch sein Hl. fünf Wunden, ich wende dirs durch sein Hl. Sakramant, ich wende dirs durch sein Hl. Evangelium, ich wende dirs durch Gott unsern Herrn Jesu Christ seine Hl. Hände und Füsse, ich wende dirs durch sein Hl. Pforten des Himmels und der Gnade Gottes Geschöpf, durch den lieben Namen Jesu Christ:

daß ich euch verbiet alle sieben und siebenzig Fraiß, ich wende dirs über alle Berg und tiefe Thal, und durch fliessende Wasser ab, auf daß der Leib ruhen und rasten mag bis auf den jüngsten Tag, darinn unser lieber Herr Jesu Christ kommen wird, und auferwecken die Lebendigen und Todten, durch den Verdienst, da er sein Hl. Haupt geneigt, und seinem himmlischen Vater aufgeben, das hilf dir Gotte der Vater, der dich erschaffen hat, und Gott der Sohn, der dich erlöset hat, und Gott der heilige Geist, der dich in der heiligen Tauf geheiliget hat. Amen.

Die Kirche ist leer. Der Landgehertatte voran, die Landgehermutter dahinter, dann der Reihe nach die Kinder, das jüngste auf dem Rücken der Mutter. Eine heilige Handlung. Eine solche heilige Handlung in der Wallfahrtskirche ohne den Segen der Amtskirche, verboten an vielen Wallfahrtsorten des Landes.

Der Tatte und Mama legen das Kind auf den Altar. Entkleiden es. Legen die Tücher beiseite. Nimmt der Tatte aus dem Rock eine Feder, eine solche Feder von einer geschenkten Gans, nimmt die Feder, streicht mit der Feder über das Gesicht des Kindes. Betet insgeheim. Es ist wie eine Flucht inwendig. Verdammte Landgeherbrut. Herrgott, sei uns gnädig. Lass das Kind am Leben. Verflucht, wenn es nicht mehr leben kann. Soll in den Himmel kommen. In diesen Himmel, weit, weit weg von der armseligen Welt.

Das Kind rührt sich nicht. „Mama, mach du es. Jetzt bist du dran!" Mama nimmt die Feder, streicht kitzelnd über den kleinen Körper des (toten) Neugeborenen. Streift unter der Nase, streift bei den beiden Augen. Da! Ein winziges Zucken des kleinen Körpers, ein Bewegen der Tücher, vielleicht ein sanfter Wind, vielleicht das heimliche Öffnen der Sakristeitüre. Die Landgehermama macht schnell das Kreuzzeichen über dem Kind, ein anderes, kreuzähnliches Zeichen vielleicht, ein Drudenstern oder eines der geheimen Zinken beim Kennzeichnen der Häuser, beim Erkennbarmachen von Wohlgesonnenen, von Hartherzigen, von Zeichen der Ablehnung, des Hasses, des Wohlwollens, des heimlichen Wohlwollens und etwa gar der Zuneigung und des Verständnisses. Ein solches Zeichen auf der Stirn des (toten) Kindes. Die Mama zeichnet siebenmal das Kreuzzeichen und spricht:

Und die Leut sollen niederknien, und sieben Vater Unser und sieben Ave Maria und einen Glauben mit Andacht beten, zu Ehren der bittern Leiden und Sterben unseres lieben Herrn Jesu Christ, auf daß ihn Gott von seiner Pein und Marter erledige:

Es sey zum Leben oder Sterben, o Jesu, Amen.

Mama reibt die Füßlein des Kleinen. Sie küsst die kalten Füßlein. Sie legt ihren Mund an den Mund des (toten) Kindleins. Alles ist kalt. Sie erschrickt. Hastig und flüchtig die Worte:

Ich taufe dich im Namen des Vaters und des Sohnes und des Heiligen Geistes.

Das „Amen“ verhallt in der kalten, leeren Kirche. Es öffnet sich die Sakristeitüre. Der Wallfahrtskaplan erscheint, zorngeröteten Gesichts, wie der aus der Bibel bekannte ZORNIGE Gott, die Händler und Prasser und Zuhälter aus dem Tempel vertreibend. Die Hand nicht zum Segen erhoben, sondern zum Dreinschlagen. In der Hand das Kreuz, das er schwungvoll und zorngerötet und drohend über der Landgehersippe erhebt.

Die Landgehermama packt das Kind, steckt es zurück in den Rucksack.

Schleunigst verlassen sie die Kirche, die Wallfahrtskirche, allwo nach alter Überlieferung die Madonna gerastet hat, allwo in ganz, ganz alten Zeiten eine solche wie die DANA oder wie die DISEN gewohnt haben, wo sie geheilt und geholfen haben.

„Einen Missbrauch“ nennt es die katholische Kirche dieses Landes, und so steht es im Wallfahrtsbüchlein von Maria Trens, und so lesen wir es auch von Hollbruck und von Kaltenbrunn und Maria Einsiedeln, und ganz schlimm soll es gewesen sein in Oberbüren an der Aare, weit weg in der Schweiz. Aber die Leute haben davon gewusst. Sie haben lange und beschwerliche Wege auf sich genommen. An die zweitausend „unschuldige Seelen“ sollen im ehemaligen Friedhof von Oberbüren ruhen. Eine große Kathedrale soll dort ehemals gestanden haben. Aus ganz Europa sollen dorthin Eltern mit ihren tot geborenen Kindern oder mit solchen, die mit großer Wahrscheinlichkeit tot geboren sind, gekommen sein. Mit dem leiblichen Tod wird ja nicht alsogleich auch die Seele aus dem Körper entweichen. Unablässig die Angst geschürt, Ungetaufte würden, zwar unschuldig, dem „ewigen Tod und ewiger Verdammnis anheimfallen.“ Also hat es die Nottaufe durch Laien gegeben. Also gibt es nach wie vor diese Nottaufen.

Die Landgehersippe folgt alter Überlieferung.

Hinter ihnen segnet der Wallfahrtskaplan die nach seiner Vorstellung entweihte Kirche, sprengt einen ganzen Kübel voll Weihwasser, den „Weichbrunnen", über den Altar, über den Kirchenboden bis hinaus zur Türe. Mit Kreuz und Kübel und hochrotem, von allmächtig göttlichem Zorn angeschwollenem Gesicht schreit er durch die Kirche hinaus, ruft etwas von Bettlergesindel und Gotteskirchenschändern.

In Oberbüren ist es so gewesen wie auch in Maria Trens: Das vermeintlich tote und vielleicht doch noch einen Funken Leben in sich habende Kind ist auf den Altar gelegt worden. Der Körper ist gekitzelt worden. Aus Oberbüren haben wir die Kunde, der kleine leblose Körper wäre auf eine warme Platte gelegt worden. In den Mund wäre ihm eine Feder gesteckt worden. Die Feder habe sich erwärmt und habe durch eine leichte Bewegung den Hauch eines Lebens angezeigt. In diesem Moment ist das kleine Wesen getauft worden. Die Kinder sind als nunmehr getaufte „Gotteskinder" im geweihten Friedhof beigesetzt worden. Rund um die Kirche von Oberbüren sind bei 2000 oder mehr solche „Gotteskinder" bestattet worden. Verzweifelte Eltern wollten nicht, dass ihre Kinder der „ewigen Verdammnis" anheimfallen sollen. Der Zulauf hat gigantische Ausmaße angenommen. Dann ist die „Aufklärung" über das Volk und auch über die Kirche gekommen. Die vermeintliche Schande ist dann so angewachsen, dass die große Kirche bis auf die Grundmauern niedergeschleift worden ist. Der Friedhof ist verschwunden. Äcker und Wiesen haben sich darüber gebildet. Der Ort wäre ein Schandfleck gewesen, heißt es. Bis zum heutigen Tag finden die Bauern beim Pflügen kleine Knöchelchen, solche Knöchelchen der toten und der dann bestatteten Kinderlein.

Ein anderer Ort der Verdammnis und zugleich der wundersamen Heilungen und Errettungen heißt Maria Trens. „Unsere“ Landgehersippe nimmt das tote Kind in die Mitte. Weit drüben auf der anderen Talseite wollen sie es bestatten. Niemand soll wissen, wo es liegt. Sie geben es der Natur zurück. Die beiden im Timmelstal erfrorenen Buben haben sie dort begraben. Kein Kreuzlein und kein sichtbares Zeichen sollen daran erinnern.

Das in Maria Trens notgetaufte Kind haben sie am Rande des Waldes unter einem großen Stein bestattet. Sieben Vaterunser, sieben Gegrüßet seist du, Maria und Ehre sei dem Vater haben sie vielleicht gebetet. Alles mal sieben.

XI

Die Berge haben Anker gelichtet.
Ich habe zugesehen, wie es mit den
Gesichtern zu Ende ging. Der Weinstock
vermochte ihn zu fassen, die Lilie zu kosen
ein Antlitz. Eine große Bejahung hatte uns
angerührt. Leibhaftig war das, bis ins Mark.
Beim Hochamt gewahrte ich diese Steine,
mit allem, was sie boten an Verfurchtem,
Vorspringendem, diese Gesichter, alle gedrückt
und herausgekommen in den Wildbächen
des Gebirges. Sie konnten segnen
und verwünschen.

Ana hat zwei anstrengende Tage vor sich. Freundliche Bauern, abwehrende Bauern, gehässige Bauern und andere solcher Bergbauern zuhinterst im Tal. Sie erbettelt sich das Essen. An vielen Orten wird sie abgewiesen. Anderswo, an wenigen, an immer weniger Orten, wird sie freundlich aufgenommen. Im Infangl schaudert ihr vor der Schlucht. Der Bergbauernhof mitsamt der Bergbauernfamilie hängt steil über dem Abgrund. Hier ist die Armut eingekehrt. Der gepachtete Hof ist der schrecklichste und armseligste des Tales. Der wilde Talbach hat wieder einmal gewütet. Mit furchtbarer Gewalt hat er knapp bis an das Haus heran den Steilhang weggerissen, in die Tiefe der Schlucht hinab. Aber nirgendwo anders wird Ana so freundlich empfangen. In der kleinen Stube darf sie auf der Bettbank übernachten. Da kommt ein braunes Kätzlein. Es drückt sich an die einschlafende Ana. Sie träumt von der Madonna, vom Schnalser Mieterle, von den im Schneesturm erfrorenen und erstickten Schafen. Sie träumt von den SALIGEN. Solchen wie in diesen Bergen die Dana und die Disen hoch auf dem 3200 Meter hohen Joch, weit unter den jetzigen Gletschern zu Vernagt, Marzell, Langtaufers und dem Großen Gurgler. Ganz droben das kleine Figürchen, kaum zwanzig Zentimeter messend, das kleine Figürchen, wohlbehütet hinter Gold und Glas und schimmerndem Kerzenlicht, leicht gedunkelt, sehr alt, entstanden lange bevor diese und andere Kirchen gebaut worden sind. Erinnerungen an die Zeit „damals", bevor es eine christkatholischbrave Unterjochung, Vereinnahmung und Versklavung gegeben hat.

Morgen will Ana weiter hinaufsteigen. Am schlimmsten ergeht es ihr am Eishof. Auf über 2000 Meter Höhe zuhinterst im Tal, nahe den Fernern. Einer der größten Bauern des ganzen Landes. Einer der geizigsten und wohlhabendsten. Ana bettelt um eine Schale Milch und um ein Stück Brot. An einem der höchstgelegenen Bäume des Tales, an einer mächtigen Zirbe, hängt er ausgestreckt, ans Kreuz geschlagen, als Wegweiser in den vermeintlichen Himmel. Draußen das Zurechtgerichtete, das Fromm-Biedere und Superkatholische des katholischsten Landes der Alpen. Heilige Berge im heiligen Land in den Bergen. „Gletscherumrahmt" und immer geöffnet für alle, die kommen und zahlen. Kein Spruch ist öfter zu vernehmen als „Grüß Gott" und nichts so häufig dahergesagt wie „Vergelts Gott". Kann schon sein, dass sie anderswo frommer sind. Außen hui, innen pfui.

Mit einem langen Haselnussstock fuchtelt und schreit die Bäurin hinter der Ana her. Das Gesindel könne sie nicht brauchen. Sie solle zum Teufel gehen. Ana rennt bis zum Holzzaun, fällt hin, verletzt sich im Gesicht, blutet, steht auf, wischt das Blut vom Gesicht. Sie flucht nicht. Sie flieht vor der schrecklichen Brutalität habgierig und hartherzig gewordener Bergler. Wie in den alten Sagen, erinnert sich Ana, wird das Strafgericht über diesen Hof kommen, wie es nach den alten Sagen den ehemals goldenen, aber verruchten Städten Tanneneh, Onanä und Dananä, aber auch der wundersamen Stadt auf dem Tartscher Bühel ergangen ist. Es liegen das Grauen und der Tod über dem Hof, über dem Dorf, über der ehemals goldenen, aber verruchten Stadt.

Der Gletscher ist ganz nahe herabgekommen. Die scharfe, kalte Luft bläst ihr entgegen. Auf der Grubalm erschrickt sie. In einen Steinblock sind merkwürdige Zeichen eingeritzt. Teufelszeichen, solche Teufelskratzer fürchten die Leute. Niemand weiß, wann sie entstanden sind, wer sie in den harten Fels geschlagen hat. Es wird ein Unheil geschehen sein. Es wird vielleicht eine kleine Station gewesen sein, zu der die ganz alten Bewohner und die Schafhirten gekommen sein mögen, um dort ein geheimes Opfer zu bringen, um sich den Übergang über das gefährliche Joch zu erbitten, von solchen Kräften und Mächten, wie sie in der alten Überlieferung des Tales immer wieder vorkommen.

Ana wird durstig. Sie trinkt aus dem kleinen Bergbach. Weidende Kühe kommen zu ihr her, beschnuppern sie, lecken an ihren Händen.

Weiter oben trifft sie eine Herde Schafe. Sie haben mehrere Wochen keinen Besuch mehr gehabt von ihren Besitzern und dem Hirten. Ana kennt das, wenn Schafe in hohem Maße salzig geworden sind. Sie wird umringt. Sie kann sich kaum erwehren. Die sich an sie herandrängende Herde wird immer größer. Ana bekommt Angst und schlägt um sich. Schafe knabbern an ihrem Rucksack, zerren daran, werden immer zudringlicher.

Beim Aufsteigen zur Grubalm ist sie ins Schwitzen gekommen. Das kann schrecklich enden. Die Schafe lecken an allen Körperstellen, die sie erreichen können. Es kann geschehen, dass sie sie in ihrer Gier nach Salz zu Boden reißen, sich auf sie stürzen, das Gesicht erreichen, das schutzlos ausgelieferte Gesicht erreichen, dass sich die ganze Herde wie wildgeworden über den am Boden liegenden Körper drängt. Dann können sie einen Menschen zu Tode bringen, wie nach einer alten Überlieferung geschehen. So könnte es auch der Ana ergehen. Es soll sogar geschehen sein, dass sie einen Hirten aufgefressen haben. Das soll drüben in der Söldener Gegend vor vielen Jahren und Jahrzehnten geschehen sein. Da ist ein Hirt auf die Kleblealm Schafe salzen gegangen.

Er hatte aber zu wenig Salz mitgenommen. Die salzgierigen Tiere drängten sich immer mehr an ihn heran. Sie wollten mehr Salz. Der arme Hirt aber konnte ihnen keins mehr geben. Da fingen die Schafe in ihrer großen Sucht nach Salz den Hirten zu belecken und zu zernagen an. Er konnte sich nicht wehren, so eng war er im Schafrudel eingezwängt. Sie zerfraßen seine Kleider, begannen schließlich seine Haut anzunagen und bearbeiteten den armen Menschen so lange, bis er tot war.

Dann ist es geschehen, dass die beinahe ausgewachsene Ana, durch das viele Gehen und Arbeiten stark geworden, sich dennoch wehren hat können, dass sie beinahe übermenschliche Kräfte entwickelt hat. Sie hat sich erfolgreich wehren können, hat die Schafe kurzzeitig zurückgedrängen können. Bevor sie aber neuerlich in ihrer Gier nach Salz auf sie losgingen, hat sie die rechte Hand aufgehoben, drohend wie zur Beschwörung, da ist die wilde Herde schlagartig, von einem Augenblick auf den anderen, wie erstarrt stehen geblieben – die gerade noch gefährlich gierige Herde ist sanft geworden und friedfertig und eines nach dem anderen hat zu grasen angefangen und ist langsam davon. Sie hat die wilde Herde mit kräftigen Beschwörungsformeln zu bannen verstanden. Da haben die alten Landgehersippen mehr Wissen und Erfahrung gehabt als die Ansässigen, als die Bauern, ja, mehr als fast alle Bauern. Unter denen hats ja auch immer solche Leute gegeben, die bannen haben können, die mit einem Fluch so viel erreichen haben können wie der Pfarrer mit seinem Segen. Aber es ist so oder so verkehrt und anders als in der anderen Welt drüben. Unter den Bauersleuten, mehr aber unter den Knechten und Mägden, und noch viel mehr unter den Landgehern sind die alten Regeln bekannt gewesen.

Wann ein Schaf oder ander Vieh das Bein gebrochen, wie ihm zu helfen.

Schaf, ich segne dich auf diesen heutigen Tag, auf dieser Alm, dass du werdest wieder sanft und gesund, bis auf den neunten Tag, sanft und gesund, und ablassest von deiner Gier und Krankheit. Das walte Gott der Vater, wie auch der liebe Gott, der Sohn, wie auch der Heilige Geist es haben mag. Heilsam ist dieser Spruch zu dieser Stund, an diesem Tag, an diesem Ort, auch auf dieser Alm. Das helfe die Mutter Maria. Das helfe Ana, die Mutter, dass sie eine Hilfe sei hier und zu dieser Stund auf dieser Alm.

Und die Schafe haben von ihr abgelassen und sind friedlich grasend davongezogen, über die steinigen Halden und Hänge.

Ana hat mit allem Getier, allen Lebewesen und allen Gegebenheiten in der Natur umgehen können. Das haben die Landgehersippen besser verstanden als die Tal- und Bergbauern, denen das Züchten und Schlachten mehr bedeutet als das zärtliche Spiel der Grillen und Zirpen, der jungen Geißen, und als das Aufblühen der Bäume, das stille Wachsen und Gedeihen. Etwas davon haben sich die Kinder und die Frauen bewahrt. Oftmals weiß die Bäurin besser und sorgsamer mit dem Hausgetier umzugehen als der Bauer. Am schlimmsten sind die halbwüchsigen Buben der Bauern. Es kann geschehen, dass sie das Vieh auf grausamste Art schlagen. Und es kann geschehen, dass sie am Geißbock ihre sexuelle Lust austoben wollen. Immer wieder auf einzelnen Bauernhöfen. Immer wieder vor allem auf Männeralpen.

Dass dem Vieh nichts schaden könne, nimm Wermut, schwarzen Kümmel, Fünfflugkraut, Teufelsdreck, von jedem Stück für vier Kreuzer, nimm Saubohnenstroh, die Zusammenkehrung hinter der Stalltür zusammengefasst und ein wenig Salz, alles in ein Bündelein in ein Loch getan in die Türschwellen, wo das Vieh einher und hinausgehet, mit Elfenbeinen Holz zugeschlagen. Es hilft gewiss.

Ana geht dem Eisjoch zu. Wenige hundert Meter unter dem Joch gerät sie in einen Schneesturm, kommt fast vom Weg ab, tastet sich von Felsblock zu Felsblock, kann durch den dichten Nebel und den Schneesturm nichts mehr sehen.

Sie vermeint plötzlich, eine große, weiße Gestalt über ihr auf einem Felsen zu erblicken. Sie vermeint zu sehen, was sie sehnlich seit Wochen und Monaten erwartet hat.

Die große weiße Frau über dem Eisjoch.

Überall, das weiß Ana, verstecken sich die WILDEN FRÄULEIN, die SALIGEN, und in diesen Bergen auch noch die geheimnisvollen Disen auf ihrem heiligen Joch, die Göttin DANA in Dananä und Onanä und Tanneneh. Später ist eine Madonna dazugekommen, eine heilige Barbara, eine heilige Margaretha. Überall drüber dem Joch im Windach, wo sie im Fräulaskofel ihren Wohnsitz haben, auf dem Leiterberge, auf Hamrach und sogar an einem Ort, den die Leute „Gammezloch" nennen. Das ist der geheime Stall der wilden Gämsen. Und dort wohnen sie zusammen mit den WILDEN FRÄULEIN, die sie auch die SALIGEN nennen. Sie halten sich oftmals eine Gämse oder mehrere als Haustiere. Und wo drüben im Windach die Fräulaslöcher sich befinden, hoch über dem Tal in einer Felswand, haben sie ihre größte Wohnstätte, und dort halten sie auch etliche Schafe und Ziegen, die im Sommer nach der Weidezeit nicht mehr ins Tal zu den Bauern heimkehren wollen. Mit kleinen, goldenen Schlitten fahren die WILDEN FRÄULEIN über die Berge und Jöcher.

Eine solche wird jetzt herbeigefahren kommen und wird das halberfrorene Menschenkind auf den Schlitten nehmen und mit ihm übers Joch in die Fräulashöhle reisen oder reiten oder fliegen. Am besten geht das im Winter in den eisigen, den schneebedeckten Höhen.

Die WILDEN FRAUEN und die WILDEN FRÄULEIN sind die Herrinnen dieser wilden Bergregionen. Eine von ihnen ist die geheimnisvolle RUSILANA. Eine andere von ihnen ist die LANGTÜTTIN. Andere kennen diese Frauen als WEISSE FRAUEN.

Das ist auch so im Passeiertal, das Ana nach Überwindung schrecklicher Begebenheiten und nach geheimnisvollen Begegnungen erreichen will.

Ana weiß, dass in dieser wilden Welt der Gletscher und der sommerlichen Schneestürme die Langtüttin hausen müsse, genau zwischen Niederjoch, Eisjoch und dem Timmelstal.

Wie von einer unheimlichen Welle hinaufgehoben, wie durch die Lüfte fliegend, vermeint Ana jetzt in einem goldenen Schlitten zu sitzen und schnurstracks dem Eisjoch zuzufahren, dort abzusetzen, knapp unter dem Joch in einer Felshöhle zu verschwinden, dort in einer ungeheuer wohligen Wärme und einer Welt voller Glanz und Kristall geborgen sein zu können.

Der hungrigen Ana werden frische Bergkräuter und duftende Ziegenmilch – oder ist es die noch wundersamere Milch der Gämsen? – gereicht.

Alles wie in einem Traum. Ana fürchtet sich, wieder aufwachen zu müssen, weitergehen zu müssen, um vor Anbruch der Dunkelheit das erste Haus von Lazins erreichen zu können.

Unten im Tal, so heißt es, habe in früheren Zeiten der alte Thomeler gehaust. Wie er gestorben und begraben worden ist, wird auch der kleine Bub mitgegangen sein, der von der einzigen Tochter des Thomeler abstammen soll. Weil der alte Thomeler aber ein gar arger Mensch und auch ein Leuteschinder gewesen sein soll und weil er die anderen Bauern beim Handel mit Getreide gar arg betrogen haben soll, haben sich die Leute schlimme Geschichten zurechtgedacht und haben sie weitererzählt. Sie haben gewusst, wie es dem alten Thomeler einmal ergehen würde.

Das kleine Bübl, also sein Enkelkind, hat er nicht als sein Enkelkind anerkennen wollen und hat es aus dem Haus in den Wald und hinauf in die Berge geschickt. Verjagt hat er sein Enkelkind. Das Bübl ist verschwunden und die anderen Leute von anderen Höfen und Häusern haben nach dem Kind gesucht; drei Tage und drei Nächte, und haben alles abgesucht. Die Weiberleute sind in die Kirche gegangen. Haben gebetet und Kerzen angezündet. Der Pfarrer hat sogar das Allerheiligste herausgenommen und hat es auf den Altar gestellt. Ein Kapuzinerpater, dem große Weisheit und vor allem die geheime Kunst der Teufelsaustreibung zugeschrieben wird, ist herbeigerufen worden. Er müsse auf Geheiß des Pfarrers die „Zwangsmesse" feiern. Das solle bewirken, dass der verlorene Bub wieder herausgeholt werde aus seinem Versteck oder gar aus dem Zugriff böser Mächte, etwa gar des Teufels. Es wurde sogar ausgerufen, dass es einen Finderlohn geben würde.

Sie haben das Bübl gefunden. Und sie haben gemeint, es müsse am Sterben sein, müsse viel Hunger und Durst haben. „Nein, nein", sagte das Bübl, „a weiße Frau ischt kemmen und hott mir zu Essn gebm und zen Trinkn." Die WEISSE FRAU ists gewesen. Das Bübl ist ein starker Bursch und Mann geworden. Freilich ist es auch der größte Raufer in der Talschaft geworden.

Die WEISSE FRAU hat es droben in den Bergen genährt. Sie wird ihm auch etliche geheimnisvolle Kräfte mitgegeben haben mit ihrer Nahrung.

Mit letzter Kraft gelangt Ana schließlich zur Lazins Alm. Sie findet dort Unterkunft für eine Nacht; Buttermilch, Speck und selbstgebackenes, frisches Brot. Ja, und sie müsse mehr von ihren Erlebnissen erzählen.

Am nächsten Tag sucht Ana nach dem wilden Gletscher, den sie im Tal den HANGENDEN FERNER nennen. Dorthin soll die geheimnisvolle LANGTÜTTIN einst, vor vielen, vielen Jahren, verbannt worden sein. Dort würden die erstarrten Brüste herunterhängen; zu Eis geworden und immer weiter angeschwollen. Drüben im anderen Tal, hinter dem Schneeberg, hängt ein anderer Gletscher von den Wänden und Felsen. Auch dieser Gletscher ist ein HANGENDER FERNER. Dort und da büßen die Seelen, büßen die Menschen ihre Lasterhaftigkeiten. Sie sind Teil der KALTEN PEIN in den Fernern der Ötztaler und Stubaier Alpen.

Von der geheimnisvollen Langtüttin erzählen sie in den Tälern. Zumeist verschämt und hinter vorgehaltener Hand. Es sei eine gewesen. Sie hat am Pillerberg gewohnt. Dort haben sie eine Flur, einen kleinen Fleck, eine Halde, einen Abhang mit vielen Steinen „am Laner" geheißen. Dort liegt der weiße Stein. Ein weißer Stein mit einer Schale. Dort sind die Kittelfalten in schmalen Streifen in den Fels eingedrückt. Es sind Rinnen und Streifen, solche Vertiefungen, die sie der Hexe zuordnen.

Wegen ihrer langen Brüste so genannt, hauste die Langtüttin, von niemandem wirklich gesehen, weit droben. Einmal haben Hirten ihre Spur am Niederjoch entdeckt. Ein andermal am Laner. Dann wieder drüben im langen Königstal unter den Resten einer alten, einer archaischen Behausung. Sie ist ein „hässliches" Weib gewesen, erzählen die Sagen. Aber in Wirklichkeit ist sie eine Schönheit gewesen. Aber sie ist von Pfarrern und Patres zur Hexe gemacht worden. Es wird berichtet, diese Langtüttin wäre den Kindern nachgelaufen. Sie hätte ihnen die Brüste dargeboten.

Aus der einen floss Milch. Aus der anderen ist Eiter geflossen. Einmal, so wird erzählt, habe sie einen Buben zu sich genommen. Nein, sie hätte ihn geraubt. Es wäre der Enkel vom Thomeler gewesen, der dann der ärgste Raufer des Tales geworden ist. Dem Buben hat sie ein warmes Lager bereitet, hat ihm Milch zu trinken gegeben. Einmal habe sie ihm Nocken gekocht. „Willst Nockelen essn?“, hat sie ihn gefragt. Immer wieder schwärmen die Leute des Tales von den außergewöhnlich guten Nockelen.

Die Langtüttin hat manchmal auch auf dem Pillerberg hinter dem Timmel gehaust, und dort hat sie ihre Höhle gehabt, am Laner. Ein Hang, über den Lawinen donnern. Sie hat lange Zeit mit dem „Wilden Mann“ zusammengehaust. Die beiden haben unablässig miteinander gespielt. Wie Erwachsene spielen. Wenn sie Lust verspüren. Zur Abwechslung hat sich die Langtüttin ihre Lust mit dem kleinen Buben vertrieben und dann wieder mit einem kleinen Mädchen.

Immer wieder haben sie ihre Zeit mit Spielen verbracht. Sie haben gewürfelt, und immer wieder haben sie gewürfelt:

Einmal hatte sie neunundneunzigmal gewonnen. Doch das Hundertste verspielte sie. Deshalb musste sie zum Hangenden Ferner wandern und ward seitdem nicht mehr gesehen.

Auch der Wilde Mann ist verschwunden. Nur die Spuren seiner Schritte sind auf dem mächtigen Stein zurückgeblieben. Niemand kennt die Stelle, an der dieser Stein liegt.

Ana sucht den HANGENDEN FERNER. Dort hängen die Riesenbrüste der Langtüttin von den schrecklichen Felsen. Links und rechts und dazwischen ein Felsenband. Im Ferner hängen die Büßer vieler Jahrhunderte und Jahrtausende und warten auf Erlösung. Wenn die Ferner einmal wegschmelzen, werden auch die Leichen der Büßer aus der Wand herausfallen. Die Menschen dieser späteren Zeit werden nicht mehr wissen, welche Leichenteile und Knochenreste dort in den Schutthaufen der Moränen liegen. Sowieso sind die Geier sofort zur Stelle, wenn es Aas gibt und Knochenreste und harte Schädelknochen, die schier nicht aufzubeißen sind. Also schweben die Geier weit hinauf in die Lüfte und lassen die Schädel mehrere hundert Meter in die Tiefe fallen. Die Schädel zerbersten in viele kleine Stücke. Das Knochenmark ist ihre Lieblingsnahrung.

Ana hat immer wieder in den Stuben der Bauern, zumeist von den alten Müttern und Großmüttern, die Geschichten gehört.

Es ist die KALTE PEIN, meinen einige Leute in den Tälern rund um Similaun, Finail, Ramol, Marzell und Timmel.

Ana will mehr davon wissen. Deswegen geht sie an Pfelders und dem großen, wilden Wasserfall vorbei weiter hinein ins Tal nach Rabenstein und bis zu den letzten Höfen von Schönau. Die Leute sagen „Schönau“, obwohl es ein überaus gefährliches, immer wieder von Lawinen heimgesuchtes Loch ist, weit drunten und zuhinterst und zuunterst, wo niemand sonst hausen mag. Weil die dahinterliegende große Alm den Bauern von Schenna gehört, haben sie im Laufe der Zeit aus SCHENNA einfach eine schöne Au gemacht. Es ist eher ein „Bockloch“, wie die Spötter meinen. Von dort weg erreicht Ana eine wundersame, eine wunderbare und fruchtbare Alm. Dahinter und darüber ragen mächtige und abschreckende Gletscherberge, wilde Kolosse, die niemand aus dem Tal ersteigen kann. Es will niemand hinauf. Nicht einmal Jäger und Hirten wollen dort hinauf. Einer der Ferner dort ist der HANGENDE FERNER. Ana hat die Alm erreicht. Sie rastet sich aus. Sie trinkt Wasser aus der dortigen Quelle. Sie redet mit den Hirten. Sie bekommt Butterbrote und frische Buttermilch. Sie erkundigt sich nach den Geschichten, die von diesem extrem wilden und zugleich schönen Bergtal berichtet werden, die dort von den Leuten erzählt werden. Sie bekommt keine Auskunft, mit der sie zufrieden sein kann. Keiner der Hirten weiß Näheres.

Alle flüchten in knappe Ausreden. Jaja, da wären solche Geschichten erzählt worden. Von einer LANGTÜTTIN hätten sie nie gehört.

Es ist alles verdrängt und verschüttet. Draußen in der Pfarre Rabenstein haben sie von den Kanzeln herunter alles zugeschüttet. Nicht anders in Platt und in Pfelders, in Moos und in Sankt Leonhard.

Ana sucht. Ana findet nichts.

Wieder einmal liegt sie dann stundenlang wach und träumt.

Es erscheint ihr das Bild der büßenden Sünder im Eis.

DIE GREUEL DER VERWÜSTUNG
das schreckliche szenario einer alpinen apokalypse
das monster und das ungetüm über den bergen im eis
im schnee
drinnen die büßer und sünder
die greuel die strafe
die verwüstung die heimsuchung.
o du vermaledeites volk du vor allen
das du diesen ort bewohnst
schwer zu schildern wie es ist
weit besser sag ich wärt ihr schafe oder ziegen.
dort wende ich mich um und sehe
dort im berg die kalten wände
voll mit eis das aussieht wie aus glas.

eiskalt und hart und dort die büßer
menschen eiserstarrt mit kaltem blick
fahl und fleischlos weiße leichen

mit dem blick nach unten statt nach oben
verschränkt und ineinand verkeilt
offen aus der kälte starrend

da tropfen nicht mehr ihre vorher
feuchten augen sind erstarrt zu eis
da tropft es nicht mehr auf die lippen
lässt keine tränen rinnen alles eis
alles steifgefroren auch die lider
können nicht mehr schauen
nur mehr dort im eis erstarren
warten auf erlösung auf den tau
und immerdar im eise drin
DIE KALTE PEIN

nie hat sich holz in holz so fest verklammert
wo zwei böcke aufeinander stoßen sich verkrallen
solcher zorn ist losgebrochen
alles weint wenns geht
wenn nicht alles steifgefroren
büßend bis in alle ewigkeit ...
keiner schreit jetzt aus der wand:
erlöset mich erlöset mich!
fest verklammert hängen sie
an der steilen gletscherwand
erlöset sie erlöset sie.
im eis der ferner stecken ihre leiber
dicht aneinander
festgeschweißt in ewigkeit:
mäuler zungen nasen
schleim und rotz
mich packt das grauen
wehe wehe wenn sie leiden
drin im eis in ewigkeit
unerlösbar unerlöst

tausend schädel stecken fest im eis.
die einen nach unten hängend

kopf nach unten in die tiefe.
alles ausgespien ausgekotzt
blutleer unerlöst und dürr
andre müssen warten
auf erlösung aus der KALTEN PEIN
können hoffen
können warten
blutleer tot und kahl
fest sich aneinander klammern
wollen reden wollen schreien
wollen beten um vergebung
schädel stecken im kalten eis des „hangenden ferners“.
die einen nach unten hängend
alles ausgespien was in ihnen drinnen
blutleer tot und kahl
die andern sich mühsam
aufrecht haltend
aneinander klammernd
zungen festgefroren
in ihren mündern
steckt das eis der fäulnis
und sie wollen reden
klagen schreien weinen
alles festgefroren
innig ineinand verschlungen
zwei leiber aneinandgepresst
die zungen auseinandgebissen
schrecklich verzerrt
die augen ausgepickt
von den schwarzen raben

einander wie zwei liebende
umarmend aneinandgefroren
die nasen weggebissen

oh grauenvolles end:
wie gierig der hungrige
sein brot verschlingt
schlägt die zähne in das brot
hartgefroren wie aus eis
weiterdarben weiterbüßen
bis zum end
bis sich rückenmark und hirn verbinden

Ana erwacht. Schweißgebadet. Sie hat in die Zukunft schauen können. Wenn das Inferno über diese Gletschergegend kommt, über diese Bergtäler, in der kommenden Verruchtheit weit draußen im 21. Jahrhundert, im dritten Jahrtausend. Wenn das Inferno kommt und die große Vereisung der Welt. Angefangen hat es in den Bergen, wo die Menschen nach alter Überlieferung die SALIGEN verehrt haben und die scheuen WILDEN FRAUEN, und wo sie heimlich auch von der Lasterhaftigkeit ihrer LANGTÜTTIN erzählt haben, die mit ihren langen Brüsten die Buben und Mädchen erschreckt hat, die dem durstenden Buben die Brust mit der Milch gereicht hat und dem WILDEN MANN heimlich in der Nacht, dem schlafenden WILDEN MANN, die andere Brust mit dem Eiter ins offene Maul gepresst hat. Dass er daran erstickt ist.

Ana hat es vorausgesehen.

Sie will noch eine Nacht und eine weitere Nacht auf der Alm, knapp unter einem der HANGENDEN FERNER, verbringen.

In einem der Höfe in der Schönau hat ihr eine alte Mutter mehr von diesen Geschichten erzählt. Sie hat viel gewusst von der KALTEN PEIN, von den Büßern im Gletscher und von der Erlösung. Ja, auch von der Erlösung.

Totenkopf ich verbiete dir mein Haus und mein Hof
ich verbiete dir meine Pferde und Kuhstall
ich verbiete dir meine Bettstatt,
daß du nicht über mich trittst,
trete in ein anderes Haus
bis in alle Berg steigest
und alle Zaunstecken zählest
und über alle Wasser steigest,
so komme der liebe Tag
wieder in mein Haus
im Namen Gottes, des Vaters,
des Sohnes und des Heiligen Geistes.
Amen

es wird kommen das INFERNO und das finale mit den SIEBEN PLAGEN.

mit den sieben plagen, dass die berge brechen, dass die riesenbremsen alles getier auf almen und weiden in den tod treiben, dass die stauseen brechen und dass unermessliche wasserfluten die täler samt allen Menschen hinwegreißen, dass die wilden gifte in alles essen und trinken geraten (gott bewahr uns), in alle herbergen und hotels und rundherum wellness und unzucht und dass die heiligen kälber geschlachtet werden allesamt und alle wiesen und felder vertrocknen verdürsten hinabgeschwemmt werden, dass die neue EISZEIT kommt, die große neue strafe und alles unter sich verdeckt und alles übergossen und zuletzt o herr und gebieter und alle teufel und hexen: dass die menschen allesamt auf bisher nie dagewesene weise mutieren, degenerieren, verkümmern, dass ihre herzen und hirne schrumpfen, vertrocknen, sich verhärten, dass sie vereisen, schwimmend im eiter. das neue SODOM in den bergen, rundum in den bergen. und sie fallen übereinander her. kratzen sich die augen aus. fallen übereinander her. sterben. verrecken. eine NEUE ZEIT wenn das fieber kommt:

Bethe erstlich früh
alsdann kehre das Hemd um,
den linken Ärmel zuerst
und sprich:
Kehr dich um Hemde
und du Fieber wende dich,
und nenne den Namen dessen,
der das Fieber hat,
das sag ich dir zur Buß,
im Namen Gottes des Vaters,
des Sohnes
und des Heiligen Geistes.
AMEN.
Sprich diese Worte
3 Tage nacheinander,
so vergehet es.

Maria, die Landgehermama, kehrt mit der Sippe zurück über den Jaufen, will über den verschneiten Jaufen zurück. Sie sucht für die Reste der Sippe die Orte ihres Herkommens, den Stall, die Scheune, den Schuppen, den Unterschlupf bei alten Lawinenresten, die geheimen Plätze im Tal.

Sie zieht den Beschwörungszettel aus ihrem Rock, zusammengedrückt und kaum lesbar, schmutzig und abgegriffen. Sie liest von der Pest und der Seuche und von den Verhexungen des Leibes und des Lebens und allen Verhütungen.

Überall im Tale hören sie von kommenden Ereignissen.

Es ist der Weltuntergang.

Es ist fürwahr die große ZOOFE.

Sie nennen die große Seuche in ihrer Sprache eine „Zoofe". Die wird alle und alles erfassen. Und es werden sich alle Winde drehen. Es wird von den Bergen herunter die große Kälte kommen. Es werden wieder wie ehedem die Gletscher zu wachsen anheben und werden in erschreckender Geschwindigkeit und Größe in die Täler vorstoßen. Die Menschen schreien. Droben sehen sie das WEISSE KALB über die Kare der Berge heruntersteigen, das Kalb wird sich hinabbewegen, wird immer größer werden und immer schneller, wird alles niedertrampeln. Die Pfarrer und Hoteliers werden sich vereinigen und werden dem Kalb entgegengehen, mit Weihrauch, Kreuzen und vollen Geldwampen.

Überall wird es Anzeichen geben einer neuen verheißnen Zeit oder des Untergangs.

Der Landgehertatte heißt seine Maria eine Hexe. Wie bei einer Wahrsagerin werden sie all ihren Verheißungen und Verbannungen Glauben schenken. Sie wird den Leuten in den Dörfern die schrecklichsten Dinge einreden können. Zigtausendfach wird sie sie Fraißzettel drucken lassen und sie übers Land verteilen, über den Bergen abwerfen lassen, bis in die hintersten Winkel des Landes.

Der Landgehertatte will es verhindern, reißt ihr die Zettel aus der Hand. Seit dem Erlebnis in der Gnadenstätte zu Maria Trens mit der Vertreibung durch den Geistlichen und dem Eingraben des toten Kindes ist mit ihm eine Veränderung geschehen. Still, beinahe stumm und wortlos, begleitet er seine Sippe, bleibt oft stehen, zieht aus der Rocktasche immer öfter die Schnapsflasche. Seine Geschäfte in den Dörfern gehen schlecht. Als ob es keine zerbeulten, durchlöcherten Pfannen mehr gäbe, keine schartigen Messer und zerfransten Regenschirme. Die Leute stecken in ihren Häusern und Höfen, als wollten sie sich rechtzeitig vor dem kommenden Unheil, das sie ZOOFE nennen, in Sicherheit bringen. Die Bauern gehen kaum aus dem Haus. Kärgliche und steilere Wiesen werden nicht mehr gemäht. Die kleinen Bergsensen, die sie „Hacker" nennen, bleiben auf den Gestellen hängen, verrosten, die hölzernen Stiele verfaulen. Nur was leicht geht, wird gemacht. Weiterhin werden die Kühe gemolken. Beim Buttermachen spüren sie, dass eine andere Zeit kommen wird.

So viel sie auch mit dem Stoßbutterfass herumtun und so lange sie auch stoßen, heben und stoßen – es gelingt nicht, schöne, gelbe Butterknollen herzustellen. Die Butter lässt sich nicht zu festen Knollen pressen und schlagen. Es ist ein armseliges Gebrösel. Und überall stecken die Hexen. Eine Nachbarin, die alles verhext hat. Und überall in den Dörfern vermehren sich die BUSSPREDIGER. Es sind die vom allerhöchsten Bischof in die Dörfer gesandten Patres aus den Klöstern zu Stams, Imst, Wilten, Meran. Sie predigen von den Sünden und der immerwährenden Lust und der Lasterhaftigkeit und den Strafen Gottes.

Es liegt in der Luft, meinen die einen.

Es liegt an den großen Kriegen, die weitum in den nahen und fernen Ländern geführt werden, sagen die anderen, und den Kanonen, die die Luft verseuchen und die den schwarzen Regen bringen, und es liegt an den neuen Eisenmonstern, die durch die Täler stinken, und es liegt vor allem an der zunehmenden und sich schnell vermehrenden Lasterhaftigkeit der Leute. Wie eine Seuche breitet sie sich aus.

Die Landgehermama muss in vielen Dörfern behilflich sein. Meist verrichtet sie ihre Tätigkeit ohne Entgelt. Kräuter sammelt sie neben den Wegen, im Wald, auf ihr bekannten Steilwiesen, in dunklen Gräben, nahe dem Wasser, und sie weiß genau zu unterscheiden, welche Kräutlein heilsam sind, welche als Giftkräutlein besondere Leiden vertreiben können. Immer weiß sie genau, welche Menge und wie zu verarbeiten.

Die Gebrechen der Leute nehmen zu. Viele Leute jammern, es würde das Atmen immer mehr eine Beschwernis sein. Immer stärker würden sie ein unheimliches Schwirren und Zittern in der Luft spüren; einmal heiß aus dem Süden, wie sie es noch nie erlebt haben, und einmal kalt von den Fernern herunter, die in den letzten Jahren mit ihren Eiszungen immer schneller in die Täler vorstoßen. Die Leute reden vom weißen Kalb, das über die Kare heraussteigt und dann herabsteigt. Es ist unheimlich geworden. Es wird sie erdrücken. Erste Anzeichen der neuen Zeit spüren sie am immer eisiger werdenden Wind von den Gletschern herunter. Das Getreide reift nicht mehr. Die Erdäpfel verfaulen in der Erde drinnen. Die Bienen sammeln keinen Honig.

SIEBEN PLAGEN kommen über das Land, predigen und prophezeien die Bußprediger und rufen auf zum Beten und zum Sammeln. Die Büchsen der Sammler müssen prall gefüllt sein. Der Segen Gottes wird davon abhängen.

Die Landgehersippe will über den Jaufen hinüber und dann hinunter ins ehemals heimatliche Passeiertal. Von dort ist der Lanigertatte gekommen. Von dort sind sie weggezogen. Sie haben müssen wegziehen. Sie sind verjagt worden. Sie kommen jetzt wieder und sie nutzen alte Rechte, nach denen sie auf sogenannter „Heimaterde“ die harten Winter verbringen können, wo sie im Falle von Siechtum, Krankheiten und Alter ihre letzten Tage verbringen dürfen. Wo sie ausgestoßen und abgeschoben in einem nicht mehr benutzten Stadel im Heu und Stroh, bei Schweinen und Ziegen, ihre letzten „Heimatstunden“ verbringen können.

Der Landgehertatte spürt, dass seine Kräfte versagen. Er will zurück. Wenn er fallweise und immer seltener laut polternd und schreiend, dann wieder lallend und winselnd, die steilen Wege jochwärts gehen muss, wird es den Angehörigen seiner Sippe unheimlich.

Nur mehr das zuletzt geborene Kind, das inzwischen etwa drei Jahre alte Mädchen, zieht mit dem Rest der Sippe bergwärts. Die anderen Kinder sind nicht mehr da. Eines nach dem anderen sind sie weggestorben, sind begraben worden, liegen im hinteren Timmelstal, sind in den Dörfern abhanden gekommen, haben sich anderen Sippen angeschlossen.

Sie hoffen, drüben hinter dem Joch auf ihre Älteste treffen zu können. Ana ist die letzte Hoffnung der Sippe, der Landgehermama und gleichermaßen vom Landgehertatte.

Die letzten Reste früherer Schönheit, karger und harter Schönheit, hat die schnell alternde Mama verloren. Die „rassige" Art ihrer Haare ist verschwunden. Es sind dunkelgraue, schmutzige Strähnen. Die typische Hakennase, ehemals eher unauffällig, hebt sich immer deutlicher und markanter heraus. Der Blick ihrer dunklen Augen ist getrübt worden. Unförmig ist ihre Gestalt. Das Gebären und die alles andere als schonende und pflegliche Behandlung ihres Körpers haben deutliche Spuren hinterlassen.

Dem Lanigertatte graust es manchmal. Dann flucht er still in sich hinein.

Knapp unter dem Joch geraten sie in den ersten Schneesturm. In einer Heuhütte finden sie vorübergehend Schutz.

Es packt sie der Hunger.

Wieder beginnt die lange Zeremonie des Zubereitens eines Igels. Den haben sie in einem Korb mitgenommen. Und ein totes Murmeltier. Als sozusagen eiserne Reserve.

Jetzt ist wieder der Lanigertatte der Chef und Herr. Er beginnt ein Feuer zu machen, rollt ein paar Steine heran, findet in der Hütte Reste eines Eisenbeschlages, baut damit einen Eisenrost über den Steinen. Die Mama sammelt ein paar Kräuter hinter der Hütte, wo der Schnee nicht hingefallen ist. Mit dem Röhrchen sticht er in den toten Igel hinein, bläst ihn wie zu einem Luftballon auf, verschließt das durch den Einstich entstandene Loch und wartet darauf, dass aus dem Feuer nach und nach die passende Glut entstehen möge. Er wartet. Seine Maria wartet. Kalt und durchfroren trotz des Feuers. Dann legt der Tatte den präparierten Igel knapp über die Glut, lässt ihn schmoren, dreht ihn um, wendet und wendet ihn. Dann verzehren sie den halbgebratenen Igel. Rundum erleben sie das große Grauen eines solchen Schneetages in den Bergen, das Erkalten in der Natur und das Erkalten ihrer Glieder, das Ersticken ihrer Reden. Schon längst haben sie darauf vergessen, wieder eine Geige zu erwerben, eine Geige zu stimmen und darauf zu spielen. Die letzten Töne und Klänge einer verschwundenen Welt sind verstummt.

Es kommen harte Zeiten.

Sie merken es an den Vögeln, die sonderbar über den Bergen kreisen. Wie sie unsicher und erschreckt die Flügel zusammenschlagen, wie sie sich klagend und schreiend auf den Bäumen niederlassen, nicht auf den höchsten Wipfeln, sondern in den untersten Ästen. Als ob sie flüchten und sich verstecken wollten. Und wie die Käfer und Mücken und Mäuse aus den Wäldern und Weiden flüchten; wie aufgeschreckt. Sie merken es am Geschrei der Raben, die über die Berge streichen und gierig auf Beute warten. Es klingen jetzt andere Töne.

Sie hören es an den Murmeltieren, die in Jochnähe in ihren Höhlen hausen. Ängstlich ist ihr Pfeifen. Es geht durch Mark und Bein. Es ist wie ein unaufhörliches Warnen vor einem ganz anderen Feind. Das Pfeifen will nicht aufhören. Aus einem anderen Bau setzt ein neues warnendes Pfeifen ein, dann aus einem weit abgelegenen weiteren Bau, und die Klagstimmen vereinen sich. Die Vögel ziehen ab.

Die Menschen sind die Letzten, die das alles wahrnehmen. Am ehesten sind es die erfahrenen Landgeher, die den stillen und inneren Geheimnissen der Natur noch am nächsten kommen.

Der erste Schneesturm ist vorbeigezogen. Nahe dem Joch erwartet sie der zweite, der wesentlich stärkere Schneesturm. Sie kauern sich unter einen großen Stein. Es ist wie drüben unter dem TOTENSTEIN. Dorthin könne man flüchten, dort könne man Schutz finden und müsse trotzdem in der kalten Nacht erfrieren. Das erwartet jetzt die Landgehersippe. Das erwartet die Reste der Landgehersippe; den Tatte, die Mama und das Kind.

Wenigstens sind sie halbwegs satt geworden. Die wenigen Schlucke in der Schnapsflasche sind eine eiserne Reserve. Wie eine Droge. Wie ein starkes Gift. Dann wird alles vergessen sein und es kommt der stille Tod.

„Ana, unsere Ana, ist eine HEILIGE.“ Mitten in die Bergnot hinein hat es die Mama geflüstert. „Ha“, darauf der Tatte. „Was ischt?“ – „Nix“, darauf die Mama. „Ich habs gehört. Sags lauter!“ Und wieder die Stille zwischen den beiden.

„Ana ist eine Heilige.“

Die Maria vertraut darauf. Diese eine und einzige Hoffnung ist ihr geblieben. Ana wird das Wissen um Kräuter und Heilsamkeit weiterführen. Wenn sie in einem Kloster landet, wird sie halt beten und beten und Hand auflegen und anhauchen und Trost spenden.

Wird sie heiraten? Wird sie Kinder bekommen?

Lebt sie noch? Werden wir sie drunten in Sankt Martin oder beim heiligen Leonhard treffen?

Unter den kalten Stein gekauert, überkommt die Landgehersippe die wohlige Wärme der neuen Hoffnung. Eine Erlösung von allem Übel.

Unter dem kalten Stein im Schneesturm werden sie diese Nacht nicht überleben. Dann können die Geier und die Raben und die gierigen Füchse kommen. Alles kehrt wieder zurück in die Natur. Nichts bleibt übrig. Die Landgehermama schaut in einen kleinen Himmel hinauf.

Bevor sie Hand in Hand mit dem Tatte und dem Kleinkind die Erlösung durch den Eistod erleiden darf.

Sie schlafen ein. Sie erwachen wieder. Der Schneesturm hat aufgehört. Hell und unwirklich nahe kommt der Mond über die Schneeberge, fällt zu ihnen herab, beleuchtet und durchstrahlt sie. Das Paar und das Kind haben überlebt. Der Tatte hustet. Spuckt Blut. Aber er lebt.

Die Mama glaubt an die Kraft der Heiligkeit ihrer Ana.

Sie packen die kärglichen Reste ihres Überlebens zusammen und stapfen mehrere hundert Meter durch den Schnee, erreichen endlich die ersten schützenden Bäume, dichte Zirben, unter denen es trocken ist. Dort rasten sie. Der Tatte spuckt Blut. Die Mama will ihm helfen.

Beim Hinabgehen über die ersten Steilstufen des Weges stürzt der Tatte kopfüber hinunter, fällt mit dem Kopf auf einen Stein, reißt sich das halbe Gesicht auseinander. Das Blut rinnt über den Körper. Und er „verendet", wie die Leute beim Vieh sagen. Jetzt „verendet" der Lanigertatte. Das Ende ist gekommen.

Noch lange nicht ist das Ende der beschwerlichen Wanderung und Pilgerfahrt und Plagerei für die Übriggebliebenen gekommen. Maria, die Landgehermama, läuft so schnell sie kann zum ersten Haus hinter dem Joch, verständigt dort die Leute vom Dahinscheiden, vom Verrecken, vom elendiglichen Ende ihres Tatte. Die Leute wollen nicht helfen. Soll sich die Sippe selber helfen. Haben ihr Leben lang den Bauern Hennen und Speck und Eier gestohlen, sind die halbwüchsigen Buben ganz wild gewesen auf die jungen Mädchen in den Häusern und Höfen. Sind nicht in der Kirche gesehen worden, nicht an Sonntagen, nicht an Feiertagen. Sollen ihren Tatte im Wald einscharren.

Da ist eine der sieben Plagen über das Tal gekommen. Da brechen oben in den Bergen die Felsen, brechen los, reißen immer gewaltigere Stein- und Felsmassen ins Tal. „Wenn die Berge auseinanderbrechen.“ Dann kommen Verderben und Untergang ins Tal.

Zuerst müssen die Wanderer und Büßer vom sechsten zum siebenten Kreis niedersteigen, in den die Gewalttätigen gebannt sind. Der Abstieg ist nur möglich, weil ein Felssturz, der beim Tode Christi niederging, eine Schutthalde geschaffen hat. Vom Gsellerberg herab sind die Muren gekommen, knapp hinter dem Bergsturz.

Das hat in diesen Tagen stattgefunden. Die Lanigermama hat die Drohung hinaufgeschickt. Es fallen die Berge über uns. Es ist die Rache der Natur. Ja, die Berge brechen auseinander. Vom ältesten Ereignis in diesen Bergtälern sind die Erinnerungen geblieben. Durch dreitausend, durch viertausend Jahre hindurch. In ihren Sagen ist es zu finden. Immer eine Gottesstrafe.

Maria, die Landgehermama, beschwört die Mächte des Himmels und die Mächte der Hölle, es möge die gerechte Strafe niederbrechen. Die Berge brechen auseinander. Das älteste Ereignis, von dem Kunde getan werden kann, sind die Bergstürze am Tschirgant und zu Fundus.

Zur gleichen Zeit steigt die Ana, die wundersame Ana aus der Sippe der Landgeher, wie eine Fee, wie eine SALIGE, leibhaftig und aus Fleisch und Blut draußen im Inntal zur „weißen Wand“ des Tschirgant auf. Vom größten Bergsturz aller Zeiten ist die „weiße Wand“ zurückgeblieben und strahlt seit Jahrtausenden, vielleicht seit zehntausend Jahren. Nach anderen Angaben sind es nur dreitausend Jahre. Da stürzen 200 Millionen Kubikmeter Felsen vom Gipfelmassiv ab. Das sind 500 Millionen Tonnen Fels, Gestein und Geröll. Ein Berg ist gebrochen. Die Reflexion der „weißen Wand“ ist so stark, dass dort Weinreben wachsen, dass dort edle Weine gekeltert werden können. Bis in die Gegenwart.

Siedlungen sind überschüttet worden. Der Inn ist aufgestaut worden. Zwanzig Kilometer talaufwärts bis Humiste, und weiter oben ist ein mächtiger See entstanden. Der Inn bahnt sich langsam durch. Das Forchet mit den ausgedehnten Föhrenwäldern ist entstanden. Auch in der alten Siedlung im heutigen Haderlehn ist das Leben von mehreren Sippen ausgelöscht worden.

Ana hockt in einer der mächtigen Schutthalden. Sie sucht den weißen Stein vom Tschirgant. Der Teufel soll ihn herabgeschleudert haben. Ana klettert weiter hinauf, rutscht wieder ab, vom rieselnden Schotter mitgetrieben, wie in einer langsam dahingleitenden Nassschneelawine. Ana sucht Halt. Sie rutscht weiter. Unaufhaltsam bis zu den ersten Bäumen. Dort bleibt sie hängen, richtet sich auf, fasst nach einem Ast. Der Ast bricht. Anna fällt auf die harten, spitzen Steine. Das Blut rinnt. Es könnte wohltätig warm sein. Anas Blut färbt die Steine rot. Dort werden die Schlierenzauer vielleicht eine Martertafel aufstellen. Ana sucht den Stein. Es ist ein weißer Stein, auf den ihr Blut hinabtropft, hinabrinnt, fast, als ob sie ausbluten würde. Es ist nicht der richtige weiße Stein, nach dem sie sucht und zu dem es sie zieht. Magisch und ohne Widerstand leisten zu können. Ana greift nach dem Blutsaugeschwamm. So hat sie es von der Mama gelernt, und so hat es die Mama von ihrer Mama gelernt, und so haben es viele Mütter aus alten Geschlechtern gelernt. Das Blut hört auf zu rinnen. Ana bekreuzigt sich. Der Teufel will sie holen. Der Teufel erwischt sie nicht. Ana beginnt zu laufen, stolpert, fällt, richtet sich auf, geht weiter, beginnt im lichten Föhrenwald immer schneller zu laufen. Stundenlang läuft sie durch den schütteren Wald, durchsetzt von Geröll und immer wieder von großen, mächtigen Steinblöcken, ganzen Felsen. Sie weiß, dass alles von oben gekommen ist, vom Losbrechen in der weißen Wand. Mehrere Dörfer sind verschwunden, sind unter den herabstürzenden Massen begraben worden. Der aufgestaute Inn hat erst nach mehreren Tagen die Schutt- und Steinberge durchbrechen können. 200 Millionen Kubikmeter Fels brechen ab. Es sind 500 Millionen Tonnen. Ana erschrickt, schaut hinauf, sieht in der weißenWand die große Kluft, den Riss. Berge spalten sich. Berge brechen herab. Ana läuft Richtung Haderlehn. Schon wieder eine Lawine. Von dort aus will sie den Lawinenhang aufwärts zu dieser Stelle klettern, die nach Meinung der Leute des Dorfes der Opferstein ist. Dort hätten sie Menschenopfer dargebracht. Der große Stein ist noch immer dort. Er ist nicht weiß. Er ist jetzt grau und verwittert, moosbewachsen. Dahinter eine Schlucht, ein steiler Absturz, darunter das Wasser. Ana steigt über die Lawinenreste, rutscht aus, richtet sich auf. Alles sehr mühsam. Jetzt hat sie den Stein gefunden, den sie gesucht hat, überwachsen und verdeckt von Moos und Flechten. Zuerst vorsichtig, dann schneller streicht sie mit beiden Händen, zuerst an der Innenfläche, dann an der Außenseite, über die Steinplatte, den mächtigen Felsen, mehr als eine Körperlänge in der Breite und in der Länge. Sie spürt eine Kraft, die vom Stein ausgeht. Ihr wird schwindlig. Ana kratzt am Moos, kratzt an die Blöße des Steines, streicht an den Rillen entlang, sucht nach der tiefen Schale im Fels, findet die Schale, legt sich flach über den Stein, in ihrer ganzen Länge, umarmt den Fels. Jetzt hat sie den weißen Stein gefunden. Sie erhebt sich, kniet nieder, weint und betet. Dann schreit sie so laut sie es vermag. Sie will ihre Kraft erproben. Dort haben die ersten Bewohner des Tales, wenn sie ihr Vieh auf die Alm getrieben haben, ihre Opfer dargebracht. Wie überall an solchen Plätzen im Land. Ana, die belesene Ana, hat davon nichts in den alten Büchern und Aufzeichnungen finden können. Sie hat im berühmten Kloster des Vinschgau nichts darüber erfahren können. Aber sie hat von älteren Leuten davon gehört und sie hat nachgefragt. Und jetzt hat sie einen der mächtigen Steine gefunden, auf dem die Leute ehemals Opfer gebracht haben. Ein durch das Los ausgewähltes Lamm ist auf dem Stein geschlachtet worden. Das Blut muss rinnen, muss über den ganzen Stein nach allen Seiten rinnen. Ana leckt den Stein. Ana will das Blut riechen, will Reste des Blutes auf der Zunge spüren.

Völlig erschöpft steigt sie ab. Sie will hinten im Tal den geheimnisvollen Fundus-Abbruch finden. Sie will dort zuhinterst im Seitental die Reste des alten Gemäuers finden, von dem die Leute sagen, es wäre dort ein reicher Bauer gewesen, der hätte alles im Kartenspiel, mit Wetten und Lasterhaftigkeiten verspielt. Dann ist der Berg gekommen.

Ana hört das Krachen und Bersten des Berges. Immer lauter. Zuerst ist es ein inwendiges Grollen, dann das Rumpeln. Es dröhnt und kracht. Sie hört es. Sie will es nicht mehr hören. Hält sich die Ohren zu. Flüchtet in den nahen Wald. Sucht dort Erdbeeren und Pilze. Will die Pilze in rohem Zustand essen. Findet einen Fliegenpilz, knabbert daran, schluckt einen Teil, spuckt den größeren Teil aus, wartet, was sich in ihrem Körper ereignen würde.

Ana ist immun geworden. Ana hat vom Opferstein Blut geleckt. Ana wird immer stärker.

Drei Milliarden Kubikmeter sind weiter drinnen im Tale abgebrochen. Eine komplette Bergspitze von ehemals 3000 Metern wurde bis auf 2200 Meter reduziert. Fast sieben Milliarden Tonnen Gestein blockieren das alte Ötztal. Es soll vor gut zehntausend Jahren geschehen sein. Im gewaltigen Zutalfließen der Gesteinsmassen erhitzen sich die Gesteine auf 1800 Grad. Sie schmelzen und rinnen als zähflüssige Masse, vergleichbar dem Lavastrom, in die Tiefe. Das basaltähnliche Gestein wird später KÖFELSIT genannt, nach dem kleinen Bergdorf Köfels. Das Tal ist versperrt. Erste Ansiedlungen nahe dem Talboden werden zerstört. Heiße Quellen öffnen sich. Giftige Gase entsteigen. Später nennen es die Menschen Radon und sie wollen daraus mächtige Gesundheitsstollen bauen. Das Tal ist abgesperrt. Erst neuntausend Jahre später trocknet der See aus. In „loco tubris“, dem heutigen Langen Feld, entstehen nach und nach die ersten Siedlungen, Längenfeld geheißen und Dorf und Winklen und Au, und auf „der enteren Seite“ Unterried, Lehn und Oberried und noch zwanzig weitere Siedlungen, Bauerndörfer zuerst, dann immer mehr solche Fremdenheime, wo sie die „Gäste“ bewirten, ausnehmen, melken, sie wieder füttern, loben und preisen. Ana spürt nichts mehr. Alles in ihr scheint abgestorben. Sie hat vorausgeahnt, was über dieses Tal hereinbrechen wird; achtzig oder hundert oder hundertzwanzig Jahre später.

Knapp hinter dem heutigen Huben stürzt eine ganze Felswand auf das Sägewerk. Vorher rastet sie bei der Quelle, die der „Grüne Brunnen“ heißt. Dort trinkt sie und rastet. Vom Felssturz wird alles zertrümmert. Knapp dahinter und taleinwärts hat sich ein anderer Felsblock gelöst und stürzt auf den Betrieb einer Zimmermeisterei. Einer der Arbeiter wird erschlagen.

Ana durchwandert das Tal, kommt zu „Unserem Herrn im Elend“, der kleinen Kapelle über einem Felsen. Immer wieder sind an einzelnen alten Bäumen Erinnerungstafeln befestigt worden, mit Bildern schrecklich zugerichteter Menschen, von herabfallenden Steinen erschlagen, die Eingeweide heraushängend, die Zugtiere daneben. Darunter die frommen Sprüche. „Allhier zu Tode gefallen der Hirt“, „Allhier von einem Felsbrocken zerschlagen. Gott sei gnädig seiner Seel.“

Eine nahezu endlose Geschichte von großen und von größeren Bergstürzen und Steinlawinen, von verwüsteten Dörfern und von tiefen Wunden. Unerbittlich wütet immer wieder die gefürchtete Mure vom Gsellerberg im Passeiertal. Durch die Mure wird das Tal gestaut. Es bildet sich ein See. Der See bricht aus. Das geschieht nachweisbar in den Jahren 1419, 1503, 1512, 1572, 1721, 1772 und 1773. Der gefürchtete „Kummersee“ ist die große Kummernus des Tales und richtet beim mehrmaligen Ausbruch große Schäden an. Es soll geschehen sein, dass auch die schöne alte Stadt Meran betroffen worden ist. Es soll so plötzlich und unerwartet der Wasserschwall zu den Stadtmauern gedrungen sein, dass die Mauern durchbrochen worden sind, dass mit der Spitalkirche mitsamt zelebrierendem Priester und hinweggeschwemmtem Spital ingesamt bei vierhundert Menschen getötet worden sind. Auch wieder 1503 – „in der finsteren Nacht des 14. September stürzen unter furchtbarem Getöse des Wildbaches die Ringmauern von Meran ein, während die Wiesen und Äcker der Umgebung der Stadt grässlich verwüstet werden."

Hüben und drüben trifft zusammen. Die Mama sucht Hilfe. Sie will ihren Tatte bestatten. Kein Pfarrer, kein dörflicher Gewalthaber will helfen.

Zwei Tage lang reißt sie mit bloßen Händen die Erde auf, lupft schwere Steine herauf, betet und weint und flucht.

Jetzt ist die Grube tief genug. Sie legt ihn hinein. Sie deckt ihn mit Ästen der Legföhren zu, schüttet die herausgegrabene Erde darüber. Mitsamt den Steinen und dem Fluchen und den Tränen, schickt ihm, dem Tatte, Verwünschungen und Segnungen und alles durcheinander ins Grab hinab. Die Arme weit ausgebreitet, schickt sie ihre Verwünschungen in die Berge, dann ins Tal hinunter zu den bösen, harten Menschen. Immer wieder vom Weinen unterbrochen.

Zuletzt steckt sie zwei zu einem Kreuz geformte Latschenäste in die Erde auf dem Grab. Sie geht ins Tal, gemeinsam mit der Kleinsten.

Über ihr und unter ihr scheint die Welt zusammenzubrechen.

Das alles ist erst der Anfang einer Serie beinahe unaufhörlichen Wütens der Elemente und der Bedrohungen für Leib und Leben. Die Berge sind „rogel" geworden, vermelden ältere und erfahrene Menschen, die in den Bergen zu tun haben, die Jahr für Jahr mit Schafen unterwegs sind, die als Pilger auf Erden Jahr für Jahr die beschwerlichen Wege über vergletscherte Jöcher wagen, die zur Madonna pilgern, zu „Unser Frau“ im Schnalstal, zur Madonna in Trens, zur Madonna im „Kalten Brunnen“, zum schrecklich zugerichteten „Herrn im Elend“ in der kleinen Kapelle auf der Bruggen, auch zur Felsplatte, die sie den weißen Stein nennen, und oberhalb der Kirche zum mächtigen Felsen, den sie die Teufelsplatte nennen, und drinnen im Königstal, wo der alte Wohnplatz der Saligen zu erkennen ist und wo im Windach drinnen der Fräulasstein liegt und darunter die Fräulashöhle. Das alles ist lebendig geblieben.

Mehr und mehr, bedrohlich, nehmen die Gefahren in den höheren Regionen der Berge zu. Ab 2600 Metern wird es dramatisch. Durch langanhaltenden, durch Jahrhunderte gesicherten Frost sind die Felsen zusammengehalten worden. Die Menschen nennen es den PERMAFROST, der in wenigen Jahren von 2600 auf fast 3000 Meter angestiegen ist. Das Auftauen und Schmelzen ist wie eine zweite Plage. Es drohen Bergstürze in Ausmaßen, die sich die Menschen dieser Täler und dieses Landes nicht vorstellen haben können. Sie wagen nicht, daran zu denken. Den apokalyptischen Horrorszenarien der Warner und Mahner wollen sie nicht glauben.

Es wird geschehen: O Schrecken! O Grausen! Berge werden zusammenstürzen. Sie fallen über uns. Sie zerstören in diesem einzigen Bergtal fünf und dann sieben Dörfer. Nahezu siebentausend Menschen liegen tot unter den Trümmern. Dörfer werden komplett ausgelöscht.

Ana, noch immer unterwegs, besucht den geistlichen Herrn ganz hinten im Tal. Sie hört ihm zu, wenn er von den großen Schrecknissen erzählt. Gierig verschlingt sie, was der freundliche und scheinbar allwissende Herr ihr zu lesen gegeben hat. Es wären erst knapp hundert Jahre seitdem vergangen, und Ähnliches drohe den Menschen dieses

Tales, von dem kundige Forscher behaupten, es wäre das Tal der meisten und der häufigsten Naturereignisse, insbesondere der Muren, Felsstürze, Bergstürze und Lawinen.

Im schweizerischen Goldau, so hat der alte geistliche Herr berichtet, haben wir „die ersten Vorboten“ erkennen müssen. 1806 brechen 40 Millionen Kubikmeter Fels ins Tal. Mehrere Dörfer sind ausgelöscht. Es werden 457 Todesopfer beklagt. 330 Gebäude sind zertrümmert. Die bisher „größte Naturkatastrophe auf dem Gebiet der heutigen Schweiz“ hat nur einige Minuten gedauert. Dann ist die Welle in den Lauerzersee hineingefahren. Ein hoher Wasserturm entsteht. Einem Tsunami gleich stürzt die Wasserwelle weiter und richtet unersetzbare Schäden an.

Das kann so oder ähnlich heute und morgen oder übermorgen zuhinterst bei der Zwerchwand oder von den Schröfen zu Luibis abbrechen. Die meisten Opfer, wird aus Goldau berichtet, sterben nicht durch Felsen, Steine und Geröll, sondern durch die Flutwelle, ausgelöst durch den Luftdruck. Eine annähernde Berechnung ergab eine Geschwindigkeit der abstürzenden Massen von 60 bis 100 Metern pro Sekunde.

Zugleich erlebt die Landgehermama drüben unterhalb des Jaufen auf ihrem beschwerlichen und letzten Weg beinahe dasselbe wie drüben im mittleren und hinteren Teil des Ötztales ihre Ana. Nicht nur das Zusammenfallen der Berge.

Ganze Scharen Vögel lüften mit Schnelligkeit ihre Flügel und richten unter bangem Geschrei ihren Flug westlich gegen die Berge hin ... Getöse, Krachen und Geprassel erfüllen wie tief brüllender Donner die Luft – erschüttern jedes lebende Ohr und Herz, und tönen im Widerhall von tausend Bergesklüften noch grässlicher ...

Ein grässlicher, rötlich brauner Staub erhebt sich in Nebelgestalt von der Erde, hüllt mord- und zerstörungsschwangere

Lawinen in trübes Dunkel ein und läuft in düstrer Wolke wie vom Sturmwind gewirbelt vor ihr hin, Berg und Thal sind nun erschüttert – die Erde bebt – Menschen erstarren beim Anblick dieser fürchterlichsten aller Szenen. Vögel, in ihrem Flug gehindert, fallen auf die Stätte der Verhehrung nieder. Häuser, Menschen und Vieh werden schneller als eine aus dem Feuerrohr losgeschossene Kugel über die Erde hin und selbst durch die Luft fortgetrieben. Die aus ihrer Ruhe aufgeschreckte und wild gemachte Wasserfluth des Kummersees bäumt sich wie Felswände auf und fängt im Sturmlauf auch ihre Verheerung an. Das letzte Angstgeschrey der vom unvermeidlichen Tode bedrohten Menschen durchheult noch einen Augenblick die dunkle Schreckensgegend.

Das Geschrei der Vögel, wie es noch nie in diesen kalten Bergtälern gehört worden ist, diese ungeheuren Vogelmassen, die durch die Lüfte schwirren. Es wird rundum dunkel wie vor schweren Gewittern. Es deutet sich die dritte Plage an: das Getier, das noch nie in diesen Tälern gesehen und gehört worden ist.

Getreu der „Geheimen Offenbarung" kommt das Grauen, kommt der Schrecken.

Der Tag des Zornes ist da, des Zornes des Herren und des Lammes. Ihr Berge fallet über uns ... denn gekommen ist der Tag des Zornes.

Wir erinnern uns. Wir werden daran erinnert. Ein „trauriges Exempel Göttlicher Ungnade und Zorn-Eifers" ist am 3. September 1618 über die kleine Stadt Plurs nahe dem schweizerischen Bergell hereingebrochen. Ein Berg ist in Bewegung geraten und verschüttet die Stadt mit ihren Bewohnern. Mehr als 800 Menschen sterben. Andere Angaben sprechen von bis zu 2430 Toten. Ein schreckliches Jammern und Klagen ist dann über die ganze Gegend gekommen.

Prediger und Unglückspropheten sehen den „Zorn Gottes“ hereingebrochen:

O dass grossen Jammer und ellendsda so vil hundert Persohnen undergangen: o lassendt unns beten, doch gantz inbrünstug, dass Gott seinen großen Zorn stille, und uns nach unseren verdienen straffe, sondern mit den augen seiner barmhertzigkeit ansehe, und vor weiterem unfall gnädig behüte. Amen.

So „schnell wie ein Pfeil“ ist der Ort „abgeschossen“ worden.

Darum ist der Zorn des Herrn entbrannt über sein Volk, und er reckt seine Hand wider sie und schlägt sie, dass die Berge beben und ihre Leichen sind wie Kehricht auf den Gassen.

Ana hat den freundlichen geistlichen Herrn nach ein paar Tagen wieder verlassen. Sie ist weitergegangen. Bei guten Wetterbedingungen ist sie über das Joch gekommen und ist dann abgestiegen. Jetzt ist Ana unterwegs zwischen Schönau und Rabenstein. Überall die Spuren der Verheerung und Zerstörung. Ein paar Winter vorher hat es die Kirche erwischt. Eine gewaltige Lawine ist losgebrochen. Ganz spät im Winter, bereits Ende März, der 28. ist es, da bricht eine Lawine durch und trifft die Kirche, drückt große Teile des Dachs und des Gewölbes ein. Am folgenden Freitag, es ist der Karfreitag des Jahres 1693, schneit es abermals in solcher Menge, dass die Gefahr weiterer Lawinen von Stunde zu Stunde ansteigt und die Leute nicht daran denken können, die ersten Aufräumungsarbeiten in der zerstörten Kirche zu machen. Dann trifft es wiederum das Dorf. Mehrere Häuser und Stadel werden mitsamt dem Vieh vernichtet. Ana kennt vom Hörensagen die Namen dieser Lawinen, die „Saglahn“, die „Trauslahn“, die „Gasteigerlahn“, die „Lochlahn“. Sie weiß es vom Vater. Sie weiß es aus vielen Erzählungen. Immer wieder. Ana erinnert sich an die ersten „Lahnfeiertage“. An bestimmten Tagen des Jahres, immer zu den Festen und Erinnerungstagen bestimmter Heiliger, haben die einzelnen Weiler und Fraktionen ihre verlobten und gelobten Feiertage gegen die Lawinen. Zu Sankt Gertraudi am 16. November feiern und geloben die Bewohner von Hütt. Zu Maria Opferung am 21. November sind es die Bewohner vom Ruan (Rain). Zum Fest der heiligen Katharina am 25. November geloben und beten die Bewohner von Saltnuss. Zum heiligen Nikolaus am 5. Dezember haben sich die Leute von Riebl verlobt. Ein zweites Mal haben die Leute von Hütt den heiligen Nikolaus als Schirmherr erkoren. In Unterrabenstein verehren sie, ebenso wie drüben im hinteren Ötztal, in Gurgl, Vent und Heiligkreuz, den heiligen Erhard am 10. Jänner als „Lawinenpatron". Die Leute von Schönau vertrauen dem heiligen Antonius (17. Jänner) als ihrem Lawinen-Schutzherrn. Die Leute von Oberrabenstein kommen am Tage Maria Lichtmess, also am 2. Februar, in die kleine Kirche. Alle beten und hoffen.

Es ist eine weitere Plage, die beinahe jährlich über eines der Bergtäler niedergeht. Es sind die Lawinen. Es sind die schmutzig grauen Drecklawinen des Frühjahrs, wie sie sich zuerst oben donnernd lösen, dann über die Felsen in die Tiefe stürzen, alles mitnehmen, Bäume, Gämsen, Almhütten. Es sind die anderen Lawinen, die viel gefährlicheren Lawinen, die nach starkem Schneefall, wenn es gespenstisch und verdächtig ruhig geworden ist, die dann als Wild- und Staublawinen mit unfassbarer Geschwindigkeit ins Tal stürzen, in Sekundenschnelle alles zerreißen, zerfetzen, mitreißen, hinunterjagen. Das sind die gefährlichsten Stunden und Sekunden der schrecklichen Bergwinter. Diese Plage hat immer wieder und insbesondere das hintere Passeier getroffen, das nahe Ventertal, vor allem Unter-Kurz-Lehn, aber auch andere Täler.

Ana sieht hinter den letzten Häusern die Lawinenkegel und die Reste der Lawine. Eine solche Lawinenbrücke muss sie überwinden. Vorsichtig tastet sie sich darüber. In der

Tiefe das mächtige Rauschen des Baches. Mit ihrem langen Bergstock stochert und bohrt sie in den harten Schnee hinein. Es müsste halten. Dann ein tiefes Loch. Sie bricht ein. Sie bricht durch die Schneebrücke, kann sich aber geistesgegenwärtig mit dem Bergstock retten. Sie hat ihn nach der Art erfahrener Bergführer im letzten Moment quer zur Einbruchstelle setzen können. Jetzt hängt sie in einem schwarzen Loch und darunter tobt der wilde Bach. Sie versucht sich emporzuziehen. Baumelt mit den Füßen über dem tiefen Abgrund. Unter ihr das wilde Toben des Baches. Sie würde verloren sein. Die Reste eines Baumes stecken knapp unter ihr im harten Schnee. Sie versucht mit den Füßen, das vielleicht rettende Holz zu erwischen. Nach mehreren mühsamen Versuchen gelingt es ihr, den rechten Fuß am Baumstumpf abzustützen. Sie will Stufen in den harten Lawinenschnee hacken; mit ihrem linken Fuß. Mit Mühe gelingt es, den wie zu Beton festgepressten Schnee an zwei Stellen auszuhacken, eine kleine Stufe zu schlagen. Sie gelangt unter größter Kraftanstrengung mit dem Körper bis nahe an den Bergstock und kann sich schließlich darüberbeugen. Völlig erschöpft, schwer atmend und keuchend liegt sie am Rande der Eisbrücke. Sie hört das Läuten der Kirchenglocken.

Mitten im Ort die Trümmer der Frühjahrszerstörung. In der kalten Kirche will sie beten. Im kalten Ort, den sie „Heimat“ nennen könnte, erwartet sie niemand, erkennt sie niemand. Sie will sich nicht zu erkennen geben. Sie müsste den Namen des Hofes nennen, aus dem ihr Großvater stammt. Sie vermeidet jeden Kontakt mit den Leuten des Dorfes. Deswegen wandert sie auf weiten Umwegen am Dorf vorbei, durch Felder, Äcker, Wiesen und Wälder talauswärts. Die langen Wochen und Monate des Alleinseins werden bald zu Ende sein. Sie werde, so hofft sie, bald auf ihre Familie treffen. Es gibt einen abgelegenen Bau hinter dem Dorf, der nicht mehr bewohnt ist. Dort finden fallweise durchziehende Wanderer, vor allem aber Landgeher, vorübergehend Unterkunft. Vorher drängt es sie, hinaufzuwandern zur uralten Kirche des heiligen Hippolyt auf der Glentleiten. Sie erwartet kein Wunder. Sie erwartet keine wundersame Erscheinung der Madonna. Sie will dort nur schauen und sitzen, sitzend schauen und dieses Tal von oben sehen, andere im Tal lebende und im Tal geborene Menschen und aus dem Tal hinausgezogene als „Heimat“ ersehnen.

Ana spürt etwas wie Sehnsucht. Sie hofft auf Wärme. Sie ist wie abgestumpft. Weit weg.

Tief in Gedanken versunken sitzt sie stundenlang in der restlichen Wärme der Sonne an diesem Spätherbsttag vor dem Kirchlein. Dann legt sie sich nieder. Sie schläft ein. Von einem so schrecklichen Traum wird sie geweckt, dass sie erschrocken aufsteht, ringsum schaut, dass sie schreit. Sie schreit von der Höhe ins Tal. Sie hat alles gesehen. Sie steht mitten drinnen. Sie ist wie eine Seherin und eine Prophetin:

Das ganze Tal hat sich schlagartig verändert. Eine Vision des Schreckens tut sich vor ihr auf. Mehrere Jahrzehnte, meint sie, habe sie den Blick vorausschicken können. Es ist die veränderte Welt der sich immer wiederholenden Plagen, eine nach der anderen. Es sind die biblischen SIEBEN PLAGEN, die über die Täler und Dörfer der Bergregion hereinbrechen. Das Zusammenspiel elementarer Naturgewalten mit dem grausam zerstörerischen Szenario einer wildgewordenen, einer hemmungslos gewordenen Gesellschaft der Gier, des Hasses, der Gewalttätigkeit, der Maßlosigkeit, der inwendigen Zerstörung und der alpinen Mutation. Sie werden schnurstracks in den KOLLAPS hineinplumpsen.

Und diese Plage ist wahrlich die schlimmste aller Plagen.

Zur gleichen Zeit nähert sich die Maria dem vertrauten Nest, das sie Heimat nennen, wo sie, wir wissen es, nach altem Brauch die Winter verbringen darf, dort im Falle der Krankheit versorgt und nach dem Ableben auf dem Dorffriedhof verscharrt werden muss. Für jeweils eine Sippe ist eine besondere Gemeinde zuständig.

Sie sind nur mehr zwei Gehstunden voneinander entfernt, die Mama und die Tochter. Die eine nähert sich vom Jaufen, die andere ist über Rabenstein abgestiegen. Dort hat der herabgestürzte Gsellerberg das Tal versperrt.

Das Elend hat kein End. Immer weiter geraten Mutter und Tochter, Mama und Ana, wieder auseinander, und ihre Hoffnungen aufs baldige Zusammenkommen werden wieder zerschlagen. Sie hat ein versperrtes Tal vorgefunden. Sie kann nicht mehr weiter. Muss wieder zurück übers Joch. Wie in den alten Sagen vom Verschwinden des jungen Burschen im geheimnisvollen Kristallpalast der Gletscher ergeht es ihr. Da wird vom Buben aus dem Dorf erzählt, der auf der Suche nach den Saligen in den Gletscher eingestiegen ist, weit hinein und immer weiter in das Gletschertor, und dass er dort nicht mehr herausgekommen ist. Die Sagen berichten, wie sie den Buben beherbergt und umsorgt haben, wie er ihnen dienen hat müssen, vielleicht auch mit ihren Körpern hat spielen dürfen. Wir wissen es nicht. Niemand hat davon erzählen können. Aber es wird berichtet, der Bub wäre wieder herausgekommen. Sie haben ihn freigelassen. Bis dahin sind aber Jahre und Jahrzehnte übers Land gezogen. Wenn der Bursch vermeint hat, es wären ein paar Tage vergangen, sind es dreißig und hundert und dreihundert Jahre gewesen. Im Dorf hat ihn niemand mehr erkannt. Alles ist längst vorbei und verschwunden.

So geht es der Ana. Ohne Zeit und Raum. Heute, als ob es gestern gewesen wäre. Morgen, als ob es in hundert Jahren gewesen wäre.

In einem Bauernhaus hat sie wieder rasten und Milch trinken können. In einem Heuhaufen hat sie eine unheimliche Nacht zugebracht. Es ist ihr vorgekommen, als ob nicht nur die Berge zusammenstürzen. Es sind jetzt andere Fliegen und Mücken und Heuschreckenschwärme ins Tal heraufgekommen. Von einer drohenden schrecklichen Plage reden die Leute.

Den Bergbauern ist es zuerst aufgefallen. Die Kühe sind von solchen Bremsen, diesen gefürchteten Fliegen, überfallen worden. Die hat es vorher nicht gegeben. Und sie sind zehnmal größer gewesen und haben zugestochen, dass das Vieh aufgesprungen ist, davongesaust ist, nicht mehr zum Halten gewesen.

Zum ersten Mal hat es Ana drunten bei den Bauern gehört. Es würden von einem Jahr zum anderen größere Tiere durch die Luft ins Tal heraufkommen. Es ist wieder einmal so weit. Vor „undenklichen Zeiten" sind riesige Heuschreckenschwärme gekommen, haben alles kahlgefressen und sind wieder abgezogen. In alten Sagen hören wir bruchstückhaft davon. Ana hat ein solches Büchlein vom freundlichen, vom überaus gebildeten geistlichen Herrn zum Lesen bekommen. Dann hat er es ihr geschenkt. Süchtig ist sie geworden. Sie liest und sie liest immer wieder im Büchlein mit den Sagen und Geschichten, die der alte Kanonikus Stippler in den Jahren um 1850 aufgeschrieben hat. Wie hat es sein können, denkt sich Ana, dass draußen an der Engelswand ein solcher „gewaltiger Jochgeier" das Kleinkind vor den Augen der erschrockenen Eltern gepackt hat und mit ihm in die hohen Felsen hinaufgeflogen ist, ob der großen Last eher geflattert. Die Eltern weinen. „Sie bestürmen mit Gebeten und Gelübden den Himmel." Und es soll sich dann ein Engel auf dem Felsen niedergelassen haben und er habe das Kindlein den glücklichen Eltern vor die Füße gelegt.

Das kann Ana nicht verstehen. Keiner der mächtigen Vögel, die in diesem Gebirge ihre Flügel ausbreiten, würde ein Kleinkind in raschem Flug angreifen und durch die Lüfte entführen, schon gar nicht im Beisein erwachsener Menschen und ohne dass der wilde Greifvogel bedroht worden wäre. Nein, das könne wohl nicht so ein „Jochgeier" gewesen sein. Vielleicht war es eine Art Adler, aber viel größer als alle jetzt lebenden und durch diese Berge ziehenden Adler. Vor der Sintflut vielleicht und vor dem Zusammenbruch der Welt, als die Berge eingestürzt sind und Atlantis verschwunden ist. Es hätten auch riesige Würmer und Drachen in den Bergen und drunten in den Tälern gehaust, die unvorstellbar groß und stark gewesen sein sollen. Sie hätten ganze Berge abreißen können. Das wären dann die Muren und Bergstürze gewesen. In der Erinnerung der ältesten Leute sind ein paar Reste von diesem Wissen verblieben. Aber es muss wahr sein, sagen auch andere. Und es würde alles wieder kommen, wie es einst gewesen sei, und eines dieser mächtigen Tiere hat drüben im nahen Vinschgau mit seiner ungeheuren Kraft den Gadria-See zum Ausbrechen gebracht. Einfach mit den Pratzen habe es zugeschlagen, hat den Damm durchbrochen und dann sind die Dörfer darunter überschwemmt und zugrunde gerichtet worden. Den Gadria-Drachen haben sie dann gefunden. Sein Gerippe. Unter dem haben sieben Kühe Platz gefunden. Ana liest. Sie staunt und sie fürchtet sich.

Das WILDE GETIER erobert aus den Tiefen und Sümpfen heraus die Höhen und steigt bis zu den höchsten Dörfern und Siedlungen empor.

Es kommen in bisher nie geahnter und vorausgeschauter Größe und Zahl fliegende Tiere, die ein Aussehen wie die Drachen haben. Es schwirren und sausen die mächtigen Schwärme von abertausend und Millionen Riesenfliegen, Riesenwespen, Stechmücken, Bremsen und Zecken durch die Luft, rasten in den Dörfern, zerstechen und zerbeißen alles Lebende und alles, was grün ist. Die auf den Weiden grasenden Rinderherden werden vernichtet. Das Blut rinnt. Neue Schwärme kommen. Sie fallen gierig über die blutenden Tiere her. Als Erste treffen sie die Kühe. Als Zweite treffen sie Schafe und Ziegen. Als Dritte treffen sie Gämsen, Rehe, Steinböcke, Hirsche, Murmeltiere und Schneehasen.

Bis alles Getier ausgerottet ist. Dann trifft es die Menschen. Diese flüchten in die kalten Eishöhlen der Gletscher, suchen Rettung in den wundersamen Fräulashöhlen. Nur wenige werden das alles überleben.

Es kommen riesige schwarze Raben, diese schon seit Jahrzehnten gefürchtete schwarze Brut, die immer lauernd über den Viehweiden kreist, sich hinter Steinen versteckt, immerfort lauernd und voller Gier, niederstürzen zu können, eine Beute gefunden zu haben. In Scharen brechen sie ein. Der Himmel an manchen Orten wird schwarz. Als Erstes hacken und picken sie allem jungen Getier, dem neugeworfenen Kälblein, den soeben vom Mutterschaf herausgepressten Lämmern und sogar den unbeaufsichtigt gebliebenen Kleinkindern die Augen aus. Sausen heran, rasend schnell, und haben die Augen ausgepickt. Fliegen davon, kreischen und schreien. Wie in historischen Horrorschilderungen breiten sie sich, alles zerstörend, wie die Heuschreckenschwärme aus.

Es hat langsam angefangen. Zuerst haben Bauern auf 1500 Metern und darüber das stete Hereinfliegen immer größerer fliegenähnlicher Tiere bemerkt. Zuerst sind weidende Kühe befallen worden. Dann sind binnen drei, vier Jahren immer mehr davon gekommen, und immer größere. Und auch die kleinen Blutsauger, von den Menschen „Zecken" geheißen, sind zuerst bis auf Höhen von 1500 Metern und dann bis zu den höchsten Siedlungen, Bauernhöfen und sogar zu den Almen hinauf gekommen, haben sich in den Stauden verstecken können, haben sich als gierige Blutsauger auf weidende Schafe, Ziegen und Rindvieh gestürzt.

Auf einigen Almen hat es sich ereignet, dass weidende Rinder, von dem Getier befallen, in rasendem Schrecken, gepeinigt von furchtbaren Schmerzen, davonstieben, davongaloppieren, keine Schranken und Zäune beachtend, blindlings nur mehr bergab, talwärts, rennen, dass sie vereinzelt, so wird berichtet, als ganze Herden in den Abgrund der Bergbäche gelaufen und gefallen sind, dass sie scharenweise über steile Felswände gestürzt sind.

Massenhaft sind ganze Herden vernichtet worden.

Die Landwirtschaft in diesen Bergtälern hat ein schlimmes Ende genommen. Kein Bauer mäht mehr die Wiesen. Keiner hat mehr Vieh. Die Ställe sind leer. Alle halbwegs ebenen Flächen sind verkauft worden. Spekulanten sind ins Tal gekommen. Ganze Bergtäler sind aufgekauft worden. Auf den Almen weidet kein Vieh. Die Almen sind tot. O weh, o weh! Das Zeitalter der Spekulanten und Mutanten ist wahrhaftig die sechste Plage. Menschengemacht.

Still und unbemerkt haben sich in den Schlupflöchern hinter und bei den ehemaligen Höfen der Bergbauern die Füchse vermehrt. Wie eine Seuche haben sie sich ausgebreitet, bis auf 3000 Meter hinauf, haben alles andere kriechende und fliegende Kleingetier der Berge, also Murmeltiere, Schneehühner, Berghasen ausgerottet, zu Tode gebissen.

Eine Öde und eine Wüste ist das ehemals hochgelobte Paradies.

Nach dem Tod der Bauern sind die Spekulanten gekommen.

Sie bauen neue Städte in die Berge hinauf.

Wenn alles kahlgefressen ist, haben die ehemaligen Bewohner ihre Täler verlassen. Sie arbeiten, wenn sie eine Stelle bekommen können, weit weg bei einem Monster-Straßenbau, dem Bau neuer Hochhäuser auf 3000 Metern und auch weit darüber, bis in den „Himmel hinauf".

Mit dem ersten Lohn haben sich einige von ihnen zu Tode gesoffen.

Ana, die hoch über dem Tal vor der uralten Kapelle des heiligen Hippolyt sitzt und liegt und dort ihren Visionen hingegeben ist, kann dumpf erkennen, dass dies alles wohl erst oder bereits um das Jahr 2020 eintreffen könnte.

APOKALYPSE 2020?

Das Gift ist übers Land gekommen. Es sind Seuchen ausgebrochen. Als ob es bereits die siebente Plage gewesen wäre.

Bevor Ana den beschwerlichen Weg auf der Suche nach ihrer Mama antreten kann, wird sie mitten in den Strudel hineingerissen. Sie gerät auf eine der verseuchten und verfluchten Almen. Gierig und gefräßig hat die neue Lust Einzug gehalten. Zuvor aber ist die Alm mehrere Jahre tot und verlassen geblieben. Das dürfe nicht sein. Man müsse sie nützen. Die obersten Vertreter der Bauern im Tal, denen die Alm gehört, beschließen das Neue Leben auf der Alm. So wird berichtet, sie hätten die neue Almnutzung öffentlich ausgeschrieben. Durch alle Zeitungen ist es verbreitet worden: fruchtbar und mehret euch. Unsere Alm ist dreihundert Hektar groß, hat ausreichend Wasser. Aber ohne Zufahrtsstraße. Wer sie will, kann sie bewirtschaften. Kostet nichts. Keine Pacht. Nein. Wir schauen auf die Alm. Unser altes Kulturgut. Wir sind Behüter und Beschützer. Alle Interessenten haben nachgefragt. Dann kam das mit der Seuche. Die Alm ist verflucht. Alles Getier müsse verrecken. So ist es. Ana hat davon gehört. Ob es eine Rettung gibt? Sie überlegt sich, auf diese Alm zu gehen, sie zu bewirtschaften. Sie werde den Fluch wegnehmen. Das von der Alm, die öffentlich ausgeschrieben ist, hat sie vor einiger Zeit irgendwo gelesen. Es reizt sie. Sie kann es. Sie kann mit Tieren umgehen. Sie kann melken. Sie kann Wunden heilen. Sie kann es; von Mama und Tatte gelernt. Sie kann einen Igel zubereiten, köstlich zubereiten nach der Art des Tatte. Sie kann Wunden heilen, kann abgestürztes Rind gesundpflegen, sie kann es. Also macht sie sich auf die Suche nach der Alm. Sie muss wieder drei Tage unterwegs sein. Dann findet sie heraus, wo sie liegt, wie der Weg dorthin führt. Sie geht und entdeckt die Alm in der kleinen Senke zwischen steilen Felswänden und weit über der Waldgrenze, weit drüben im anderen Tal, im übernächsten Tal. Da hat sie die Alm gefunden. Aber der eine Teil der Seuche ist über sie gekommen. Ana gerät mitten hinein, muss dort übernachten, muss alles miterleben, muss dort mehrere Tage und Nächte bleiben, muss Schreckliches sehen und über sich ergehen lassen, was Menschen in perverser Verkommenheit hoch droben in der „heilen“ Welt der Berge anrichten. Es haben sich für diese Alm zwei auswärtige Weibspersonen gemeldet und haben den Zuschlag bekommen. Sind offenbar gut bewandert in Almsachen. Können auch heilen und Butter machen. Die beiden Frauen, von den Talbauern „die Weiber“ genannt, haben sich daran gemacht, die Alm zu bewirtschaften und sie zu pflegen. Die eine, groß und kräftigen Leibes und dennoch von angenehmer Gestalt und durchaus begehrenswert. Stattlich und resch. Die andere der beiden, das Gegenteil. Ein „unansehnliches Frauenzimmer“, mit einem kleinen Buckel, „fahl von Haut und sehr, sehr mager.“ In allem der Schwester ungleich. Wie es hieß: „Die Männer haben ihr erst nachgeschaut, wenn sie, die Ältere, die Schöne, genügend entfernt gewesen ist. Dann haben sie ihr nachgestarrt, sind gebannt stehen geblieben, haben mit ihren immer geileren Blicken auf sie gestarrt.“ Aber sie hat es vorzüglich verstanden, Wunden zu heilen, passende Heilkräuter zu finden und sie anzuwenden. Dann hat sie immer wieder Blicke zurückgeworfen auf die Gaffer. Sie hat einen Blick gehabt, der wie Nadeln gestochen hat, der aber die Männer, jüngere wie ältere, wie elektrisiert hat. Es sind angeblich wälsche Weiber gewesen. Eine hat Mateotta und die andere hat Bernadetta geheißen. Im Sommer sind dann die Bauern an Sonntagen auf die Alm gestiegen, um nachzuschauen, wie es dem Vieh geht und wie sich die beiden fremden Weiber machen würden, ob die Buttererträge stimmen, ob der Käse nach ortsüblicher Art zubereitet wird. Die Tiere haben allesamt wohlgenährt ausgesehen. Die Weiber im Tal haben keinen Anlass gefunden, Misstrauen oder gar Eifersucht aufkommen zu lassen.

Im dritten Sommer aber hat es sich zugetragen, dass zuerst einzelne Männer unter irgendeinem Vorwand auf der Alm über Nacht geblieben sind und dass seitdem immer mehr Männer die Nächte unter dem Vorwand, ein krankes Tier abtransportieren zu müssen, auf der Alm verbringen. Da hat es noch den hinkenden Schafhirten gegeben. Der ist eines Tages zum Einkaufen ins Tal gekommen und hat berichtet, welch sündhaftes Treiben, welche Lasterhaftigkeit sich auf der Alm abspielen würde. Da sind die Frauen des Tales misstrauisch geworden. Zwei Nächte hintereinander haben die Männer in der Alm zugebracht. Da ist die Ana zur Alm gekommen. Sie hat das Schreien und Juchzen gehört, das grelle Aufschreien der Lust, den Jauchzer, die scharfen Töne der Geige. Sie hat müssen das alles mitanhören und dann mitansehen. Sie hat alles mitmachen müssen. Ana hat es gesehen. Im Kreis ums Feuer hocken die Männer, brave Ehemänner, biedere Großväter, junge Burschen mit der Erfahrung erster Liebschaften, alle geil und aufgestachelt. Mitten drin die Mateotta, immer mit der Geige und dem wilden Spiel. Rundum die Gier und mitten drin die Hitze. Wie sie mit rot angelaufenen Augen dorthin starren. Erschrecken kurz, weil DIE NEUE gekommen ist. Dann hat sie angefangen zu singen, lüsterne Lieder und dann wieder Trauriges. Dazu die kratzenden Geigentöne, das Gejauchze der besoffenen Männer rundum, die geilen Blicke. Ana kann sich nicht wehren. Drei, dann vier junge Burschen stürzen sich auf die Ana, werfen sie zu Boden, knapp neben das Feuer, reißen ihr alle Kleider vom Leib, zerreißen gierig und laut schreiend das Amulett, das Kreuzchen an der kleinen Kette, überwältigen sie, schreiend und johlend. Da geht die Türe auf. Ana liegt halbtot auf dem Boden, halbnackt, schnell eine Decke drübergeworfen, zerschunden, geschändet. Durch die offene Hüttentür kommen die Frauen aus dem Dorf, die betrogenen Ehefrauen, die Mütter, die Schwestern. Die Dorffrauen sind eingetroffen, sehen sofort, was hier geschehen ist. Sie fallen mit Gabeln und Rechen über die Männer her. Das hat ein wildes Schlagen und Heulen gegeben. Allein die Männer, so hat es später in einem Almprotokoll geheißen, haben nicht davon abgelassen, auf die Mateotta zu starren. Sind allesamt betört und berauscht und verhext gewesen. Eine der Frauen, die zwei stattliche Buben und drei schöne Mädchen auf die Welt gebracht hat, packt Steine vor der Türe auf und schleudert sie auf das Weib in der Mitte. Und diese, blutig getroffen, springt auf, beugt sich vor und schürt das Feuer noch mehr an, stiert auf die Männer, packt einen davon, reißt ihn vor sich auf den Boden, wirft sich über ihn, schickt sich an, ihn zu vergewaltigen. Da geht ein wildes Treiben los. Im ersten Moment erstarren die Männer. Dann fliegen Steine, von den Frauen geworfen. Das Feuer ist zerstört. In die Hütte ist die Dunkelheit hereingebrochen. Die Glut am Boden. Die Glut in den Gesichtern, die Gier. Dann das Feuer und die Lust. Zwei von den jüngeren Männern haben die Ana gepackt, haben sie hinausgezerrt. Ana hat sich gewehrt. Hat zugebissen und gekratzt. Verwundet und geschändet schleppt sie sich in den Wald. Die Männer und die Frauen sind in der Nacht zurück ins Dorf. Vor der Gewalt der rächenden Frauen hat sich die geile Mateotta in die Almkapelle geflüchtet. Die kleine Schwester hat zugesperrt. Der krumme Herrgott hat zuschauen müssen. Er hat alles gehört und gesehen.

Wenn sie auf den Almen keine solchen Frauen bekommen, nehmen sie den Ziegenbock.

Ana hat sich langsam erholt. Sie tappt vorsichtig zur kleinen Kapelle, in der hinter dem Gitter die wilde Mateotta eingesperrt ist. Es geschieht das Unfassbare: Die beiden Frauen umarmen sich, küssen sich, weinen, sinken vor dem Gekreuzigten in die Knie. Die wilde Hex und die Salige sind eine Person geworden.

Von den Steinwürfen zerschlagen und zerstört ist die Almhütte zurückgeblieben. Der krumme Herrgott, deftig und von schlechter Hand geschnitzt, ist übrig geblieben. Seitdem ist Ruhe auf der Alm. Weil sie verflucht ist und weil kein Senner und kein Hirt auf dieser Alm Herberg halten will.

Die Herren und Macher aus dem Tal werden dort im kommenden Winter eine Seilbahn bauen und an der Stelle der alten Almhütte ein Hotel, und etwas abseits werden sie gleichsam zur Erinnerung an das fürchterliche und wilde und pervers lustvolle Treiben ein nobles errichten. Die Nummer EINS im Land. Bordell des Landes.

So ist es gekommen.

Ana erlebt den Aufgang und den Niedergang.

Darüber als Attraktion eine riesige Glaskugel, in der sich die ganze Welt spiegeln soll.

Mit ihrer Monsterglaskugel zuhöchst haben sie es geschafft. Sie schütten haufenweis Weihwasser in die Gurgler Ache und auf diese ehemals verdammte Alm, genießen die Perfektion des neuen Bordells, haben ein Wunderwerk geschaffen, ein Wunderwerk der Verkommenheit. Und inwendig haben sie zu faulen begonnen, manche langsamer, manche schneller. Manche sagen, sie wären mutiert. Von Kultur keine Spur. Den Nobelpreisträger haben sie an den Nagel gehängt. Seine Ruhebank im Gurgler Zirbenwald ist angesägt. Brauchen wir nicht. Weltweite Anerkennung für Leistung? Papperlapapp und „sella Mandlen selln keemen", jaja, sie sollen kommen, diese Männlein, die uns beherrschen wollen. Soll er halt zurückschlagen, der Berg, soll angreifen, soll sich wehren, soll massenhaft Muren und Lawinen und Schotter und Insektenschwärme bringen und neue Gletscherleichen. Verstehen wir uns recht: vermarktbare Gletscherleichen, aufblasbare Gletscherleichen, mit Zirmschnaps getränkte Gletscherleichenattrappen, solche wie im Souvenirladen, ein Super-Bordell, einen Nobelpreisträger. Und was sonst noch? Der Berg wird zurückschlagen.

Übereinandergeschichtet hocken sie einst im höllischen Purgatorio, einst, so wird es kommen, untereinander und übereinander, die Wollüstigen, die Schlemmer, die Verschwender, die Habgierigen, die Ehrabschneider, die Zuhälter, die große Schar der Sünder und Naturmörder. Übereinandergeschichtet erleben und erleiden sie die Qualen. Obenauf hockt der Teufel und lacht. Auf den höchsten Gipfeln und Aussichtsrampen. Ob sie auf Erlösung warten?

O du vermaledeites Volk, vor allen das du den Ort bewohnst, der schwer zu schildern, weit besser wart ihr Schafe oder Ziegen.

Ana kennt diese Verse auswendig. In der anderen Hölle stoßen wir auf die Sünder im Eis der Ferner, aneinandergeschweißt, immerfort leidend, ihre Zungen ineinander verklebt, ihre Lästermäuler voller unsagbarer Schmerzen. Wir hören sie schreien und rufen, fluchen, ersticken, erfrieren, verstummen. Dann ist wieder Ruhe und alles kann von Neuem beginnen. Da tropfen die erfrornen Augen, da erstarren ihre harten Herzen, da verstummt ihr Klagen und ihr Rufen. Da wachsen tausend Köpfe, schwarzblau gefroren, aus der Tiefe, stürzen weiter und verstummen.

Aus. Vorbei. Wir warten auf den Klang der Harfen und der Geigen. Geläutert und reingewaschen bleiben einige übrig, lauschend den Klängen des Windes, der Harfen, der Geigen, der Glocken.

Und dann die neue EISZEIT und die KALTE PEIN.

Tausende erfrieren in den Dörfern. Die weißen Kälber kommen von den Bergen.

Rette, wer sich retten kann. Auf den Bergen ist zu wenig Platz für Tausende und Abertausende. Sie drängen einander vom Weg ab, stoßen die Beiseitegeschobenen über die Abgründe und hinab in schaurige Tiefen. Vollgefüllt mit Kadavern Verstorbener, Hinabgestürzter. Dann kommt die

GROSSE RÄCHERIN. Eine schwarze Madonna. Und eine helle, weiße Madonna. Zweigesichtig und nebeneinander und zugleich miteinander wie hinten und vorn. Ana sucht danach. Sie kommt immer näher an ihr Ziel.

Ana muss am zu ungeheurer Größe angewachsenen weißen Kalb vorbei. Immer steiler ist der Anstieg. Die Schlünde öffnen sich links und rechts. Der Gestank der verwesenden Leichen. Das Heraufdringen des schrecklichen Gestankes verwesender Leichen. Tagelang in den Schlünden. Das Stinken nach Moder und faulenden Gedärmen. Es kommen die Maden. Immer größere Maden. Wohlgenährt und fettleibig. Menschengröße annehmend. In riesigen Scharen kriechen sie aus den Schluchten. Darüber und darunter das Eis. Die Menschen flüchten bergwärts. Über die Gletscher hinaus zu den Sternen. Die weiße Madonna kommt mit ihrem Haustier. Es ist der riesige Höhlenbär. Es ist das Ungeheuer.

Nachdem ich einige Zeit allein gegangen, merke ich, dass ich meinen Stock irgendwo zurückgelassen habe und muss wieder umkehren, um ihn zu holen. Dabei muss ich an einem schrecklichen Ungetüm, einem riesengroßen Bären, vorüber. Schon als ich das erste Mal hier durchkam, musste ich ihn passieren, doch damals hat mich die himmlische Frau beschützt. Nun, gerade als ich an dem Tier vorbeigehe, und es eben auf mich zukommen will, steht sie aber wieder neben mir, und bei ihrem Anblick legt sich der Bär beruhigt hin und lässt uns vorübergehen. Dann verschwindet die himmlische Frau wieder.

Ana hat wieder von der himmlischen Frau geträumt. In Kaltenbrunn hat sie sich nicht gezeigt. In UNSER FRAU hat sie ihr Abbild gefunden. Aus Gries ist sie verjagt worden.

Dahinter sieht Ana die Dana von Dananä und die mächtige Gestalt der kalbenden Berge. Erschreckt sieht sie die in die Berge hinaufströmenden Menschenscharen und das

Abstürzen der Beiseitegedrängten. Sie hört das Rauschen der immer schrecklicher anzuhörenden, anzusehenden und anschwellenden Bäche von den Höhen herunter. Aus allen Seitenrinnen und Gonden das schreckliche Anschwellen der Bäche.

Tausendfach strömen die Menschen in die immer größer sich auftuenden Schlünde der Gletscher. Die Tore öffnen sich. Die Menschen strömen und drängen hinein. Weit hinten das Donnern über steile Felsen herabstürzender Wassermassen. Alles weit drinnen in den Gletschern, die sie hierzulande Ferner nennen, hunderte Schritte in die Tiefe hinein. Zuerst das Licht von draußen und von oben, das Durchscheinen des Sonnenlichtes durch dünnes Eis. Das langsame Verschwinden des Lichtes. Die Dunkelheit. Das unheimliche Leuchten von außen. Die völlige Dunkelheit nach innen. Das Nachdrängen der Menschenmassen. Das Schreien und Rufen, das Dröhnen des immer näher kommenden Wasserfalls weit drinnen im Ferner, über eine Felswand stürzend. Das haben die Menschen dieses Tales und dieses Landes noch nie erlebt. Immer schneller wird das Sterben und Verrecken, und immer mehr der Gestank und die Aasgeier und Leichenfresser.

Weit drinnen in den Schlünden der Ferner drängen und stoßen und fluchen sie.

Die Stärksten unter ihnen ziehen die Leichen aus den Schlünden heraus. Ziehen ihnen die Goldringe von den Fingern. Reißen ihnen die Goldplomben aus den Mäulern. Zerren die Geldtaschen aus den Röcken und Kitteln. Kommen heraus und werfen die Leichen allesamt kopfüber über die Abhänge. Da beginnt das Johlen des Windes, das Heulen des Sturmes, das Aufbrechen der Schleusen des Himmels. Da stürzen die Fluten.

Ringsum sieht Ana das Sterben und Verderben.

Sie ist auf dem langen Weg über die Jöcher gekommen. Drei Tage oder sechs Tage oder vierzehn Tage oder eine halbe Ewigkeit. Über den Timmel und noch einmal zurück. Viele Wochen ist sie unterwegs gewesen. Es ist der Traum. Ana gerät nahe an den Wahnsinn. Über den Timmel immer weiter durch das Tal hinaus und wieder zurück auf Ramol und zur kleinen Kapelle am Kippele. Alles dem Verfall preisgegeben. Dann wieder hinauf aufs Joch. Zumeist ohne Weg und Steg. Auf Ramol hat sie gerastet und hat im Heu geschlafen. Eine zurückgebliebene wilde Ziege hat ihr Milch gegeben. Hat sich, ansonsten von niemandem melkbar, von Ana melken lassen. Ana schläft, wacht auf. Sieht den Himmel sich verdunkeln. Sieht das Erlöschen des Tageslichtes und das Herankommen des Unheils. Von Ramol weg will sie wieder übers steile Joch auf Stablein zu, im anderen Tal gegen Rofen zu. Bleibt im Tal drunten stecken, gerät in die rasende Schar der auf die Berge flüchtenden Menschen. Statt hinaus durchs Tal strömen sie tausendfach hinauf, immer weiter hinauf, erwarten sich oben Rettung. Oder Erlösung. Es ist wie in einem großen Traum. Ana drängt es hinaufzusteigen, wo die Dana wohnt. DANANÄ soll weit droben in den Gletschern erbaut worden sein. Das neue DANANÄ weit droben auf dem heiligen Berg SIMILAUN, dem ehemals heiligen weißen Berg der Göttin ANA. Auch vom mächtigen Geschlecht der DISEN und dem WILDEN MANN. Dorthin will sie gelangen.

Der Weg ist versperrt. Zu Tausenden strömen die Menschen des Tales einer vermeintlichen Rettung entgegen. Es ist ihr Ende. Aber vielleicht ist es die Erlösung für Ana.

Hinter den letzten Häusern erreicht sie die ehemals grünenden und blühenden Wiesen. Jetzt ist alles dürr, zertrampelt und kahlgefressen. Hinten in der ersten Schlucht, vorbei an den senkrechten Felsen, erwartet sie das Drängen und Stoßen, das Hinunterstürzen in die wilde Rofner Ache. Sie weicht aus, will ausweichen, will über Plattei zum großen Ferner, will ihn weit droben unter den Felsen überqueren. Will weiterkommen bis zur goldenen Stadt, die sie DANANÄ heißen. Dort sucht sie nach der weißen Göttin oder nach dem Gebären des kleinen weißen Kalbes, nach der Milch der wilden Ziege.

Das Losbrechen der Menschenmassen geschieht zeitgleich mit dem größten Anwachsen der Gletscher. Ana ist in alte Zeiten zurückversetzt worden. Wie in den alten Sagen ist die Zeit zeitlos. Eine Woche ist wie vier Jahre oder zwanzig Jahre oder hundertzwanzig. Wer im Gletscher wohnt und dort in der KALTEN PEIN seine Sünden büßen muss, für den vergehen Sekunden wie Jahre, und Jahre werden halbe Ewigkeiten. Ana hat die Gabe, dass sie zurückschauen kann. Sie erlebt, hört und sieht, was andere Menschen nicht erleben können.

Jetzt fürchten die Leute das Hereinbrechen einer neuen Zeit, die so sein wird wie die alten und die ältesten Zeiten. Alle wissen es und kennen es: Der wilde VERNAGT droht wieder. Er stürzt vom Berg in die Tiefe, durchbricht steile Schluchten, stürzt immer schneller werdend in die Tiefe. Er wird bald das enge Haupttal der Rofner Ache erreichen, wird dort das Abfließen des wilden Rofner Baches verhindern, wird das Wasser sich stauen lassen, wird eine Eiswand bilden.

Ana klettert hoch über dem Tal durch die Felsen, klettert über Eistürme und tiefe Gletscherspalten, überspringt in die Tiefe stürzende kleinere und immer größer werdende Gletscherbäche, hastet vorwärts. Als ob sie auf wunderbare Weise fliegen könnte, überwindet sie alle Felsen, Schlünde, alle abbrechenden Schutthänge und gefährlichen Geröllhalden, die sie dort GONDEN nennen. Auf geradezu wundersame Weise erreicht sie die verlassene Alm, rastet in der verfallenden Almhütte, duckt sich unter ein paar Bretter. Sie entkommt dem schrecklichen Niederprasseln des Regens. Beim WILDEN VERNAGT hat sie es von oben herab gesehen:

Der Vernagtferner, der große, gefürchtete Gletscher, ist ins Tal vorgestoßen wie ein riesiges weißes Kalb, sagen die Leute. Je mehr sich die Eismassen herunterdrängen, umso schrecklicher wächst das weiße Kalb. Der Ferner stößt bis zur anderen Talseite vor, überschreitet die mächtige Rofner Ache, steigt auf der anderen Talseite an der Zwerchwand aufwärts, immer höher hinauf, höher als der höchste Kirchturm des Tales mit seinen 74 Metern. Hat seine mächtigen Pratzen übers Tal gelegt. Hat den Hintereisbach und alle anderen von hinten aus dem Tal kommenden Bäche aufzustauen begonnen, den vom hohen Joch herunter, den steil über die Kesselwände herabgestürzten Ferner. Die Leute haben es sehen, hören und auch riechen können, wie der Ferner sich wie ein eiskaltes Monster hinabbewegt. Sie haben es sehen können, wie das Eis von Stunde zu Stunde schneller ins Tal hinunterwächst. Jede Stunde ein paar Schritte. Die Leute stehen daneben. Sie staunen und sie fürchten sich. Die Eismassen brechen nieder, donnern, schlagen auf, Gletschertürme brechen donnernd in sich zusammen. Das Niederbrechen der Eismassen wird immer wilder und es beginnt zu stinken. Das Niederbrechen der Eismassen ist wie das Niederbrechen der Gesteinsmassen bei Bergstürzen und Felsstürzen, das Aufeinanderprallen und Bersten und das gleichzeitige Entstehen von Rauch und die ersten Anzeichen eines Feuers im ewigen Eis. Und dieses Aufeinanderprallen erzeugt Hitze, Reibungshitze, hervorgerufen durch das Fallen und das Überschlagen und das Stürzen mit immer größerer Geschwindigkeit. Stündlich zwei Schritte talwärts, dann fünf Schritte. Daneben die Menschen und ihr Staunen, ihre Angst, das Grauwerden ihrer Haare, der Schrecken, die Verdammnis hier zu Vernagt und das Zerstören eines Tales. Da kommen die Mahn- und Bußprediger von den Kapuzinern aus Imst und aus Telfs. Da kommen die Beschwörungen und die Exorzismen.

Und immer höher steigt der Eisdamm. Kirchturmhoch. Zweimal kirchturmhoch. Droben keine Glocke, kein Kreuz, keine golden glänzenden Strahlen. Nur Verdammnis in diesem grausamen Tal. An der mächtigen Zwerchwand türmen sich die Eismassen in die Höhe, reiben und stoßen nach oben. Eismassen brechen ab, andere Eismassen drängen nach, mehr als hundert Meter sind es. Darunter und dahinter die Angst der Leute, der Schrecken. Da löst sich ein mächtiger Eisblock, donnert in die Tiefe, erfasst eine Gruppe dort stehender Leute, gebannt dort stehender Leute, donnert auf sie zu, erfasst sie, reißt sie zu Boden, zertrümmert sie, tötet den Vater und die beiden Buben. Der Pater mit der rotbraunen Kutte und dem geschwungenen Kreuz schreit von Rache und Sünde, spuckt und schreit, flucht und betet. Wir werden zuschauen können, wie sie die drei Toten auf einer Tragbahre durchs Tal hinausschleppen, wie sie vor jeder Kapelle und jedem Wegkreuz niederknien, niederfallen, um Verzeihung bitten, um Nachlass ihrer Sünden, ihrer armselig kleinen und harmlosen Sündhaftigkeiten wegen eines ausgestoßenen Fluches, wegen des Schlagens mit dem Prügel, wenn das Rindvieh nicht die auferlegte Last tragen und ziehen will. Und das alles haben sie hinten im Tal beim niederbrechenden Ferner erlebt. Vielleicht nur erträumt oder wirklich geträumt.

Ana durchschreitet hundert oder hundertfünfzig Jahre später das Höllentor. Darunter und drinnen sieht sie die Büßer, die einen im Eis zu Klumpen aneinandergeklebt, die anderen in heißem Feuer, umschwirrt von riesigen Insekten, zerstochen von Monsterwespen. Ana ist dreimal in diesem Jahr über die Berge und Jöcher ins andere Tal und dann wieder zurück. Unaufhaltsam getrieben und immer näher dem Wahnsinn. Zum letzten Mal will sie nach Rabenstein gelangen.

Ana will so schnell wie möglich durch das KÖNIGSTAL ins andere Tal gelangen, das sie Passeier nennen. Zuhinterst bei den Almen nennen sie es die SCHÖNE AU. Weiter draußen wartet vielleicht die Landgehersippe, die Mama, der Landgehertatte, die Geschwister. Sie kann sich kaum mehr erinnern, wie das Kleinste aus der Mama herausgekommen ist und wie es laut geschrien hat.

Ana ist über den Rofenberg, dann über die Ramolalm und weit über das hohe Joch gekommen. Sie steigt ins Tal ab, wo sie rastet, wo sie in einem der alten Bauernhöfe ein kärgliches Mal findet und eine Pritsche aus Stroh.

Die Leute sind von der Kirche herausgekommen und haben miteinander zu tuscheln angefangen. Erschreckt und aufgescheucht wenden sie sich ab. Sie vermeinen, in der fremden Gestalt eine Hexe zu erkennen. Nur im kleinsten Bauernhof hat sie halbwegs freundliche Aufnahme gefunden. Für „Kost und Quartier" hat sie müssen drei Tage lang die Ziegen hüten und sie melken. Das geht ihr gut von der Hand. Ana muss am Abend, wenn es dunkel geworden ist und wenn draußen die Kälte und der dunkle Nebel auf das Dorf gefallen sind, von ihrem Herkommen und ihrer Sippe erzählen, und dann wird sie gedrängt, auch noch von den alten Geschichten, von den Hexen und den Hexern, dem Tanzplatz oberhalb der Dörfer und von den Saligen, von der in diesem Dorf vom Hörensagen bekannten Sage von der geheimnisvollen Langtüttin noch viel mehr und für die Bauersleute Neues zu berichten.

Ana kann nicht aufhören damit.

Am zweiten Abend weiß sie viel zu berichten von ihren Besuchen bei der Madonna im „Kalten Brunnen", bei „Unser lieben Frau" in Schnals, draußen in Gries im Sulztal, von den Heilungen und Segnungen.

Das alles wollen die anderen Leute des Ortes nicht hören.

In der dritten Nacht geschieht es, dass Leute aus dem Dorf Steine ins Haus werfen, dass sie in das Bauernhaus eindringen, dass sie die Ana herauszerren, dass sie die Ana durchs Dorf hinausprügeln, dass sie die Ana an die große Steinplatte binden, ausziehen und auspeitschen. Sie schreien auf sie ein: „Hure und Hexe!“, schreien sie. Und sie schlagen auf sie ein. Über den Rücken und hinab bis zu den Füßen rinnt das Blut.

Ana sagt nichts. Sie weint nicht. Sie klagt nicht. Das bringt die wilden Dörfler noch mehr in Wut und immer mehr.

Ana bleibt schwer verwundet, blutend, halbnackt, geschunden und gequält liegen.

Sie wolle dort hinauf, wo die Hexen gewohnt haben, ins „Teufels- und Hexental“. Nein, nein, es sei nur das Königstal. Genau dort wäre es gewesen, wo die Hexen in einer Steinhütte gehaust haben und von wo aus sie das Wasser aus dem Ferner ins Tal geschickt haben und von wo aus sie alles Unheil der niederbrechenden Lawinen losgetreten haben. Also müsse für die wild aufgebrachten und aufgehetzten Leute des Dorfes, insbesondere für die jungen Burschen, das fremde Ding eine Hexe sein.

Ana wird halbtot aufgefunden. Gleich in der Früh sind die wohlmeinenden Bauersleute suchen gegangen. Dann haben sie die Ana gefunden. Haben sie aufgehoben, ins Haus gebracht, auf einem alten Karren, mit warmen Decken zugedeckt. Dann haben sie ihr einen heißen Tee gegeben. Dann eine kräftigende Ziegenmilch. Sehr heiß und mit Honig hineingeträufelt.

Im Dorf wird erzählt, sie habe wie die „Karner“ gestohlen und geraubt, habe den Bauern die Milch verhext, habe das „Wetter gemacht“, habe alles erdenkliche Unheil für heutige, vergangene und zukünftige Tage übers Dorf gebracht.

Der alte Kurat, der ergraute und weise Geistliche, hat die Leute zur Mäßigung bringen wollen. Hat ihnen zugeredet, dieses Mädchen wäre ein Christenmensch und sie sollten eher für es beten, als es verfluchen, schänden, geißeln und plagen.

Alle Ermahnungen sind wie die Spreu bei starkem Wind verblasen worden. Und es ist geschehen, dass der Geistliche das fremde Mädchen unter seine Obhut hat nehmen müssen, dass er es bis weit über das Dorf hinaus und hinauf bis zum ersten Kar begleiten hat müssen. Eine immer größer werdende Schar hat ihn aus dem Dorf hinausbegleitet. Segnend und eindringlich warnend, hat er damit einigen Erfolg gehabt.

Ana ist langsam bergauf gegangen und wandert weiter durch das lange Tal Richtung Joch. Die Wunden haben sie schrecklich geschmerzt. Noch stärker hat sie den inwendigen Schmerz gespürt, die Ächtung und die Verachtung.

Ana kann sich vorstellen, dass gemäß den alten Sagen und der mündlichen Überlieferung über dieses schreckliche Dorf einst oder sehr bald das Unheil kommen werde. Wie seinerzeit über Sodom und Gomorrha, wie seinerzeit und hierzulande über die „goldenen", aber verruchten Städte Tanneneh, Onanä und Dananä und wie beim ehemals „goldenen" Hügel zu Tartsch im Vinschgau und wie es von vielen, ja von unzähligen Orten in den Alpen und von anderswo berichtet ist.

Es werden vielleicht die biblischen sieben Plagen über das Dorf, über das Tal, über das schöne Land kommen. Dann, wenn die Leute wie ehemals in Dananä dem Geiz und der Gier und allen Lüsten, Lasterhaftigkeiten und Sünden verfallen sind. Und wenn sie, wie im Tale in einigen Sagen erzählt wird, auch der Sodomie, dem wilden Treiben mit Tieren, allen voran mit Ziegen, verfallen sind. Und wenn ihre Paläste bis in den Himmel aufragen werden und wenn die angebliche Sonne des Wohlstandes nicht mehr unterzugehen scheint.

Ana weint, wenn sie an diese Geschehnisse denkt. Sie humpelt. Sie stößt an einen Stein. Sie fällt hin. Es schmerzt. Sie steht wieder auf. Sie richtet sich auf und stöhnt.

„Herr, verzeih ihnen. Madonna, lass es ihnen nach. Und verschone sie."

Ana versucht, für diese Menschen zu beten.

Es gelingt nicht mehr. Sie ist ausgelaugt. Es drängt sie umso mehr, endlich die geheimnisvolle Wohnstätte der WEISSEN FRAU zu finden, dort rasten zu dürfen, dort auf den alten Steinen sitzen zu können, nach einer neuen und starken Kraft zu suchen. Und sie vielleicht auch zu finden.

Endlich sieht sie in einiger Entfernung den Steinhaufen und das, was von der ehemaligen Wohnstätte der WEISSEN FRAU übrig geblieben ist.

Ana geht, langsam humpelnd, torkelnd, auf die Stelle zu. Sie erkennt unter den Steinen eine mächtige Höhle. Sie kriecht hinein, legt sich auf den harten Boden. Schläft ein. Träumt von den SALIGEN FRÄULEIN, die auch die WEISSEN FRAUEN sind und zugleich die WEISEN FRAUEN, die „Leuchtenden", die Hilfreichen, die Rächenden, die Wissenden. Rundum erzählen die Leute davon; auch von Gaislach, hoch über dem Tal, wo die wilde RUSILANA gehaust haben soll, und von den „wilden Fräulein", die hinten im Windach gehaust haben sollen, wo es den „Fräulaskofel" gibt und die „Fräulashöhle" und wo auf dem Leiterberge, auf Hamrach und im Gammetzloch diese Fräulein und Frauen wohnen und gewohnt haben. Sie haben sich verstecken müssen. Sind in die „Fräulaslöcher" geschlüpft. Sie haben die Gämsen als Haustiere gehabt. Einmal hat ein solches „Fräulein" einen Bauern geheiratet. Aber das hat ein schlimmes Ende genommen. Zuerst hat der Bauer viel Glück gehabt mit seinem Anwesen und den Tieren und mit reichen Kornernten. Da hat einmal das wilde Fräulein, das jetzt die Frau des Bauern geworden ist, dem Bauern geraten, er solle schon das Korn schneiden. Es ist aber erst mitten im Sommer gewesen. Er hat nicht verstehen können, warum er das unreife, noch grüne Korn jetzt schon schneiden solle. Da hat er sie gefragt: „Warum denn soll ich das Korn jetzt schon schneiden?"

Er hätte aber niemals danach fragen sollen. Sie hatte ihm dringend davon abgeraten, solche und andere Fragen zu stellen. Er hat auch nicht danach fragen dürfen, woher sie gekommen ist, wer ihre Eltern und wer ihre Verwandten sind. Von der Stunde an, da er nachgefragt hat, ist sie verschwunden und niemand hat sie mehr gesehen.

Ana kennt dieselben Geschichten aus dem Passeiertal und hat sie auf ihren Wanderungen überall hören und aufnehmen und sich einprägen können, drüben beim „Kalten Brunnen“, zu „Unser Frau“ in Schnals, im hinteren Rofental und im schrecklichen Ort, den sie blutend und verletzt verlassen hat müssen.

Ana will nicht mehr daran denken.

Sie hat sich niedergelegt und schläft.

Sie erwacht nach langer, langer Zeit. Ihr ist vorgekommen, es müsse ein Jahrzehnt lang gewesen sein. Sie hat von den WEISEN Frauen träumen wollen. Es sind aber die Bilder an ihr vorübergezogen von wilden und schrecklichen Menschen. Müde und hungrig geht sie langsam weiter. Richtung Joch muss sie noch einmal mehr als 500 Höhenmeter überwinden.

Von weitem hört sie das Klingen kleiner Glocken. Beim Näherkommen erkennt sie, dass weit über dem Kar eine Schafherde weidet. Ständig poltern Steine herunter, von den Schafen auf den Steilhängen losgetreten. Ana kann sich, schnell zurücktretend und ausweichend, immer wieder retten. Dann nähern sich die Schafe. Es sind vielleicht fünfzehn oder sechzehn Stück. Zuerst langsam, wieder innehaltend, dann weitergehend, nähern sie sich der Ana. Es kann gefährlich werden, weiß Ana. Wenn die Schafe einen „schlechten“ Berg erwischen, finden sie keine Kräuter, die ihren Bedarf und ihre Sucht nach etwas Salzigem einigermaßen befriedigen können. Ana weiß von den salzigen Kräutern auf manchen Almen und weiß auch von solchen ohne diese Kräuter.

Aber Ana hat keine Angst. Zum zweiten Mal hat sie die Begegnung mit salzgierigen Schafen. Die Schafe sind immer näher gekommen. Sie haben die Ana umringt. Sie drängen und schieben sich an Ana vorbei und suchen nach Resten von Schweiß. In solchen Fällen ist es ratsam, weiß sie aus eigener Erfahrung und aus den Berichten, immer einen starken Stock bei sich zu haben. Einen solchen haben die Hirten und gebrauchen ihn.

Anas Rettung ist der feste und starke Stock, der Stock aus einer Weide, unten leicht zugespitzt, oben mit einem kleinen Lederriemen, durch ein Loch gezogen.

Ana wehrt die Schafe ab. Aber sie fällt hin, rutscht über eine Steinplatte. Sie reißt sich die frisch vernarbte Wunde auf. Sie blutet. Sie schreit. Ganz laut beginnt sie zu schreien. Sie verflucht die saggrisch wilden Schafe. Sie schlägt um sich. Mit dem Stock haut sie auf etliche Schafe ein. Die Schafe, zuerst wie erschrocken, halten kurz inne, nur einen Moment, und kommen wieder näher. Ana hat sich den Rock aufgerissen. Die Schafe suchen nach einer Tasche im Rock, nach Resten von Brot und Verzehrbarem. Sie finden nichts. Sie zerren an ihr. Sie beginnen die Blutende abzuschlecken. In einem wilden Knäuel gefangen, weiß sich Ana fast nicht mehr zu helfen. Ihr Schreien wird nicht gehört. Die nächsten, möglicherweise in dieser Gegend sich aufhaltenden Menschen sind vielleicht zwei oder drei Gehstunden weit weg. Ana weiß sich im letzten Moment zu retten und greift zum Beutel, den sie immer umgebunden hat und in dem sich ein Rosenkranz, ein Medizinschwamm zum allfälligen Blutstillen, ein kleines Messerchen, etliche in einem Leinenbeutelchen ausgewählte Kräuter befinden, und vielleicht auch noch als letzte Reserve ein paar getrocknete Apfelscheiben, ein paar getrocknete Schlehen.

Ana reißt den Beutel von ihrem Körper, schwingt ihn und wirft ihn weit von sich. Alle Schafe rennen sofort dem Beutel nach, stürzen sich auf den Beutel, raufen sich um den

Inhalt, fangen an wie spielerisch sich darum zu balgen, finden irgendwelche Reste von Brotkrumen und getrockneten Kräutern, balgen sich und sind so intensiv damit beschäftigt, dass Ana sich inzwischen aufrichten hat können, dass sie den Stock fest in die Hand nehmen und ihn schwingen kann, rundum schwingen kann, und dass sie einen Kreis damit ziehen kann und dass sie zumindest vorerst einmal gerettet ist.

Sie will noch den Beutel oder die Reste des Beutels retten, will zumindest den Rosenkranz zu sich nehmen können und den heilsamen Schwamm. Der Rosenkranz hängt, vom Widder aufgespießt, an seinen Hörnern. Wie wildgeworden will der Widder den Rosenkranz wieder loswerden. Ana gelingt es, dem Widder zumindest einige Reste des Rosenkranzes abzunehmen. Jetzt hat sie wieder ihre Sprache gefunden, sie redet dem Widder zu: „Suugele, Suugele." Wenn es ihr gelingt, das Tier kurz zu beruhigen, hat sie alle Gefahren überstanden. Wenn die Tiere riechen und schmecken, wenn sie lecken, ohne Salziges zu verspüren, verlieren sie bald die Lust und treten eines nach dem anderen ab, drehen sich um, gehen ein paar Schritte weg, verharren kurz, gehen weiter, trotten dann langsam, immer wieder am Boden nach Gräsern und Kräutern suchend, weiter und scheinen alles Vorherige vergessen zu haben. So, als ob nichts gewesen wäre. Diese „Unschuldslämmer", denkt sich Ana.

Wenn sie außer Reich- und Sichtweite der Schafe ist, setzt sich Ana nieder, rastet, schnauft heftig, beruhigt sich nach und nach, betastet die blutenden Stellen an ihrem Oberschenkel, wäscht sich die Wunde mit kaltem Wasser aus. Mit den Resten des blutstillenden Schwammes verhindert sie das neuerliche Hervorbrechen des Blutes. Es schmerzt. Ana beißt die Zähne zusammen. Und sie geht weiter. An diesem Tag muss sie wieder übers Joch und drüben, wie sie weiß, sehr steil hinunter bis zur ersten Hütte.

Dort mähen die Bauern mit ihren kleinen Sensen und tragen das mühsam gemähte und auf ein Holzgestell gebundene Heu in die Hütte, die sie „Pille" nennen. Überall in den hintersten Tälern, bis weit hinauf auf mehr als 2400 Meter, mähen sie auf diese Weise. Sie erwartet sich, der Jahreszeit entsprechend, dass in den Hütten noch Heu gestapelt ist und dass sie zumindest in einer dieser Hütten sich ins Heu legen kann. Und sie erhofft sich, dort in einem Holzkästchen vielleicht Reste alten und hart gewordenen Brotes zu finden. Es kann auch angeschimmelt sein. Sie würde den Schimmel mit Wasser wegwaschen. Sie würde auf den steilen Hängen Preiselbeeren finden und würde sich hastig und gierig die Preiselbeeren in den Mund stopfen. Gleich daneben sucht sie nach der geheimnisvollen Rauschbeere.

Ana kommt bei Einbruch der Dunkelheit zur ersten Hütte. Sie klettert hinauf, legt sich nieder und verfällt wieder in einen Traum, den sie sich immer ersehnt und in dem sie alle Schönheiten und alles Glück erleben will. Dann ist sie wieder bei der WEISEN Frau angekommen, unter deren weitem Mantel sie sich schützend bergen kann. Dann wartet sie wieder auf die Erscheinung der „Madonna".

Beim Abstieg zur Hütte hat Ana Preiselbeeren gefunden und hat sich beinahe satt essen können. Und sie hat die blauen, kleinen Früchte abgezupft und sich in den Mund gesteckt. Die Leute nennen sie die „Rauschbeeren". Ana hat etliche Rauschbeeren gegessen, reife, herb schmeckende, kleine Früchte. Übermäßiger Genuss dieser Beere, die in diesem Teil der Gebirge auch noch in Höhen weit über 2200 Metern vorkommt, führt zu rauschähnlichen Zuständen. Das wissen die Hirten. Das wissen auch die Jäger. Das wissen die LANDGEHER aus alter Erfahrung. Dann verschwinden alle Plagen. Dann ist alle Pein vergessen. Es treten himmlisch entrückte Zustände ein; der Himmel auf Erden und dann das grausame Erwachen und die Lust nach mehr, und wieder das noch grausigere Aufwachen. Ana weiß, in welcher Menge sie die Rauschbeeren zu sich nehmen kann.

In der Nacht sind die ersten Fieberträume gekommen.

Wie himmlisch verklärt erscheint ihre Mama, einen Strahlenkranz über ihrem Haupt, eine Schlange zu ihren Füßen, einen zahmen Bären neben sich.

Sie ruft ihr zu: „Ana, komm!"

Die wundersame Erscheinung der Mama als Madonna, den Strahlenkranz über dem Kopf, die Schlange zu ihren Füßen, den zahmen Bären an ihrer Seite, ist so schnell verschwunden, wie sie gekommen ist. Schweißgebadet erwacht Ana.

Sobald über dem Seebertal das erste Licht hereinbricht, rafft sie sich auf und eilt, so schnell es geht, talwärts und hinaus in die erste größere Ortschaft, wo sie vermeint, ihre Mama und den Tatte und die Sippe wiederzusehen.

Es kommt alles anders.

Ana trifft müde in Rabenstein ein, sucht das alte Holzhüttl, in das die Leute im Winter hineinflüchten, wenn wieder einmal die Lawinen das Dorf bedrohen. Dann nehmen sie Zuflucht im „Lahnhäusl". Dieses Häusl ist zu gewissen Zeiten das Häusl der Landgehersippe.

Mit letzter Kraft müht sie sich steil bergauf. So schnell es möglich ist, will sie das Häusl erreichen, will eintreten, will mit der Sippe vereint sein.

Es ist ein schrecklicher Anblick gewesen. Auf dem harten Boden kauert die Mama. In alte Decken gehüllt, wird sie von Fieberanfällen gebeutelt. Das Kind, das einzige verbliebene Kind, kauert am Boden über der sterbenskranken Mama und weint, wie es in seinem kurzen Leben noch nie geweint hat.

„Mamma, Mamma" und „Mammele, Mammele", stammelt und ruft es, heult es in die dreckigen, zerlumpten Tücher und Decken hinein, und die Ana stammelt und heult und winselt mit der Jüngeren gemeinsam und „Mamma,

Mamma, Mammele, Mammele“ rufend liegen sie über der Sterbenskranken und hauchen in ihr Ohr Worte des Trostes. Rundum ist alles verschmutzt, kalt, und es stinkt nach Urin. Es ist zum Erbrechen.

Es ist das Ende gekommen. „Amen“ und „Herr, gib ihr die ewige Ruhe!“ Dann ist alles geschehen und vorbei.

Ana ist eine HEILIGE. Die kleine Schwester wird später mit einem Bauern aus dem Tal verheiratet. Die Landgehermama wird am Dorffriedhof begraben. Außer der Ana, dem kleinen Schwesterchen, dem Pfarrer und einem Ministranten, der einen ganzen Kübel Weihwasser verspritzen muss, ist niemand dabei.

Ana geht hinauf zum Hexentanzplatz oberhalb des Dorfes.

Sie legt sich dort nieder und wartet auf den Tod. Ohne Nahrung und Wasser. Die Lebenskräfte schwinden. Ana trocknet aus. Es kann Tage dauern. Dann sind zwei Wochen vergangen. Ana hört, sieht und spürt nichts mehr. Dann ist es vorbei. Ana ist tot und erlöst.

Bauern aus dem Tal haben sie gefunden. Erlöst und vertrocknet. Den Rosenkranz um die Finger gewickelt. Auf der Stirn das Mal der Gezeichneten, der Auserwählten.

Dort steht ein Galgen zum erlösenden Erhängen. Dort haben sie eine Gedenktafel an den Baum genagelt.

Quellennachweis

Die im Text jeweils zu Kapitelbeginn verwendeten Zitate stammen aus folgenden drei Büchern von Maurice Chappaz (1916–2009):

„Rinder, Kinder und Propheten“ (S. 7)
„Die Zuhälter des ewigen Schnees. Ein Pamphlet“ (S. 8, 16, 78, 118, 126)
„Lötschental. Die wilde Würde einer verlorenen Talschaft“ (S. 36, 48, 57, 66, 91, 101)

Weitere Zitate im Text stammen von:

Hildegard von Bingen (S. 59)
Alfred Hoppe: „Des Österreichers Wallfahrtsorte“ (S. 60)
Joseph Victor von Scheffel (S. 12)

Alle übrigen Zitate beziehen sich auf Sagen, mündliche Berichte und Textzeugnisse aus dem Ötztal-Archiv. Die zitierten und textlich veränderten Auszüge aus Heil-, Bann- und Segenssprüchen sowie aus den Fraißbriefen sind aus einschlägigen Sammlungen entnommen oder entlehnt. Wichtiges Informationsmaterial zu den „alpenländischen Vaganten“ in Tirol ist mehrheitlich den Unterlagen aus dem Pfarrarchiv Untermieming sowie aus Ötztaler Pfarrarchiven entnommen oder entlehnt. Siehe dazu auch „Sagen und Geschichten aus den Ötztaler Alpen“, herausgegeben vom Ötztal-Archiv, und „Sindt-Fluss. Eine Kulturgeschichte der Naturkatastrophen im Alpenraum“ von Barbara und Hans Haid.

Hans Haid
Similaun
Roman
323 Seiten
€ 19.90 / SFr 35.90
ISBN 978-3-7082-3233-1

In einem visionären Werk verbindet Hans Haid die Mythologie der Alpen mit einer schonungslosen Kritik der gegenwärtigen Verhältnisse, in denen die Natur ausgebeutet wird und ein Tal seine Seele an den Tourismus verkauft. Der Similaun, der heilige Gletscherberg der Ötztaler Alpen, soll dem massentouristischen Wahnsinn geopfert werden: Mit einer neuen Seilbahn, mit einer Stadt auf dem Gipfel, mit einem riesigen Staudamm zu seinen Füßen – trotz aller Warnungen vor der drohenden Apokalypse, wenn der Staudamm bricht. Virgil, der Schafhirte, ist einer der wenigen Mahner: Er kämpft für diese Hochgebirgswelt, die den Schafen gehört und den Saligen Frauen in den Kristallpalästen der Gletscher. Similaun ist so nichts weniger als die Synthese von Hans Haids Lebenswerk: Die Auseinandersetzung mit der Natur-, Lebens- und Sagenwelt der Alpen und die konsequente Kritik an den Auswüchsen einer modernen Profitgesellschaft, die sich respektlos über alle Tradition hinwegsetzt.

„Das Archaische in den Gedichten Hans Haids kommt in diesem beinahe schon monumentalen Roman mit voller Wucht zum Durchbruch. Nicht nur Gletschern steht man in der Natur fassungslos und zwergenhaft gegenüber, als Leser wirkt man auch gegenüber diesem gletscherhaft mächtigen Erzählstrom Hans Haids plötzlich sehr klein, wenn man die eigene schmale Lesezeit der großen erzählten Zeit gegenüberstellt."
Tiroler Gegenwartsliteratur, Helmuth Schönauer

Hans Haid
Naturkatastrophen in den Alpen
HAYMONtaschenbuch 50
176 Seiten
€ 9.95 / SFr 17.50
ISBN 978-3-85218-850-8

Überflutungen und Bergstürze, Lawinen- und Murenabgänge – seit Jahrhunderten leben die Bewohner des Alpenraums in stetiger Angst vor verheerenden Naturkatastrophen. Hans Haid, der große Experte für die Geschichte und Kultur des Alpenraumes, stellt gemeinsam mit seiner Tochter Barbara mehr als 35 der größten Naturkatastrophen vom Mittelalter bis zum Lawinenunglück von Galtür 1999 dar. In originalen Zeitdokumenten lässt er die Betroffenen selbst berichten und zeichnet so ein bedrückend lebendiges und authentisches Bild von den elementaren Naturereignissen, die das Leben im Alpenraum bedrohen.

Hans Haid, geboren 1938 in Längenfeld im Ötztal, lebt als Volkskundler, Alpenforscher, Publizist und Schriftsteller im Ötztal. Mehrfach ausgezeichnet, zuletzt mit dem Otto-Grünmandl-Literaturpreis 2010. Zahlreiche literarische Veröffentlichungen und Sachbücher über Geschichte und Kultur des alpinen Raums, zuletzt *Similaun.* Roman (Skarabæus, 2008) und *Naturkatastrophen in den Alpen* (zus. mit Barbara Haid, HAYMONtb 2010).